COLLECTION SÉRIE NOIRE
Créée par Marcel Duhamel

Parutions du mois

2331. IL Y A DES JOURS COMME ÇA
(JACK RITCHIE)

2332. L'ENFANT DE CŒUR
(OLIVIER THIÉBAUT)

2333. MANUEL DES PERDANTS
(JUAN SASTURAIN)

415. CEINTURE
(TARN SCOTT)

JACK RITCHIE

Il y a des jours comme ça

TRADUIT DE L'AMÉRICAIN
PAR FRANÇOIS TRUCHAUD

nrf

GALLIMARD

Titre original:
THE ADVENTURES OF HENRY TURNBUCKLE

LA PERRUCHE EN VOIT DE TOUTES LES COULEURS

Les gars du labo et l'équipe médicale s'affairaient autour du mort, m'empêchant de le voir distinctement.

— Que buvait-il quand il a été tué ? demandai-je.

Le barman se gratta la nuque.

— Il venait de commander un Bloody Mary lorsqu'il s'est fait buter.

Mon coéquipier, Ralph, nous rejoignit tandis que le barman racontait son histoire à nouveau.

— Il était un peu plus de trois heures de l'après-midi, la porte donnant sur la rue s'est ouverte, et le type est entré. Son visage était dissimulé par un bas de femme. Il a hurlé « McGeorge » et ensuite il a tiré sur cet homme.

Je montrai le corps étendu par terre.

— Il s'appelle McGeorge ?

Le barman cligna des yeux.

— J'ignore comment il s'appelle.

— Alors ce n'était pas un habitué ?

— C'est la première fois que je le voyais.

Ralph avait pris le portefeuille de la victime.

— Son permis de conduire est au nom de James E. Cullen, 173 Courtwood Apartments, et d'après sa date de naissance il avait quarante-deux ans.

Je regardai les sept autres témoins du meurtre.

— Y a-t-il un McGeorge parmi vous ?

Ils échangèrent des regards entre eux, mais aucun ne s'avança.

Je fronçai les sourcils.

— Pourquoi l'assassin a-t-il appelé la victime McGeorge, si ce n'était pas McGeorge ?

Le barman haussa les épaules.

— Après avoir tiré sur cet homme, il a fait demi-tour et est sorti en courant. Ensuite cet homme ici (il montra l'un des témoins) a sorti un pistolet et s'est lancé à sa poursuite.

Dave Campbell, récemment affecté à la brigade, n'était pas de service et prenait un verre lorsque le meurtre avait eu lieu. Il était toujours plutôt pâle.

— Je n'avais encore jamais vu quelqu'un se faire descendre.

Ralph hocha la tête d'un air compréhensif.

— Vous avez poursuivi le meurtrier ?

Dave acquiesça.

— Cela s'est passé si vite. Enfin, je ne m'attendais pas à une chose pareille. J'étais sous le choc. Comme tout le monde. Et puis je me suis ressaisi et je lui ai couru après. J'ai franchi la porte et je l'ai aperçu un peu plus loin, sur le point de s'engouffrer dans la ruelle. J'ai pu tirer une fois avant qu'il disparaisse.

— Vous l'avez touché ? demanda Ralph.

— Pas exactement. Mais je suis sûr de l'avoir éraflé.

— Éraflé ?

— Oui, j'ai vu la balle faire voler un morceau de brique du mur au-delà de lui, mais je pense qu'elle l'a éraflé au passage, parce qu'il a fait un genre de bond avant de disparaître, et il a porté vivement sa main là.

Dave indiqua son postérieur.

— Ah, fis-je. Le *gluteus maximus*. La fesse droite ou la fesse gauche ?

— Les deux, je pense. Mais pas transpercées, vous savez. Juste éraflées.

Un technicien nous rejoignit un moment.

— Six coups de feu ont été tirés. Quatre ont raté Cullen. Une balle l'a atteint au bras gauche et la dernière l'a touché en plein cœur.

Dave poursuivit.

— Le temps que j'atteigne la ruelle, il avait filé. La ruelle amène à une autre ruelle qui s'étend sur toute la longueur du pâté de maisons. J'ai cherché, mais je ne l'ai pas trouvé. Il était de taille moyenne et plutôt mince.

Je me tournai vers le barman.

— Comment s'appelle cet endroit ? La Perruche Rouge ?

— La Perruche Bleue.

La Perruche Bleue était un night-club, mais à cette heure de l'après-midi seul le bar était ouvert.

— Qui est le propriétaire ?

Le barman s'empressa de montrer du doigt l'un des témoins.

— Demandez à Mr Wister. C'est le gérant.

Wister vint vers nous sans se presser.

— À qui *appartient* cet endroit ? lui demandai-je.

— À une société.

— Quelle société ?

Wister sembla soupirer.

— La société Ajax-Helot.

Ralph me prit à part, pour que les autres ne nous entendent pas.

— Henry, Ajax-Helot c'est Big Joe McGeorge, et Big Joe McGeorge c'est Ajax-Helot. Et ces deux noms signifient *syndicat* dans cette ville. En d'autres termes, Henry, le tueur s'est trompé de bonhomme. Il voulait dessouder Big Joe McGeorge.

— Oh, dis-je, *ce* McGeorge. Mais le tueur a descendu Cullen ?

— Il faisait sombre ici et quand il est entré il venait de la rue ensoleillée. Il ne voyait pas très bien, mais il ne pouvait pas rester là, braquant son pistolet et avec ce bas sur le visage, à attendre que ses yeux s'habituent à la pénombre.

Alors il a hurlé « McGeorge », et lorsque Cullen s'est tourné, le tueur l'a abattu.

Je revins vers le barman.

— Pourquoi ne m'avez-vous pas dit que l'assassin voulait parler de Big Joe McGeorge ?

Il essuya nerveusement le comptoir avec un torchon.

— Je sais rien de rien. Je travaille ici, c'est tout.

Je m'adressai à Wister.

— McGeorge était ici aujourd'hui ?

— Euh, oui.

— Quand ?

— Cet après-midi. Il est arrivé vers les deux heures et quart.

— Est-ce qu'il vient ici à la même heure tous les jours ?

— Non. Il vient ici environ une fois par mois pour vérifier la comptabilité et prendre un verre.

— Quand est-il parti ?

— Vers les trois heures. À peu près cinq minutes avant la fusillade. Je l'ai fait sortir par la porte de derrière.

— Pourquoi la porte de derrière ?

— C'était plus près du parking où il avait laissé sa voiture.

— Il était également entré par la porte de derrière ?

— Non. La porte de derrière est toujours verrouillée et nous ne l'aurions probablement pas entendu s'il avait frappé. Il est entré par la porte principale.

Entre-temps, Ralph avait réfléchi.

— Puisque apparemment McGeorge ne vient pas ici régulièrement, l'assassin l'a certainement suivi. Il a vu McGeorge entrer, mais il ne l'a pas vu s'en aller.

J'étais porté à être de son avis.

— Il va falloir interroger Big Joe McGeorge. Il nous tuyautera peut-être sur l'identité de l'assassin.

Ralph m'entraîna à l'écart à nouveau.

— Henry, l'assassin n'a pas d'identité. Écoute, il s'agit d'un tueur à gages et je suis sûr que McGeorge ne le connaît ni d'Ève ni d'Adam. C'était un contrat lancé par un syndicat, et nous ne réussissons jamais à résoudre des affaires de ce genre. Souviens-toi de Lorenzo Thomas, retrouvé mort dans le coffre de sa voiture l'année dernière.

— Mais nous devons au moins *interroger* McGeorge.

— Bien sûr. Mais tu me laisseras parler.

Ralph et moi finîmes de recueillir les dépositions de tous les témoins, plus celle d'un autre client qui se trouvait dans les toilettes au moment du meurtre. Puis nous prîmes notre voiture et partîmes informer Mrs Cullen de la mort de son mari.

Aux Courtwood Apartments, j'appuyai sur la sonnette de l'appartement 210.

Une femme d'une beauté frappante, opulente chevelure noire, étroits yeux noirs, qui gardait parfaitement le contrôle de sa silhouette épanouie, nous ouvrit.

— Mrs Bernard Cullen ? demanda Ralph.

— Oui.

Nous montrâmes nos plaques et Ralph dit :

— Je regrette, mais j'ai une mauvaise nouvelle à vous annoncer, Mrs Cullen.

Elle nous considéra un moment, puis nous pria d'entrer. Lorsque Ralph eut fini de lui dire ce qui était arrivé à Cullen, elle se tamponna avec un mouchoir en papier ce qui semblait être un œil parfaitement sec, puis trouva une consolation supplémentaire dans une cigarette.

— Mrs Cullen, dis-je, votre mari était-il un homme riche ?

Ralph eut l'air un brin peiné.

Mrs Cullen haussa un sourcil.

— Bernie ? Il avait son travail, c'est tout.

— Une assurance-vie ?

— D'un montant de dix mille dollars.

— Et vous êtes la bénéficiaire ?

— Non. Sa mère est la bénéficiaire. Bernie voulait voir comment notre mariage marchait avant de s'engager.

— Depuis combien de temps étiez-vous mariée avec Bernie ? lui demandai-je.

— Trois ans.

Ralph commençait à s'impatienter.

— Mrs Cullen, nous avons lieu de croire que votre mari a été tué par erreur.

Tandis qu'il expliquait cette partie de la mort de Cullen, je parcourus la pièce du regard. Il n'y avait qu'un seul meuble-bibliothèque et il servait de cloison de séparation. Les étagères ne contenaient pas un seul livre, juste des éléphants en porcelaine et des bibelots de ce genre. Déplorable.

— Mrs Cullen, intervins-je, votre mari était-il un habitué de la Perruche Rose ?

— La Perruche Bleue, rectifia Ralph.

Elle haussa les épaules.

— Je n'ai jamais entendu parler d'aucun de ces endroits. Bernie prenait un verre de temps en temps, mais il n'avait pas un bar de prédilection. Lorsqu'il avait envie d'un verre, il entrait dans le bar le plus proche.

— Est-ce qu'il avait un surnom ? m'enquis-je.

— Un surnom ?

— Oui. Excepté Bernie, bien sûr. Comme Malabar, ou Courte-Botte, ou McGeorge, par exemple ?

Ralph me regarda.

— McGeorge ? Qui aurait un tel surnom ?

— Cela t'étonne ? dis-je. Au lycée, j'avais une amie dont le surnom était McGillicutty. Son véritable prénom était Hildegarde.

— Non, répondit Mrs Cullen, tous les gens qu'il connaissait l'appelaient Bernie.

— Bernie avait-il des ennemis ?

— Pas que je sache.

— Mrs Cullen, dis-je, est-ce que vous portez une perruque ?

Ralph ferma les yeux.

— Non, répondit-elle. Tous ces cheveux sont bien à moi.

Ralph lui tendit l'une de nos cartes.

— Si nous pouvons faire quelque chose pour vous, appelez à ce numéro.

En bas, je dis :

— Il m'est venu à l'esprit que l'assassin était peut-être une femme déguisée en homme. Si Mrs Cullen porte une perruque, cela veut dire qu'elle a en réalité des cheveux coupés court et qu'elle pouvait se faire passer pour un homme.

Ralph me lança un regard de commisération.

— Henry, tu penses vraiment qu'elle pourrait se faire passer pour un homme ? Avec une *silhouette* pareille ?

— En fait, je m'apprêtais à l'interroger à ce sujet.

Ralph se mit au volant et prit la direction, avec une certaine répugnance, trouvai-je, de la demeure de Big Joe McGeorge au bord du lac.

Nous fûmes arrêtés à l'entrée de la propriété par une grille fermée et un gardien en uniforme examina nos plaques avant de nous autoriser à continuer. Nous suivîmes l'allée sinueuse habituelle et nous vîmes à nouveau la lumière du jour en débouchant sur un ovale de gravier devant la maison imposante, laquelle était située sur une falaise dominant le lac Michigan.

Un domestique nous conduisit dans une pièce spacieuse dont le plafond se trouvait à une distance considérable du parquet. Puis il nous pria d'attendre.

Ralph sortit l'un de ses cigares, l'étudia, puis apparemment estima qu'allumer un cigare à quinze *cents* dans une pièce comme celle-là n'était pas tout à fait approprié.

Je jetai un coup d'œil aux livres sur les rayonnages de la bibliothèque. La littérature standard, pages non coupées, et aucune édition postérieure à 1914.

Je m'assis à côté du téléphone et comptai combien il y avait de McGeorge dans l'annuaire posé près de celui-ci.

Dix minutes passèrent. Quinze. Vingt.

Je me levai et me promenai dans les pièces adjacentes et les couloirs, m'efforçant de trouver une vie humaine.

Dans une autre pièce spacieuse, je fis halte devant la

cheminée en marbre. Un immense tableau éthéré, représentant une jeune femme, était accroché au-dessus de la tablette.

Elle semblait avoir une vingtaine d'années et était vêtue de quelque chose ressemblant à un péplum grec. Ses yeux marron étaient un peu trop rapprochés, à mon goût. À l'arrière-plan, plusieurs mutants, le genre homme-bouc, dansaient et jouaient du pipeau avec enthousiasme et, dans le lointain, on apercevait vaguement l'Acropole enveloppée de nuages.

Derrière moi, une voix de femme dit :

— Ah, vous êtes tombé amoureux d'elle, vous aussi, hein ?

— Ma foi, non, répondis-je. Franchement, il s'en faut même de beaucoup.

Je me retournai et contemplai une jeune fille, également d'une vingtaine d'années mais aux yeux bleus, avec des cheveux ambrés, et portant des lunettes aux verres plutôt épais.

Elle regarda le tableau en fronçant les sourcils.

— *Tout le monde* tombe amoureux d'elle.

— Qui est-ce ?

— Dora.

— Dora qui ?

— Dora McGeorge.

Big Joe McGeorge fit son entrée dans la pièce, flanqué de deux types remarquablement baraqués. Un homme plus âgé, transpirant légèrement, leur emboîtait le pas.

McGeorge semblait de taille moyenne et de poids moyen. Il fit halte en m'apercevant, leva les yeux vers le portrait, et sourit.

— Ah, vous êtes tombé amoureux d'elle, vous aussi, hein ?

— En fait, non, dis-je. Ses yeux sont beaucoup trop…

Il eut un petit rire.

— *Tout le monde* tombe amoureux de Dora. (Il se tourna vers son escorte.) Pas vrai, les gars ?

Ils regardèrent le tableau avec respect et acquiescèrent. J'eus l'impression très nette qu'ils ne faisaient pas semblant.

— Désolé de vous avoir fait attendre, reprit McGeorge. Mais j'ai été obligé d'attendre mon avocat. De nos jours, on ne peut aller nulle part ou dire quoi que ce soit sans un avocat. (Il montra de la main l'homme qui transpirait.) Voici Hannigan.

Hannigan s'essuya le visage avec son mouchoir.

— Je suis venu aussi vite que j'ai pu, Joe.

Je remarquai que la jeune fille avait disparu. Et où était Ralph ? Je pensais qu'il serait peut-être parti à ma recherche, mais ce n'était manifestement pas le cas.

Nous prîmes tous des sièges.

— Bon, dit McGeorge, venons-en aux faits. Pour vous faire gagner du temps, je vous dirai tout d'abord que Wister m'a téléphoné et m'a appris ce qui s'était passé. Vous êtes ici pour cette raison, n'est-ce pas ? L'assassin a hurlé « McGeorge » et vous avez tiré vos conclusions ?

— Avez-vous une idée de qui aurait pu vouloir vous tuer ?

Il parut choqué par cette pensée.

— Moi ? Je suis l'ami de tout le monde et tout le monde est mon ami. Je n'ai pas d'ennemis. Pas en ce bas monde. Il cherchait certainement un autre McGeorge.

J'opinai du chef.

— Une éventualité qui ne m'a pas échappé. Il y a dix-huit McGeorge dans l'annuaire du téléphone pour cette ville et sa banlieue. Aucun d'eux n'est vous.

— Je ne suis pas dans l'annuaire. La maison est beaucoup plus calme de cette façon.

— Pourquoi vous appelle-t-on Big Joe ? Vous me semblez de taille moyenne.

— Une question d'habitude. Avant moi il y a eu Big Max, Big Sig, et Big Arnie. Arnie mesurait tout juste un mètre soixante-dix.

— Vous passez beaucoup de temps à la Perruche Marron ?

— La Perruche Bleue. Non. Pourquoi le ferais-je ?

— Mais vous en êtes le propriétaire, n'est-ce pas ?

— Oui, et alors ? J'ai pris un gérant pour faire marcher la boîte. De plus, la Perruche Bleue n'est pas la seule affaire que je possède. Il y a au moins une douzaine de...

Hannigan tira frénétiquement sur la manche de McGeorge et McGeorge s'interrompit.

— Cependant, vous étiez à la Perruche Bleue aujourd'hui, en début d'après-midi ? Vers deux heures et demie ?

— Bien sûr, dit McGeorge. Moi et Eddie et Freddie. (Il montra les deux types baraqués qui l'accompagnaient.) J'ai vérifié les livres de comptes, ensuite nous nous sommes arrêtés au bar pour prendre un verre. Mais nous sommes partis avant les coups de feu.

— Eddie et Freddie sont vos gardes du corps ?

— Des amis. Je ne vais jamais nulle part sans eux.

— Est-ce qu'ils sont armés ?

Hannigan tira sur sa manche à nouveau.

— Saurais pas vous dire. Je ne me mêle pas de leurs affaires privées.

— Il m'est venu à l'esprit qu'un syndicat extérieur essayait peut-être de s'installer dans cette ville.

Il eut un regard menaçant à cette idée.

— J'ai passé plusieurs coups de fil, mais il n'y a rien dans l'air. Absolument rien. (Il ignora les tractions sur sa manche.) Si quelqu'un essayait de s'installer ici, je le saurais.

— Il y a une autre possibilité, dis-je. Supposons que ce soit quelqu'un de votre entourage, pour ainsi dire. Quelqu'un faisant partie de votre organisation qui désire prendre votre place.

La chaise de Hannigan bascula en arrière et Hannigan tomba par terre. Il se releva immédiatement, le visage blême.

— Pas moi, Big Joe. Je ne connais rien à la gestion des affaires. Je n'aurais même pas *l'idée* de chercher à prendre ta place. Jamais, Big Joe. Je le jure sur le mausolée de ma mère.

McGeorge lui lança un regard renfrogné.

— Je n'aurais pas pensé à toi plus de dix secondes.

— Mr McGeorge, dis-je, puisque je suis ici, j'aimerais revenir sur une autre affaire… l'affaire Lorenzo Thomas. On l'a retrouvé dans le coffre de sa voiture l'année dernière. Apparemment, il était dans ce coffre depuis trois semaines ou plus. Quelqu'un passant devant le garage par une journée torride a senti une odeur suspecte et a averti la police. Je crois savoir que Lorenzo faisait partie de votre syndicat.

McGeorge émit un reniflement.

— Faire partie du syndicat ? Il était réparateur de machines de bowling et lorsque quelque chose clochait dans l'une de mes salles, nous lui donnions le boulot. Chaque fois qu'on trouve un type dans le coffre d'une voiture, vous vous mettez tout de suite à hurler « syndicat ». Pour ma part, je pense que c'est sa femme qui a fait le coup. Je me suis renseigné à droite et à gauche. Ils s'entendaient comme chien et chat. Elle n'a même pas signalé qu'il avait disparu. Et pourquoi a-t-elle pris un taxi pour aller faire ses courses au supermarché pendant trois semaines alors que leur voiture se trouvait juste là dans le garage ?

— Pourquoi n'avez-vous pas fait part de vos soupçons à la police ?

— Moi ? Pourquoi me serais-je mêlé de cette affaire ? Je suis un contribuable. Pourquoi devrais-je faire votre boulot ?

Lorsque je quittai McGeorge et ses collaborateurs, je rencontrai à nouveau la jeune fille aux cheveux ambrés dans le couloir. Elle entreprit de me guider vers la porte d'entrée.

— Au fait, dis-je, quel est votre nom et quel est votre statut dans cette maison ?

— Je suis Dora McGeorge.

Je fis halte.

— Vous voulez dire que la jeune fille du tableau est censée être *vous* ?

— Plus ou moins.

— Mais ses yeux sont trop rapprochés. De plus, ils sont marron et les vôtres sont bleus.

— Papa a fait faire ce portrait alors que j'avais seulement six mois. Il pensait que je serais comme ça quand j'aurais grandi. Lorsque j'ai eu seize ans, après avoir goûté mon premier et dernier martini, j'ai apporté une échelle et j'ai peint des lunettes sur Dora. J'ai également changé la couleur de ses yeux, en marron. Papa a fait effacer les lunettes, mais il a trouvé que des yeux marron étaient très jolis et il n'y a pas touché.

Nous reprîmes notre voyage vers la sortie.

— Auriez-vous un bas à me prêter? lui demandai-je.

Elle cligna des yeux.

— Pourquoi?

— J'aimerais le mettre sur ma tête. C'est une expérience. Je pourrais en acheter une paire en ville, mais je trouve que ce serait dispendieux, étant donné que je ne les utiliserais pas plus d'une minute ou deux.

Elle me considéra.

— Dites-moi, comment êtes-vous entré dans la police?

— On demandait des candidats et mon père a pensé que je devrais avoir une activité digne de ce nom au lieu de lire tout le temps. Mais j'aime beaucoup mon travail de policier, excepté cette fois où j'ai dû aider une femme à accoucher de jumeaux.

Elle me conduisit dans une petite pièce et alla se mettre derrière un canapé. Elle ôta l'un de ses bas et me le lança.

Je l'enfilai sur ma tête, puis je regardai autour de moi. Le bas gênait un peu ma vue, mais pas trop. Cependant, la pièce était bien éclairée.

— Vous voulez bien baisser les stores? dis-je.

Elle hésita.

— Je ne sais pas si c'est très prudent. Vous êtes un drôle d'oiseau.

Alors je me dirigeai vers l'ombre d'une alcôve. Maintenant je n'y voyais plus rien. Je retirai le bas.

– Vous ne vous déplacez pas deux par deux? demanda Dora. Comme les religieuses?

— Les religieuses ne se déplacent plus deux par deux. À

moins qu'elles n'aillent au même endroit, bien sûr, et dans ce cas ce pourraient être des triplées, ou davantage.

— Je voulais parler des inspecteurs. Des officiers de police.

Je fis claquer mes doigts.

— Je savais bien que j'oubliais quelque chose.

Nous revînmes sur nos pas et trouvâmes Ralph en extase devant le portrait de Dora.

— Ah, dis-je, tu es tombé amoureux d'elle, toi aussi, hein ?

Il hocha la tête.

— Qui est-ce ?

— Pas de ce monde, répondis-je. Elle est inaccessible.

Ralph soupira.

— Morte, hein ? Ma foi, peut-être est-ce mieux ainsi. Il n'y a rien de tel que la réalité pour bousiller un rêve. (Son esprit revint au travail.) Quand donc McGeorge va-t-il nous recevoir ?

— C'est fait, dis-je. Je t'en parlerai dans la voiture.

Durant le trajet de retour vers la ville, je lui racontai mon entrevue avec McGeorge.

— Je ne suis pas très sûr qu'il s'agisse d'une histoire de syndicat. McGeorge ne le pense pas, lui non plus.

— On devait s'attendre à ce qu'il dise ça. (Ralph se frotta le menton.) Tu penses vraiment que Cullen n'a pas été tué par erreur ? Mais qui aurait voulu le tuer ?

— Il y a Mrs Cullen.

— Comme je l'ai déjà dit, elle ne pourrait jamais se faire passer pour un homme.

— Probablement pas. Mais elle aurait pu engager ou convaincre quelqu'un de faire ce boulot pour elle, non ?

— Quel serait son mobile ? L'argent ? Il y a les dix mille dollars de l'assurance, mais le bénéficiaire est la mère de Cullen. Mrs Cullen a peut-être l'intention de porter l'affaire devant la justice ? Après tout, elle était sa femme et elle pourrait soutenir qu'il a simplement oublié de faire changer le nom du bénéficiaire de son assurance ?

Je secouai la tête.

— Hormis l'incertitude d'une décision favorable du tribunal, je ne pense pas qu'il y avait suffisamment d'argent en jeu pour que cela l'ait amenée à commettre un meurtre. Du moins, pas assez d'argent de l'assurance.

— Mais Cullen n'a laissé rien d'autre.

— C'est ce qu'elle a dit, mais sommes-nous obligés de la croire ? Il ne t'est pas venu à l'esprit qu'un homme aussi prudent pécuniairement que Cullen pouvait également être le genre d'homme à avoir *épargné* son argent ?

— Bon, d'accord, il a peut-être laissé de l'argent. Mais il est probable que son testament laisse cet argent également à sa mère, non ?

— *Si* testament il y a. Bien sûr, sa femme pourrait le contester avec des chances d'obtenir un compromis confortable. Toutefois, le procès pourrait s'éterniser pendant des années et les honoraires des avocats mangeraient une grande partie de la succession. Non, l'idéal, pour Mrs Cullen, serait que Cullen soit mort intestat. Sans laisser de testament. Elle hériterait de tout, automatiquement. C'est pourquoi, s'il y a un testament, elle aurait intérêt à le trouver et à le détruire le plus tôt possible.

— Elle l'a peut-être déjà fait.

— À mon avis, elle n'en a pas encore eu la possibilité. Attendu que Cullen était un homme si prudent, je pense qu'il y a gros à parier qu'il gardait le testament, si testament il y a, dans son coffre à la banque. Et puisqu'il ne faisait pas suffisamment confiance à sa femme pour en faire la bénéficiaire de son assurance, cela m'étonnerait fort qu'il lui ait donné une clé de son coffre ou même qu'elle sache où est cette clé.

— Et si elle avait trouvé la clé et détruit le testament *avant* de s'arranger pour que Cullen soit tué ?

— C'est très possible. Après tout, tuer un homme en supposant que l'on trouvera *peut-être* la clé de son coffre et que l'on pourra *peut-être* détruire un testament qui existe *peut-être*, c'est plutôt aléatoire, à tout le moins. Ce qui nous amène à une autre possibilité. Il est parfaitement concevable que

Mrs Cullen ne soit pour rien dans la mort de son mari. Cependant, cela ne l'empêcherait pas de profiter de sa disparition pour détruire son testament.

Une fois arrivés au commissariat central, nous allâmes à la morgue et parlâmes à l'employé de service.

— Vous avez toujours les effets personnels de Bernard Cullen ? demandai-je.

Il apporta une grosse enveloppe marron et l'ouvrit. J'examinai son contenu et trouvai une petite clé plate – manifestement la clé d'un coffre-fort.

— Nous avons failli ne pas la voir, dit l'employé. Cullen la gardait dans sa chaussette. Il avait une callosité de la forme de cette clé sur la plante de son pied droit. Autre chose. Sa femme a téléphoné il y a un instant. Elle voulait savoir quand elle pourrait venir prendre ses effets personnels. Je lui ai dit dès que vous auriez terminé votre enquête.

— Bien. Ne donnez à personne les affaires de Cullen jusqu'à ce que je vous le dise. Surtout pas cette clé.

Ralph et moi rebroussâmes chemin vers l'ascenseur.

— En ce moment même, dis-je, j'imagine que Mrs Cullen est en train de mettre son appartement sens dessus dessous pour trouver le double de cette clé.

Ralph cligna des yeux.

— Un double ? Je n'y aurais jamais pensé. Bien sûr, il y a forcément un double pour ce genre de clé. Et si elle le trouve ?

— Je ne pense pas qu'elle le trouvera.

— Pourquoi cela ?

Je souris.

— Je pense que c'est la mère de Cullen qui l'a.

Je regagnai mon appartement à six heures. D'habitude, je prépare mes repas moi-même, principalement parce que je déteste dîner en ville, mais aussi parce que je suis la seule personne à savoir ce que, comment, et quand j'ai envie de manger. Je préparai mon plat en cocotte favori – bœuf séché, potage aux champignons, petits pois, et nouilles chop suey – mis la cocotte dans le four réglé à 350 degrés, attendis trente minutes, puis je mangeai.

Lorsque j'eus terminé mon lait, je tendis la main vers le téléphone, puis je me rappelai que le numéro de McGeorge ne figurait pas dans l'annuaire.

Je pris une douche, me rasai et transférai mes effets personnels dans les poches de mon plus beau costume, puis je me rendis chez McGeorge.

À la grille, le gardien téléphona pour annoncer mon arrivée et ce fut Dora elle-même qui vint ouvrir la porte.

— Cet après-midi j'ai eu étrangement froid et je me suis finalement aperçue que vous aviez emporté mon bas.

Je le sortis de ma poche.

— Je l'ai trouvé en rentrant chez moi. Je vous aurais bien téléphoné pour vous dire de ne pas vous inquiéter, vous faire du mauvais sang, ou céder au découragement total. Je vous l'aurais volontiers renvoyé par la poste. Mais votre numéro de téléphone ne figure pas dans l'annuaire et il faut une injonction du tribunal pour amener la compagnie du téléphone à communiquer ce genre de renseignements, aussi ai-je pensé que je ferais aussi bien de vous le rapporter moi-même.

Elle me conduisit dans l'une des pièces au fond du couloir.

— Je suppose que vous n'êtes pas de service ? Désirez-vous boire quelque chose ? Bourbon, whisky, rhum ?

— Euh... peut-être un petit verre de sherry.

Elle me regarda fixement un instant.

— Très bien.

Elle trouva la bouteille après une fouille approfondie du bar.

— Mon père m'a appris de quoi il retournait. Il me dit toujours tout. À l'exception de certaines de ses affaires. Il ne veut pas que je sois obligée de mentir si jamais j'étais citée comme témoin.

Elle remplit deux verres et m'en tendit un.

— Papa ne pense pas que le meurtre de ce Cullen ait

quelque chose à voir avec le syndicat. Avec *n'importe quel* syndicat. Et vous ?

— Je doute que cela soit le cas. Si c'était un contrat lancé par un syndicat, le tueur aurait été un professionnel, d'accord ?

— D'accord.

— Est-ce qu'un professionnel tirerait *six* coups de feu et manquerait sa cible quatre fois ?

— Jamais. Mais je suppose que la lumière n'était pas fameuse ?

— Je pense qu'un professionnel aurait prévu cette situation et en aurait tenu compte au lieu de surgir brusquement dans le bar avec un bas sur la tête. Et si c'était un travail de professionnel, est-ce que le tueur n'aurait pas reçu tous les renseignements pertinents sur sa cible, y compris le fait que l'homme était flanqué de deux gardes du corps ?

— Absolument.

— Alors est-ce qu'un tueur professionnel tirerait six coups de feu d'affilée, pour se retrouver avec une arme *vide* en face de deux gardes du corps armés ? Et puis il y a la fuite elle-même. Ce n'était peut-être pas obligatoire d'avoir une voiture qui l'attendait – de préférence avec un chauffeur et le moteur en marche – mais s'enfuir à pied semble un tantinet risqué, non ?

Dora en convint.

— Et le fait que le tueur ait crié « McGeorge ». Était-ce vraiment pour identifier sa victime ? Je vous parierais que *tout le monde* dans le bar s'est retourné. C'est normal de se retourner lorsque quelqu'un ouvre une porte et crie à tue-tête « McGeorge », ou « Attila le Hun », ou autre chose. Même si vous vous appelez Smith ou Barbe-Bleue.

— Exactement. Par conséquent nous en arrivons à la conclusion que le tueur *voulait* que cela ressemble à un meurtre commandité par un syndicat. Mais en réalité il n'en avait pas du tout après McGeorge.

— Cullen ?

— Cela mérite réflexion, non ?

— Désirez-vous un autre sherry ?

— Non, je vous remercie. Je préfère rester lucide. Et je dois conduire pour rentrer chez moi.

Avant de partir, à dix heures, j'appris, entre autres, qu'au collège elle avait été élue Miss Dévoreuse de Livres 1972, distinction des plus méritées puisque tous les membres du jury avaient voté pour elle *en bloc*.

De retour en ville, sur une idée subite, je continuai de rouler jusqu'à la Perruche Pourpre, ou je ne sais quoi. Je laissai ma voiture dans un parking à quelque distance et allai à pied jusqu'au night-club. Une affiche à l'entrée indiquait que la chanteuse passant en vedette en ce moment était une certaine Amy Adams.

J'ouvris la porte donnant sur le bar. L'endroit était maintenant plein à craquer, très enfumé, et bourdonnait d'un mélange de bruits. Dans la salle, au-delà du bar, j'entendais un orchestre et une femme aux prises avec une chanson.

Je haussai la voix et criai :

— Soliman le Magnifique !

Une douzaine de personnes ou davantage, les plus proches de la porte, tournèrent la tête, parurent amusées, surprises, ou haussèrent les épaules, puis reportèrent leur attention sur leurs verres.

Il était clair que Wister, le gérant, avait été à portée de voix. Il vint vers moi.

— Vous avez dit quelque chose à propos de Kubla Khan ?

— C'est curieux comme les gens confondent les deux, fis-je remarquer. Je suppose que c'est parce que Kubla Khan est plus connu, alors les gens ont tendance à transposer, même s'ils ne se ressemblaient pas du tout.

— Désirez-vous une table ? demanda Wister.

Je m'apprêtais à refuser, mais il ajouta :

— Offert par la maison, bien sûr.

— Ma foi… mes pieds *sont* un peu las.

Il me précéda à travers le bar jusqu'à la salle principale et trouva une petite table près de la porte de service. Ce n'était certainement pas la meilleure table du night-club, mais elle me convenait tout à fait. Il sembla sur le point de s'asseoir à ma table, puis se ravisa.

— Qu'aimeriez-vous boire ?

— Un verre de sherry, s'il vous plaît.

Il transmit ma commande à un garçon et s'attarda.

— Avez-vous découvert qui était l'assassin ?

— Nous continuons de travailler sur cette affaire. Est-ce que vous connaissiez la victime, Cullen ?

— Non.

— Est-ce que vous connaissiez sa femme ?

Il fronça les sourcils.

— Sa femme ? Comment connaîtrais-je sa femme alors que je ne le connaissais pas ?

— Une chose ne découle pas forcément de l'autre.

— Je ne sais même pas à quoi elle ressemble.

— Est-ce un fait notoire que McGeorge est le propriétaire de cet endroit ?

— Je ne dirais pas cela.

— Les employés ici le savent-ils ?

— Probablement. Mais certainement pas les clients qui viennent passer une soirée ici.

Il s'éloigna pour accueillir deux clients.

On m'apporta mon sherry et je bus une petite gorgée – c'était du sherry pour la cuisine. Cela m'arrive souvent, d'une façon très surprenante.

L'autre chaise à ma table fut tirée en arrière et un homme s'assit.

— Bonsoir, dit-il. Où en est cette affaire de meurtre ?

Il avait dans les trente-cinq ans, portait un costume tapageur, et avait quelques verres dans le nez. Il me sembla reconnaître son visage.

Ah, oui. C'était l'un des témoins du meurtre de Cullen. Non, pas vraiment un *témoin*. Il était aux toilettes lorsque le meurtre avait eu lieu. Roberts ? Romer ? Rodelle ? Oui, c'était ça. Rodell.

Sur la petite scène éclairée par des projecteurs, Amy Adams recommença à se colleter avec le micro et murmura une autre chanson.

Rodell ôta son cigare de sa bouche.

— Elle a une voix sensationnelle, hein ?

J'écoutai attentivement pendant trente secondes.

— À vrai dire, c'est plutôt un *filet* de voix. Cependant, si elle a vraiment des dispositions pour la musique, je lui suggèrerais d'arrêter le chant et de jouer d'un instrument. Je connaissais une fille au lycée, une mezzo-soprano, qui a opté pour la harpe, et elle ne l'a jamais regretté. Elle se prénommait Hildegarde, mais la plupart des gens l'appellaient…

— C'est ma femme.

— Hildegarde ? Je ne savais même pas qu'elle était…

— Je veux parler d'Amy Adams. (Il montra la scène.)

Adams ? Rodell ? Oh, oui. Adams était son nom d'artiste. Je m'éclaircis la gorge.

— D'un autre côté, beaucoup de gens *aiment* les voix fluettes. Peut-être même la majorité. Depuis combien de temps se produit-elle ici ?

— Trois mois.

J'eus un petit rire.

— Au moins, elle a un travail stable. Je suppose que c'est en grande partie grâce à son impresario.

— Je suis son impresario.

Je sirotai mon sherry.

— Vous saviez que Big Joe McGeorge était le propriétaire de ce night-club ?

— Bien sûr.

— Est-ce que vous connaissiez la victime ? Cullen ?

— Comme je vous l'ai dit cet après-midi, je ne l'avais jamais vu auparavant.

— Est-ce que votre femme le connaissait ?

— Pourquoi ma femme l'aurait-elle connu ?

— Eh bien, elle ne connaissait peut-être pas son nom, mais elle aurait pu le voir ici un soir, non ? Avec une autre femme ?

— Je ne crois pas.

Je le priai de m'excuser et allai aux toilettes. La pièce comportait une seule fenêtre, petite et opaque, donnant probablement sur la ruelle. Je testai la solidité des barreaux dont elle était munie. Hum, solidement scellés dans la maçonnerie. Apparemment, il était impossible de les retirer sans causer d'importants dégâts.

Je fronçai les sourcils. Rodell avait dit qu'il se trouvait dans les toilettes au moment du meurtre, mais était-ce nécessairement les toilettes *Messieurs*? Après tout, il n'y avait pas eu de femmes dans le bar, par conséquent les toilettes pour dames avaient été inoccupées. Rodell pouvait facilement…

Je sortis dans le couloir et fis halte devant la porte des toilettes pour dames. Y avait-il quelqu'un à l'intérieur en ce moment?

J'attendis cinq minutes. Je m'apprêtais à ouvrir la porte lorsque deux femmes sortirent d'un pas alerte. Elles me dévisagèrent en passant près de moi.

Je décidai d'attendre encore dix minutes avant de faire une autre tentative pour entrer dans la pièce en question.

Quatre minutes s'écoulèrent et trois femmes passèrent près de moi et s'engouffrèrent dans les toilettes pour dames.

Je recommençai à compter à partir de zéro. Je sentis quelqu'un me taper sur l'épaule et je trouvai à mes côtés un costaud en smoking, sans doute un videur.

— Pourquoi fixez-vous cette porte? demanda-t-il.

J'eus un rire désinvolte.

— J'attendais que ma femme sorte, mais j'ai dû la rater. Que pensiez-vous que je faisais?

— J'ai peur de deviner.

Je le quittai et dirigeai mes pas vers le bar. Le barman de cet après-midi était parti, mais trois autres étaient de service maintenant et ils étaient tous très occupés. Je réussis finalement à attirer l'attention de l'un d'entre eux. Je haussai la voix au-dessus du vacarme ambiant:

— Excusez-moi, mais j'ai besoin d'un renseignement. Êtes-vous déjà allé dans les toilettes pour dames ?

Il mit sa main en cornet.

— Hein ?

— J'aimerais savoir combien de fenêtres il y a dans cette pièce, leurs dimensions, sont-elles munies de barreaux, et si oui, quel est l'état général de ces barreaux.

Il eut l'air peiné.

— J'ai jamais été dans les gogues pour dames de ma vie, mon vieux. Tout ce que je fais c'est préparer des cocktails. Demandez-moi quelque chose que je connais.

Je soupirai et me dis que je ferais mieux de chercher d'autres moyens pour obtenir le renseignement que je désirais. Je pouvais peut-être poser la question à une femme, ou simplement attendre jusqu'à demain lorsque l'endroit serait moins bondé, afin d'y jeter un œil par moi-même.

Je rejoignis Rodell à ma table.

— Ainsi vous êtes impresario ? Je suppose que vous avez d'autres chanteuses et artistes de cabaret dans votre… ah… *écurie* ?

— Juste Amy.

Il but une longue gorgée du cocktail qu'il avait commandé durant mon absence.

J'écoutai Amy Adams terminer une autre chanson. Oui, sa voix était fluette, sans aucun doute. Avait-elle de la personnalité ? Un don caché ? Personnellement, je la trouvais trop maigre et efflanquée, avec des cheveux châtains coupés court de façon banale. Les autres voyaient-ils quelque chose que je ne voyais pas ?

J'aperçus Wister debout près d'un mur. Apparemment, il n'avait rien à faire pour le moment. Je m'excusai et allai vers lui.

— Est-ce que les toilettes pour dames ont une fenêtre ?

Il réfléchit en fronçant les sourcils.

— Il me semble, oui. Mais pour vous dire la vérité, je ne me rappelle pas y être jamais entré. Pourquoi désirez-vous savoir cela ?

— Je suis certain que le meurtre n'a rien à voir avec le syndicat. Le tueur était un amateur, pour ainsi dire, et il ne cherchait pas du tout McGeorge.

— Il cherchait Cullen ? Mais il a crié « McGeorge ». (Il se frotta la joue.) C'était pour faire diversion ? Il savait que McGeorge était ici, ou du moins il pensait que McGeorge était ici ? Il avait vu McGeorge entrer à la Perruche Bleue ?

— Dans ce cas, pourquoi a-t-il attendu quarante-cinq minutes avant d'entrer et de tirer sur Cullen ? Non, le meurtrier a attendu quarante-cinq minutes jusqu'à ce qu'il soit sûr que McGeorge et ses gardes du corps *ne seraient plus là*. Il ne voulait pas courir le risque que l'un d'eux dégaine son arme et riposte dans la confusion du moment. Malheureusement, de son point de vue, il ignorait qu'un officier de police, lequel n'était pas de service, se trouvait dans le bar.

— Il a vu McGeorge partir ?

— Oui.

— Alors il devait surveiller l'arrière du bâtiment ?

— Non. S'il avait effectivement suivi McGeorge et l'avait vu entrer par la porte de devant, il pouvait s'attendre logiquement à ce que celui-ci ressorte par là. Mais McGeorge et ses amis sont partis par la porte de derrière. Le tueur n'aurait pas pu savoir que McGeorge était parti s'il attendait toujours devant le night-club. C'est pourquoi j'en arrive à la conclusion qu'il n'attendait ni devant le bâtiment ni à l'arrière de celui-ci.

— Alors où était-il ?

— Juste ici, dans le bar de la Perruche Écossaise.

— La Perruche Bleue. (Le regard de Wister se posa sur Rodell toujours assis à ma table.) Rodell a dit qu'il était aux toilettes. Mais cela aurait pu être les toilettes pour dames...

J'opinai du chef.

— La fenêtre des toilettes pour messieurs est munie de barreaux solides. Je ne sais pas ce qu'il en est pour la fenêtre dans les toilettes pour dames, mais j'ai dans l'idée que Rodell s'est faufilé par cette fenêtre, a rapidement fait le tour du bâtiment, a abattu Cullen, puis a rebroussé chemin pour rentrer dans le bâtiment de la même façon qu'il en était sorti.

— Vous allez l'arrêter ?

— Je ne parviens pas à trouver le mobile, répondis-je. *Pourquoi* a-t-il tué Cullen ? Et il y a autre chose qui me turlupine, bien que je sois incapable de mettre le doigt dessus pour le moment.

Je revins vers ma table, laissant à Wister le soin de jeter un coup d'œil dans les toilettes pour dames si jamais il en avait la possibilité.

Rodell me regarda me rasseoir.

— Vous ne trouverez jamais le tueur. Il est probablement à un millier de kilomètres d'ici à l'heure qu'il est.

— Ce n'était pas un meurtre commandité par le syndicat, dis-je. Et le tueur ne cherchait pas McGeorge.

Rodell parut laisser cette information se frayer un chemin dans son esprit.

— Je viens de penser à quelque chose. Et si McGeorge était le tueur ? Quel meilleur alibi pourrait-il avoir, pour ainsi dire ? Il entre dans le bar et hurle « McGeorge », comme s'il cherchait vraiment McGeorge, et ensuite il descend Cullen ? La dernière personne à laquelle la police penserait ce serait McGeorge lui-même.

Je le regardai fixement.

— S'il voulait que Cullen meure, il aurait facilement trouvé quelqu'un pour faire ce travail à sa place. Et pour quelle raison aurait-il voulu tuer Cullen ?

Rodell haussa les épaules.

— Je l'ignore. Peut-être était-ce une affaire personnelle, et il voulait avoir le plaisir de faire le travail lui-même.

Je tambourinai sur la table du bout des doigts. *C'était* un nouvel élément.

Rodell prit son verre et but une longue gorgée.

— Cela aurait pu être moi.

— Qu'est-ce qui aurait pu être vous ?

— J'aurais pu être étendu par terre, au lieu de Cullen. C'était mon tabouret de bar. Je venais de finir mon verre et j'ai eu besoin d'aller aux gogues. Cullen est certainement entré dans le bar pendant que j'y étais et il a pris mon siège. (Son visage pâlit comme une nouvelle idée se présentait à lui, et il renversa son verre.) Pourquoi McGeorge voudrait-il *me* tuer ?

Sur la scène, Amy Adams avait remis ça. Bon sang, cette femme ne savait donc pas quand il fallait arrêter les frais ?

J'observai Rodell essuyer avec son mouchoir sa veste et son pantalon qu'il avait involontairement aspergés d'alcool.

Je fermai les yeux un moment puis je me levai. Je cherchai Wister du regard et le repérai. Je le rejoignis.

— Vous avez trouvé un mobile ? demanda-t-il.

— Oui.

— Vous allez arrêter Rodell ?

— Je l'aurais sans doute déjà fait, seulement… où a-t-il trouvé l'autre pantalon ?

— L'autre pantalon ? Quel pantalon ?

— Alors que le meurtrier s'enfuyait, l'officier de police Campbell a tiré sur lui et la balle lui a éraflé le postérieur, sans aucun doute détruisant le fond de son pantalon, sans parler de son caleçon, et peut-être causant également quelque dommage physique. Le meurtrier avait besoin de la jouissance immédiate d'un cabinet de toilette, peut-être de pansements, et certainement d'un autre pantalon. Il pouvait se passer de caleçon, je suppose, dans cette circonstance critique. Maintenant, où Rodell aurait il pu trouver ce fameux pantalon aussi vite ?

Wister s'éclaircit la gorge.

— Il y a un cabinet de toilette attenant à mon bureau. Et il aurait pu voler le pantalon dans mon bureau.

— Mais il n'aurait pas pu l'enfiler. Rodell est un homme plutôt corpulent. Le pantalon aurait été trop étroit pour lui et nous l'aurions tout de suite remarqué. (Je souris.) Vous ne voulez pas vous asseoir pendant que nous poursuivons cette discussion ?

Il sembla quelque peu crispé.

— Je préfère rester debout.

Je faillis le montrer du doigt.

— *Vous*, monsieur, avez accompagné McGeorge et ses gardes du corps jusqu'à la porte de derrière. Vous avez attendu qu'ils soient partis, ensuite vous avez rapidement fait le tour du bâtiment jusqu'à la porte du bar, avez tiré sur Cullen, et êtes revenu dans votre bureau situé à l'arrière du bâtiment. Là, vous avez donné les premiers soins à votre postérieur, avez changé de pantalon, et avez rejoint les clients horrifiés quelques instants avant l'arrivée des voitures de patrouille. Il faisait sombre dans le bar et, autant que chacun pouvait le savoir, vous aviez été là, à l'arrière-plan, au moment des coups de feu. Personne n'a compté les personnes présentes. De plus, tout le monde, y compris la police, a automatiquement présumé que le tueur était étranger à l'établissement. Apparemment, il n'y avait aucune raison de suspecter quelqu'un se trouvant dans le bar.

— C'est ridicule, fit Wister d'un ton cassant. Pour quelle raison aurais-je tué Cullen ?

— Mais la mort de Cullen était *vraiment* un accident. C'était Rodell que vous vouliez tuer, mais le bar était très mal éclairé. Sur le moment, vous ne vous êtes probablement même pas rendu compte que vous aviez abattu Cullen. La dernière fois que vous aviez vu Rodell, il était assis sur un tabouret bien précis et vous vous attendiez à ce qu'il soit toujours assis au même endroit lorsque vous avez franchi la porte de devant.

— Et pour quelle raison aurais-je voulu tuer Rodell ?

Je souris.

— Vous aurez beau protester, Amy Adams a une voix dépourvue de toute originalité. Pourtant elle se produit ici depuis trois mois. Habituellement, un artiste de cabaret est engagé pour une semaine ou deux et puis il s'en va. Pourquoi avez-vous gardé Amy Adams aussi longtemps ?

— Cela ne vous regarde pas.

— Je suppose que vous ne vous êtes pas encore débarrassé du pistolet, du pantalon déchiré, *et cætera*, d'autant plus que vous vous sentiez parfaitement en sécurité ? Cullen était la victime et personne ne pouvait établir le moindre lien entre vous et lui ?

— Je veux voir mon avocat.

Je hochai la tête.

— Et je suppose que Amy Adams aura également besoin d'un avocat ? Elle est votre complice, n'est-ce pas ? Une fois que nous l'aurons interrogée, cuisinée, mise sur le gril, harcelée, et humiliée, j'imagine que la vérité finira par se découvrir.

Le gentleman en lui se manifesta, comme je m'y étais attendu.

— Elle n'a absolument rien à voir là-dedans. J'ai tout combiné et j'ai agi seul. Rodell est un ivrogne et une sangsue, mais elle ne voulait pas le quitter. (Il soupira et regarda avec envie une chaise près de nous.) Comme j'aimerais pouvoir m'asseoir. Je suis resté debout toute la journée.

Le lendemain matin, à neuf heures, j'achetai un briquet et dirigeai mes pas vers la cabine téléphonique la plus proche. J'appelai Dora McGeorge avec une certaine agitation.

— Comment avez-vous eu mon numéro ? demanda-t-elle.

— Je l'ai remarqué tout à fait par hasard sur l'un de vos téléphones la dernière fois que j'étais chez vous. Je téléphonais parce que je viens de m'apercevoir que j'avais par mégarde mis votre briquet dans ma poche lorsque je suis parti hier.

— Ce ne peut être le mien. Je ne fume pas.

— Celui de votre père ?

— Il ne fume pas, lui non plus.

— Hannigan ? Freddie ? Eddie ?

— Non !

— Vous voulez dire que j'ai dépensé 12 dollars 50 pour un briquet que personne ne réclamera ?

— J'en ai bien peur. Par contre, si vous regardez dans la poche droite de votre veste, vous trouverez l'un de mes signets préférés, et je ne sais absolument pas comment il a pu arriver là.

— Je vais demander aux gars du labo qu'ils relèvent les empreintes.

— Ce ne sera pas du tout nécessaire. Contentez-vous de le rapporter et l'affaire en restera là.

J'étais là-bas vingt minutes plus tard.

ON NE ME DIT JAMAIS RIEN

Il était mon premier client.

— Mr Turnbuckle, dit-il. Je vous paierai cinquante dollars pour chaque rapport journalier. Qu'en pensez-vous ?

Je pensai que c'était un peu juste, mais peut-être se montrerait-il plus généreux pour les frais. J'exprimai à voix haute cette pensée.

— Cinquante dollars plus les frais ?

— Je ne prévois pas de frais. Cinquante dollars pour chaque rapport journalier, c'est tout. Trente rapports.

Je souris avec indulgence.

— Cinquante dollars par jour pour une enquête confidentielle, cela aurait probablement été une somme mirobolante il y a vingt ou trente ans, mais au jour d'aujourd'hui…

Il leva une main.

— Vous n'aurez même pas besoin de sortir de ce bureau. Vous vous installez devant votre machine à écrire, vous insérez une feuille de papier à en-tête de votre agence, et vous tapez les rapports, l'un après l'autre, jusqu'à ce que vous ayez fini. Trente rapports pour une période de trente jours.

J'examinai mes notes qui consistaient en deux mots : Paula Smith.

— Vous voulez dire que vous *ne voulez pas* que je trouve cette Paula Smith ?

— Exactement. Je veux que vous ne fassiez aucune

recherche du tout. Toutefois, étoffez vos rapports comme si vous aviez été extrêmement occupé. Servez-vous de votre imagination. Suivez sa piste à travers le pays – sur le papier – et perdez-la finalement à, disons, San Francisco ou Seattle. Donnez l'impression que vous envoyez vos rapports ici, où une secrétaire se charge de les transcrire et de me les faire parvenir.

Je réfléchis un moment.

— Est-ce que cela ne vous reviendrait pas moins cher si vous aviez tout bonnement quelques en-tête de lettre imprimés et que vous rédigiez les rapports vous-même ?

— Sans doute. Mais ce serait bien du tracas et, de plus, je ne connais pas les termes utilisés, les méthodes d'investigation, et le jargon, ou quoi que ce soit, utilisé par les agences de détectives privés. Or je tiens à ce que ces rapports paraissent aussi authentiques que possible. J'aurai également besoin de trente enveloppes avec le nom de votre agence.

Je hochai la tête pour moi-même. Il allait expédier les rapports par la poste à sa propre adresse – un à la fois – et lorsqu'il les recevrait, il avait l'intention de les montrer à une ou plusieurs personnes.

Mon client était un homme grand et distingué, la cinquantaine passée, les tempes grisonnantes, extrêmement bien habillé, et il avait refusé de me dire son nom.

Je consultai à nouveau ma feuille de papier.

— Paula Smith, est-ce son vrai nom ?

— Contentez-vous de rédiger les rapports.

— À qui dois-je adresser les rapports ?

— Laissez cette partie en blanc, je la remplirai plus tard moi-même.

Je soupirai.

— Bon, récapitulons. Nous avons une personne qui a disparu, une certaine Paula Smith. Vous *ne voulez pas* que je la trouve. Mais elle *a* disparu, n'est-ce pas ? Peut-être avez-vous prévenu la police ?

Il me regarda fixement pendant quelques secondes.

— Paula Smith se porte à merveille et, je le suppose, elle mène une vie heureuse. Vous n'avez pas besoin d'en savoir plus. Combien de temps vous faudra-t-il pour rédiger ces rapports ?

— Probablement une semaine. Il faudra que je fasse des recherches à la bibliothèque municipale – pour noter les noms de rues, d'hôtels, de restaurants, et autres choses du même genre, dans diverses villes. Où Paula Smith a-t-elle été vue pour la dernière fois ?

— Pourquoi avez-vous besoin de savoir cela ?

— Si elle a été vue pour la dernière fois au Sahara, je ne peux tout de même pas commencer mon rapport en suivant sa piste au Pôle Nord.

Il acquiesça, à contrecœur.

— Commencez votre rapport en déclarant que vous avez retrouvé le taxi qui l'a emmenée, elle et ses bagages, depuis « votre demeure » jusqu'à l'aéroport ou la gare routière. Vous n'avez absolument pas besoin de connaître mon adresse.

— Quand a-t-elle été vue pour la dernière fois, quel jour et quelle heure, et par qui ?

— Vous n'avez pas besoin de savoir par qui. Mais elle a été vue pour la dernière fois dimanche soir vers les dix heures lorsqu'elle est montée se coucher. Pensez-vous que je pourrai avoir le premier rapport avant midi aujourd'hui ? J'aimerais commencer ceci le plus tôt possible avant que quelqu'un d'autre…

Il s'interrompit et prit son portefeuille dans sa poche. C'était un magnifique portefeuille en cuir avec les initiales A. B. gravées dans un coin. Il me tendit deux billets de vingt dollars et un billet de dix. Je les pris.

— Comment se fait-il que vous ayez choisi mon agence ?

— J'ai cherché dans les pages jaunes de l'annuaire et j'ai vu le nom de votre agence. (Il se dirigea vers la porte.) Au cas où vous auriez l'intention de me suivre, n'y pensez plus. Je me propose de prendre toutes les précautions nécessaires.

Lorsqu'il fut parti, je me mis à réfléchir.

Bon, qu'est-ce que j'avais là ?

On me demandait de rédiger une série de rapports bidon. Pourquoi ? Manifestement pour duper quelqu'un... pour faire croire à une personne, ou à plusieurs personnes, que l'on recherchait activement cette Paula Smith, bien que mon client n'ait aucune envie qu'on la retrouve.

Et que penser du nom lui-même, Paula Smith ?

Ce nom était-il fictif ? Ou bien cette personne existait-elle vraiment ?

Je pris l'annuaire du téléphone et tournai les pages jusqu'aux Smith. Ils étaient légion, bien sûr. Plusieurs Peter Smith, mais pas de Paula ni même de P. Smith.

Et que penser de mon visiteur, A. B. ?

Il avait déclaré, entre autres, qu'il avait parcouru les pages jaunes jusqu'à ce qu'il trouve mon nom et mon adresse.

Mais c'était impossible puisque le nom de mon agence ne figurait pas encore dans l'annuaire. J'avais ouvert mon bureau depuis trois semaines à peine. Mon nom apparaîtrait dans la prochaine édition de l'annuaire qui ne serait pas distribuée avant deux mois.

Alors pourquoi et comment m'avait-il choisi ?

Puisque ce n'était pas par l'intermédiaire des pages jaunes, s'était-il tout simplement promené dans les couloirs des immeubles commerciaux du centre-ville jusqu'à ce qu'il aperçoive le nom de mon agence sur la porte ? Peu probable. Mon agence est située au huitième étage d'un immeuble qui en compte vingt-six et il y a au moins une centaine de gratte-ciel dans cette ville.

Ou bien pouvait-on envisager qu'il travaillait dans cet immeuble, tout bonnement, et que, au cours des trois dernières semaines, alors qu'il attendait l'ascenseur pour que celui-ci l'emmène à son étage, il avait remarqué le nom de mon agence sur le tableau des raisons commerciales dans le hall ? Et l'avait-il enregistré dans sa mémoire jusqu'à ce que, lorsqu'il avait eu besoin des services d'un détective privé, celui-ci jaillisse brusquement dans son esprit ?

Je me frottai la nuque. Est-ce que je devais refréner ma curiosité, m'occuper de ce qui me regardait, et toucher les 1500 dollars comme convenu ? Était-ce ce qu'un détective privé expérimenté ferait ?

Mon téléphone sonna. C'était Ralph. Il est inspecteur de police et j'avais été son coéquipier jusqu'à il y a trois semaines.

— Comment ça va, Henry ? demanda-t-il.

— On vient de me confier ma première affaire.

— Félicitations. Ma femme et moi étions un peu inquiets. Tu sais, cela fait presque un mois que tu as ouvert cette agence.

Je m'éclaircis la gorge.

— Je viens de me rendre compte que la plupart des gens consultent les pages jaunes de l'annuaire lorsqu'ils désirent engager un détective privé et je ne figurerai pas dans l'annuaire avant deux mois lorsque la nouvelle édition sortira.

— Tu as choisi le mauvais moment de l'année pour te lancer dans cette profession. Et si tu passais des annonces dans les journaux ?

— Je ne suis pas sûr que ce soit conforme à l'éthique, professionnellement parlant.

— Henry, si j'étais toi je ne me préoccuperais pas d'éthique, en ce qui concerne l'activité de détective privé, bien entendu. Cette première affaire, de quoi s'agit-il ?

— Une personne qui a disparu. Paula Smith.

— Smith ? Ma foi, je suppose qu'il arrive que des Smith disparaissent eux aussi de temps en temps. Ma femme se demandait si elle ne devait pas t'apporter du bouillon de poule ou autre chose ?

— Non, Ralph. Tout va bien, merci.

Après qu'il eut raccroché, je descendis au rez-de-chaussée et examinai le tableau des raisons sociales dans le hall, à côté des ascenseurs.

Je trouvai douze sociétés et particuliers inscrits sous la lettre B.

Albert Bancroft, Investissements, semblait être ce que je cherchais.

J'entrai dans la cabine téléphonique toute proche et tournai les pages blanches de l'annuaire jusqu'aux Bancroft. Je ne trouvai qu'un seul Albert Bancroft.

Je consultai ma montre. Il était presque dix heures du matin. Où Bancroft se trouvait-il en ce moment ? Probablement aux étages supérieurs dans son bureau, penché sur des bons du Trésor ou quelque chose de tout aussi passionnant.

Je vérifiai son adresse et son numéro de téléphone, puis je le composai.

Le téléphone fut décroché par un homme qui dit :

— Résidence Bancroft.

— Pourrais-je parler à Paula ?

Il y eut un silence.

— Paula ?

— Oui. Paula Smith.

Un autre silence.

— Je regrette, monsieur, mais elle n'est plus à notre service.

Ah, ainsi il y *avait* bien une Paula Smith. Et à qui parlais-je ? Il avait utilisé les mots « résidence Bancroft », et m'avait appelé « monsieur ». Était-ce le maître d'hôtel ? Après tout, des gens qui s'occupaient d'investissements et qui habitaient dans le quartier de Bancroft avaient probablement les moyens d'engager un maître d'hôtel.

— C'est Jarvis ? demandai-je.

— Non, monsieur. C'est Wisniewski.

— Wisniewski ? (J'eus un rire désinvolte.) Jarvis. Wisniewski. J'ai vraiment le chic pour confondre les noms. Mais vous *êtes* le maître d'hôtel des Bancroft, n'est-ce pas ?

— Oui, monsieur.

— Bien sûr, dis-je. Paula m'a parlé de vous dans l'une de ses lettres.

— Miss Smith vous a parlé de *moi* dans une lettre ? (Il semblait circonspect.) Et que disait-elle ?

— Je ne me rappelle pas les termes exacts, mais elle ne disait que du bien de vous.

— À qui ai-je l'honneur, monsieur ?

— John Smith. Le cousin de Paula, au deuxième degré.

— Je croyais qu'elle n'avait plus de parents encore en vie.

Je gloussai.

— Je ne peux pas reprocher à Paula de taire mon existence. Mais je viens d'être libéré sur parole. A-t-elle laissé une nouvelle adresse où faire suivre son courrier ?

— Non, monsieur.

— Vous voulez dire qu'elle s'est tout bonnement volatilisée ?

— Pas exactement volatilisée, monsieur. Elle a fait ses valises durant la nuit et elle est partie. Je crois savoir qu'elle a laissé une lettre, monsieur, mais elle ne disait pas où elle allait.

Quel avait été l'emploi de Paula chez les Bancroft ? Cuisinière ?

Je gloussai à nouveau et citai H. H. Munro, plus connu sous le nom de « Saki » :

— C'était une bonne cuisinière, comme le sont les cuisinières. Et comme toutes les bonnes cuisinières, elle est partie ?

— Monsieur ? dit Wisniewski.

Il était clair que j'avais frappé à la mauvaise porte.

— Le *dernier* endroit où Paula travaillait, elle était cuisinière, dis-je. Je supposais juste…

— Ici, elle était l'intendante, monsieur.

Intendante ? Que font les intendantes ? Oh, oui. Elles donnent des ordres aux autres domestiques, tiennent les comptes de la maison, et en règle générale se disputent avec les maîtres d'hôtel.

Je raccrochai et réfléchis quelques instants, puis je décidai qu'une enquête plus approfondie sur les lieux de la disparition de Paula s'imposait.

Je sortis de la cabine téléphonique pour me rendre au

parking à plusieurs niveaux où je laisse ma voiture, et je pris la direction du 217 Lake Crest Drive.

L'entrée du 217 Lake Crest Drive était flanquée de piliers en pierre de cinq mètres de haut. La grille était ouverte, mais j'eus le sentiment qu'un représentant faisant du porte-à-porte hésiterait avant de considérer cela comme une invitation à entrer.

Je m'engageai dans l'allée et la suivis à travers l'ombre d'ormes et d'autres feuillages jusqu'à ce que j'arrive devant un manoir style Tudor.

Je me garai, gravis les larges marches et utilisai le heurtoir. Tandis que j'attendais, j'observai un jardinier d'un âge vénérable occupé à tailler une haie.

Afin de circonvenir la possibilité que Wisniewski ne reconnaisse ma voix, j'avais l'intention de parler avec un accent écossais grasseyant, ce à quoi j'excellais lorsque je tenais le rôle de Macbeth durant ma dernière année au lycée, mais ce fut une domestique en tenue qui vint ouvrir.

— Vous désirez, monsieur ?

Où était Wisniewski ? Probablement à l'office en train d'astiquer l'argenterie ou à la cave en train de tourner des bouteilles de vin.

— Pourrais-je parler à Mr Bancroft ?

— Il n'est pas là, monsieur.

— Mrs Bancroft ?

— J'ai bien peur que non, monsieur. Elle est morte il y a trois ans.

Cela l'éliminait, sans aucun doute.

— Y a-t-il d'autres Bancroft à la maison ?

— Il y a Miss Bancroft, monsieur. La fille de Mr Bancroft.

— Elle fera l'affaire.

— Qui dois-je annoncer, monsieur ?

— John P. Jones. Avoué.

Elle me laissa sur le perron, mais revint une minute plus tard et me conduisit dans l'un des salons.

Miss Bancroft semblait avoir une vingtaine d'années,

portait des lunettes à monture d'écaille, et avait probablement été en train de lire le livre ouvert et posé sur la table basse.

— Je suis Marianne Bancroft, dit-elle. Que puis-je faire pour vous ?

— Je crois savoir que vous avez à votre service une certaine Miss Paula Smith ? Pourrais-je lui parler ?

— Paula ? (Marianne Bancroft secoua la tête.) Paula n'est plus ici. Elle est partie de très bonne heure lundi matin alors que nous dormions tous. Elle a pris ses cliques et ses claques. Il y avait une lettre, mais elle ne disait pas où elle allait.

— Cette lettre disait-elle *pourquoi* elle partait ?

— Paula disait simplement qu'elle en avait assez de travailler ici et qu'elle avait décidé de s'en aller. Pourquoi désiriez-vous la voir ?

— Son oncle Theophilus Smith est mort et lui a laissé quelque argent.

— Une grosse somme ?

— Pas vraiment. Environ mille dollars. Je sais très peu de chose sur Paula Smith, excepté son nom. Quel âge avait-elle ?

— La quarantaine. Mais elle faisait plus jeune quand elle s'en donnait la peine.

— Depuis combien de temps était-elle intendante ici ?

— Moins d'un an.

Je remarquai sur l'étagère d'angle une photographie dans un cadre de trois personnes. L'une d'elles était mon client, Albert Bancroft, une autre était Marianne, et la troisième était probablement le fils de Bancroft, une réplique de son père plus jeune, plus mince, et plus grande.

— Est-ce que quelqu'un a vu Paula s'en aller ?

— Si c'est le cas, personne n'en a rien dit.

Je pris une attitude pensive.

— Est-ce qu'il me serait possible de jeter un coup d'œil dans sa chambre au cas où il y aurait quelque indication de l'endroit où elle se rendait ? Vous savez, peut-être un morceau de papier ou une partie soulignée d'un horaire de car ?

Elle me conduisit au deuxième étage.

— Votre visage me dit quelque chose. Je jurerais vous avoir déjà vu quelque part. (Elle ouvrit la porte de l'appartement de Paula.) Séjour, chambre à coucher, salle de bains.

J'ouvris les portes coulissantes d'une vaste penderie. Elle était complètement vide à l'exception de quelques cintres métalliques, mais elle était encore imprégnée d'une odeur de parfum et de poudre de riz.

— J'ai toujours pensé que les intendantes portaient des tenues. Avec peut-être une robe ou deux pour sortir en ville ?

— Les intendantes ne portent plus de tenues de nos jours. Du moins je n'en connais pas qui le fassent. Cette penderie était probablement remplie de vêtements. Je sais que Paula faisait sans cesse porter des affaires chez le teinturier. Avez-vous l'intention d'aller jusqu'au bout du monde pour la retrouver ?

— Pas pour mille dollars. Nous allons simplement placer cet argent et espérer qu'un jour elle se mettra en rapport avec quelqu'un qui lui parlera de nous. Vous n'auriez pas par hasard une photographie d'elle ?

— Non.

— À quoi ressemble-t-elle ?

Marianne haussa les épaules.

— Très grande et... aux formes généreuses. Blonde.

— Aucune anomalie dans ses écritures ? Quelque chose de cette nature ?

— Personne n'a encore vérifié, mais cela m'étonnerait. Je suis prête à parier que ses livres de comptes sont parfaitement en ordre. Elle cherchait un plus gros... (Elle s'interrompit.) Vous êtes sûr de ne pas être un genre de détective ?

Je souris.

— Ma foi, retrouver des héritiers ressemble beaucoup à un travail de détective.

Je me dirigeai vers une porte dans le mur du fond de la chambre à coucher et ouvris ce qui semblait être une autre penderie ou un débarras. Une énorme malle-armoire trônait, mise debout mais ouverte, dans ce local à part cela entièrement vide. Elle paraissait pleine à craquer de robes, de jupes, et de manteaux.

— La malle de Paula ? demandai-je.

Marianne s'approcha.

— Il me semble. Je reconnais certains des vêtements.

— Pourquoi l'a-t-elle laissée ici ?

— Je ne sais pas. Peut-être a-t-elle l'intention d'envoyer quelqu'un venir la chercher.

— Et elle n'aurait pas pris le soin de *fermer* cette malle, et probablement de la verrouiller, avant de partir ?

— Peut-être a-t-elle estimé qu'il y avait trop de choses à emporter.

— Toutes ces affaires me semblent de très bonne qualité. Elle les aurait laissées ici intentionnellement ?

— Pourquoi pas ? dit Marianne avec une certaine irritation. Elle pouvait s'en acheter d'autres. Elle n'est pas partie d'ici tout à fait les mains… (Elle s'interrompit et m'adressa un charmant sourire.) Autre chose ?

— Paula possède-t-elle une automobile ?

— Non.

— Avait-elle d'autres bagages à part cette malle ?

— Il me semble me souvenir de deux valises lorsqu'elle est arrivée ici.

— Cette lettre qu'elle a laissée ? Est-ce que je pourrais la voir ?

— Elle n'existe plus. Je l'ai jetée dans la cheminée.

— Pourquoi ?

— Parce que j'en avais envie.

Lorsque je regagnai mon bureau, j'appelai le commissariat

central et laissai un message pour que Ralph me rappelle dès son retour.

Puis je m'installai devant ma machine à écrire et entrepris de rédiger mon premier rapport pour Bancroft.

À onze heures dix, Ralph téléphona.

— Ralph, dis-je, j'aimerais que tu te renseignes pour savoir si Paula Smith a laissé au bureau de poste une nouvelle adresse où faire suivre son courrier et également si elle avait, ou a toujours, un compte d'épargne ou un compte bancaire à son nom. Je ferais volontiers ces recherches moi-même, mais tu es en service actif et cela ouvre bien des portes et fait gagner du temps.

Ralph fit claquer sa langue.

— Tu devrais avoir honte, Henry, de te servir d'un employé d'un service public pour une affaire privée. Le bureau de poste ce sera facile, mais pour les comptes bancaires… tu sais combien il y a de banques dans cette ville ?

— Essaie les agences du centre commercial de Fiebrantz. C'est à moins d'un kilomètre de la résidence Bancroft.

— Et qu'est-ce que la résidence Bancroft ?

— C'est l'endroit où Paula Smith travaillait jusqu'à la nuit où elle a disparu.

À midi, quand Bancroft fit son entrée dans mon bureau, j'avais deux rapports prêts pour lui.

— Jusqu'ici, j'ai suivi sa piste depuis votre demeure jusqu'à une pizzeria à Billings, Montana.

Il les lut et hocha la tête.

— Ces rapports me semblent parfaits.

Je lui tendis deux enveloppes. Il glissa le second rapport dans l'une d'elles, mais pas le premier, et j'en déduisis qu'il avait l'intention de montrer le premier rapport à quelqu'un sur-le-champ et ne souhaitait pas attendre que le rapport lui parvienne s'il l'envoyait par la poste.

Il sortit son portefeuille et me tendit 50 autres dollars pour le second rapport.

— Je passerai tous les jours pour prendre les rapports que vous aurez terminés.

Après son départ, je réfléchis et me demandai à nouveau pourquoi il préférait garder l'anonymat. Était-il simplement embarrassé par tous ces mystères, ou bien craignait-il que je ne sois tenté de le faire chanter par la suite ? Après tout, il avait manifestement quelque chose à cacher et si je connaissais son identité je serais à même de découvrir ce que tout cela signifiait et d'essayer d'en tirer profit.

Ralph me téléphona dans l'après-midi.

— Le bureau de poste dit que Paula Smith n'a pas laissé de nouvelle adresse. Et d'après l'agence de la First National à Fiebrantz, Paula Smith a toujours un compte bancaire chez eux. Un solde créditeur de 112, 16 dollars. Ses relevés indiquent qu'elle faisait virer le chèque du règlement de son salaire sur son compte chaque mois et qu'elle était habituellement à découvert avant la fin du mois.

— Alors pourquoi n'a-t-elle pas retiré ces 112, 16 dollars ?

— Ce n'est pas forcément un solde définitif, Henry. Il y a peut-être des chèques en cours de règlement. Elle a très bien pu fermer son compte à toutes fins pratiques.

— Ralph, lorsque Paula est partie de chez les Bancroft, elle a probablement emporté deux valises. Elle ne possède pas d'automobile, donc elle a certainement pris un taxi.

— Je vais vérifier ça. Mais quelqu'un dans la maison des Bancroft l'a peut-être conduite à l'aéroport ou à la gare routière ou autre part.

— Si c'est le cas, ce quelqu'un ne l'a dit à personne, c'est sûr.

Dans l'après-midi, je me rendis à la bibliothèque municipale pour effectuer des recherches qui emmenaient Paula de Billings jusqu'au Custer Battlefield National Monument et ensuite au Grand Rodéo Annuel de Cheyenne.

Ce soir-là, rentré chez moi, je créai et consommai mon dîner, puis je m'installai devant la télé, mettant, comme d'habitude, la chaîne éducative. Je regardais avec le plus grand intérêt un documentaire sur la fabrication des tonneaux lorsqu'on sonna à ma porte.

Je reconnus immédiatement mon visiteur. C'était le fils d'Albert Bancroft. Il paraissait encore plus grand et plus maigre que sur la photographie.

Il se présenta.

— Je m'appelle Jerome Bancroft. Êtes-vous le Turnbuckle de l'agence de détectives privés Turnbuckle ?

J'acquiesçai.

Il s'éclaircit la gorge.

— Je crois savoir que mon père s'est adressé à votre agence pour que vous fassiez des recherches concernant Paula Smith. Mon père m'a montré votre premier rapport ce soir et j'ai appris par cœur votre en-tête. (Il s'avança dans le séjour.) Je savais que vous ne seriez pas à votre bureau à cette heure tardive, bien sûr, aussi ai-je consulté les pages blanches de l'annuaire. Vous êtes le seul Turnbuckle figurant dans l'annuaire.

Je rayonnai de fierté.

— La lignée des Turnbuckle est longue mais étroite. Que puis-je faire pour vous ?

Il parut mal à l'aise.

— Pensez-vous que votre agence retrouvera Paula ?

Je haussai les épaules.

— Nous ferons de notre mieux.

Il prit la chaise que je lui montrais.

— J'ignore combien mon père vous paie pour rechercher Paula, mais je suis prêt à doubler cette somme… si vous *ne la retrouvez pas*.

Je haussai un sourcil. Bon, une autre personne qui ne voulait pas qu'on retrouve Paula Smith et qui était disposée à verser une jolie somme pour cela.

— Pourquoi ne voulez-vous pas qu'on la retrouve ?

— C'est une raison personnelle. Je ne pense pas qu'il soit nécessaire que vous la connaissiez.

J'allai jusqu'à mon téléviseur, lequel montrait à présent un tonnelier en train de raboter des douves pour tonneaux, et je l'éteignis.

— J'ai des doutes très étranges à propos de cette affaire. Paula Smith est-elle toujours vivante ?

Cette question parut le surprendre.

— Vivante ? Bien sûr qu'elle est vivante. Mais je ne veux pas qu'on la retrouve et qu'on la persuade de revenir, c'est tout.

— Savez-vous où elle est en ce moment ?

— Non.

— Et pourquoi donc est-elle partie ?

Jerome Bancroft mit une demi-minute pour parvenir à une décision puis il soupira.

— Je crois que je ferais aussi bien de vous raconter toute l'histoire. J'ai *payé* Paula pour qu'elle parte. Vingt mille dollars, pour être précis. Je me rendais compte que Paula avait une influence excessive sur mon père et que c'était une simple question de temps avant qu'il ne lui demande de l'épouser.

— Vous ne pensiez pas que Paula Smith ferait une belle-mère convenable ?

— Franchement, non. À vrai dire, elle était prodigue d'attentions personnelles à *mon* égard également.

— Vous étiez attiré par elle ?

— En fait, elle me terrifiait.

— Néanmoins vous redoutiez qu'elle ne parvienne à vous séduire ?

— Non. Terrifié ou pas, j'ai une grande force de caractère. J'aurais été à même de lui résister, en dépit de la tentation ou de son parfum, lesquels étaient considérables. Mais j'étais très inquiet pour mon père. J'ignore quelle est sa volonté dans des affaires de cette nature.

— Est-ce que le fait que Paula Smith, après avoir épousé votre père, aurait été en droit de prétendre à une part importante de la fortune de votre père vous préoccupait ?

— Pas particulièrement. Marianne, c'est ma sœur, et moi avons suffisamment d'argent en propre. À vrai dire, nous sommes tous deux d'avis que Père devrait se remarier, mais nous pouvons trouver bon nombre de candidates plus appropriées.

— Alors vous avez offert à Paula Smith vingt mille dollars pour qu'elle plie bagage?

Il fronça les sourcils d'un air pensif.

— Tout compte fait, je ne sais plus très bien si je lui ai fait cette offre ou si c'est elle qui a *suggéré* que je lui donne cet argent pour qu'elle s'en aille. De toute façon, je lui ai donné vingt mille dollars en espèces dimanche après-midi. Elle a promis de partir lundi matin pendant que Père et moi serions au bureau. Elle a dit qu'elle laisserait une lettre expliquant qu'elle en avait assez de ce travail et qu'elle avait décidé de changer d'horizon. La lettre était destinée à ce que Père ne pense pas qu'elle avait été enlevée ou je ne sais quoi, et qu'il prévienne la police.

— Et elle a laissé la lettre?

— Oui. Sur la coiffeuse de sa chambre à coucher.

— Mais au lieu de partir lundi elle est partie à un certain moment entre dix heures du soir le dimanche, lorsqu'elle a été vue pour la dernière fois montant dans sa chambre, et sept heures du matin le lundi, lorsqu'elle aurait dû prendre son service, pour ainsi dire?

— Oui. Bien que je ne sache pas pourquoi. Peut-être a-t-elle pensé que je reviendrais sur ma décision et que j'exigerais qu'elle me rende les vingt mille dollars. Alors elle a décidé de filer pendant que la voie était libre.

Je me demandai si je devais l'informer que son père apparemment n'avait pas plus envie que lui que Paula Smith revienne, puis je me dis que cette affaire nécessitait d'abord des recherches plus approfondies.

Jerome Bancroft sortit son carnet de chèques.

— Combien voulez-vous comme provision?

Je m'interrogeai. Que ferait un détective privé moyen? Empocher de l'argent pour ne pas faire un travail qu'il était déjà payé pour ne pas faire? Cela méritait réflexion.

— Une provision ne sera pas nécessaire, déclarai-je. Je

préfère vous présenter ma facture à l'exécution – ou dans le cas présent, à la non-exécution – de ce travail.

Lorsqu'il fut parti, je rallumai la télévision juste à temps pour regarder la moisson du riz sauvage chez les Indiens Winnebago.

Le lendemain matin, je terminai plusieurs autres rapports dans lesquels je suivais la piste de Paula Smith jusqu'à Salt Lake City où, trouvant une souche de ticket dans la chambre qu'elle venait de quitter au Motel Excelsior, j'en déduisais que la veille au soir elle avait assisté à un concert du Mormon Tabernacle Choir.

L'après-midi, Ralph téléphona.

— Aucun taxi n'a pris un client à proximité de la résidence Bancroft ni dimanche ni lundi, dit-il. Peut-être a-t-elle téléphoné à un parent ou à un ami pour qu'il vienne la chercher ?

— Elle a dit au maître d'hôtel qu'elle n'avait pas de parents encore en vie. Quant à des amis extérieurs à la maison, je ne sais pas. Personne ne m'en a parlé.

— Si quelqu'un de la maison l'a emmenée en voiture, pourquoi ne le dit-il pas ? À quoi rime cette discrétion ?

— Peut-être n'était-elle plus en vie lorsqu'il l'a emmenée.

Un peu plus tard dans l'après-midi, une silhouette apparut derrière la vitre opaque de ma porte et le bouton fut tourné.

Marianne Bancroft entra dans mon bureau.

Ses yeux s'agrandirent.

— *Vous* ? *Vous* êtes l'agence de détectives privés Turnbuckle ?

Durant une fraction de seconde je songeai à lui dire que j'étais simplement en visite, puis je réfléchis que j'étais en bras de chemise et assis devant une machine à écrire.

Aussi admis-je le fait.

— Oui, je suis Henry Turnbuckle. Je suis désolé de m'être présenté sous une fausse identité hier, mais c'était nécessaire pour ma recherche d'informations.

Elle me regarda d'un air méfiant, yeux mi-clos, puis elle en vint néanmoins au fait.

— Je crois savoir que mon père vous a engagé pour retrouver Paula Smith.

J'éludai habilement la nature exacte de mon travail.

— Je suis employé par votre père, en effet.

— Très bien. J'ignore combien il vous paie pour la retrouver, mais je doublerai cette somme si vous *ne la retrouvez pas*.

J'avais déjà entendu ces mots, bien sûr, et je répétai ma partie du dialogue.

— Pourquoi ne voulez-vous pas qu'on la retrouve ?

— Je ne pense pas qu'il soit nécessaire que vous le sachiez.

Je fermai les yeux durant quelques instants de réflexion, puis je les rouvris.

— Les pièces commencent à s'assembler. Vous ne voulez pas qu'on retrouve Paula Smith pour la simple raison que vous l'avez *payée* pour qu'elle parte. Peut-être vingt mille dollars ?

Naturellement elle fut stupéfaite.

— Comment le savez-vous ?

Je me tapotai le front de l'index.

— Pur raisonnement déductif, fondé solidement sur des coïncidences. Et la raison pour laquelle vous l'avez payée pour qu'elle parte et ne voulez pas qu'on la retrouve et qu'elle revienne, c'est que vous vous étiez rendu compte qu'elle était sur le point d'amener soit votre père soit votre frère à l'épouser.

Elle resta sans voix.

J'eus un sourire entendu.

— Ma chère Miss Bancroft, *ni* votre père *ni* votre frère n'ont la moindre envie de revoir jamais Paula. En fait, votre frère m'a également offert le double de ce que votre père me payait si également je *ne retrouvais pas* Paula.

Elle était déconcertée.

— Alors pourquoi Père vous a-t-il engagé, s'il ne voulait pas que Paula revienne ?

— Je pense qu'il avait l'impression que votre frère s'était entiché de Paula. Apparemment, elle était très forte pour créer des impressions contradictoires. Cela ne me surprendrait pas du tout que votre père *lui aussi* ait été habilement persuadé de la payer pour qu'elle parte. Et il lui est venu à l'esprit que lorsque Jerome découvrirait que Paula était partie, il aurait peut-être le cœur brisé, suffisamment pour engager un détective privé afin que celui-ci la retrouve. Et peut-être la retrouverait-il, qui sait. C'est pourquoi, afin de prévenir cette éventualité, votre père m'a engagé non pas pour la rechercher, mais pour que je rédige un certain nombre de rapports afin de donner l'impression que je menais des recherches intensives. Il les montrerait à Jerome pour indiquer que tout avait déjà été mis en œuvre pour la retrouver.

Marianne soupira.

— Je crois qu'il ne nous reste plus qu'à nous réunir tous les trois et à échanger nos impressions. (Elle me dévisagea quelques instants puis fronça les sourcils.) Maintenant je me rappelle où je vous ai déjà vu. Lorsque les Culberson ont été cambriolés voilà deux ans, je suis passée chez eux parce que je voulais que Jenny Culberson me donne tous les détails. La maison était remplie de policiers et d'inspecteurs. (Elle hocha la tête d'un air réfléchi.) Et vous étiez là, en train d'interroger l'une des domestiques. Vous et un autre homme, vous étiez tous deux en civil. Il était plutôt grassouillet, avec des cheveux jaune paille.

— C'était Ralph, mon coéquipier.

Elle posa sur moi un regard accusateur.

— Vous n'êtes pas détective privé, vous êtes dans la police.

— Eh bien, oui et non. En fait, j'ai pris une année sabbatique. Je prépare une licence sur les organisations s'apparentant à la police – comme les vigiles, les agents de sécurité, les agences de détectives privés, ce genre de choses. Afin de me documenter, j'ai eu l'idée d'ouvrir cette agence. Ma licence m'a coûté quinze dollars, mais j'espère bien que cela en vaudra la peine.

Elle était toujours sceptique.

— Vous voulez dire que le département de police vous a accordé ce congé pour une chose pareille ?

J'acquiesçai.

— Franchement, je me *sens* un peu coupable de m'absenter ainsi pendant toute une année et peut-être de leur faire faux bond en un sens, mais le capitaine Wilkerson s'est montré très compréhensif. Non seulement il a approuvé ma demande, mais en fait il a insisté pour que je prenne une année entière. À vrai dire, il m'a généreusement conseillé de prendre un congé de deux ou trois ans.

Elle eut l'ombre d'un sourire.

— Je suis sûre d'une chose, Henry Turnbuckle, vous ne deviendrez jamais un détective privé *riche*.

Je haussai les épaules.

— Bah, je n'ai jamais compté là-dessus.

— Ce que je veux dire c'est que maintenant que vous avez débrouillé la situation, il n'est plus nécessaire ni pour moi ni pour mon frère de vous proposer le double de ce que Père vous paie, n'est-ce pas ? Et quant à Père, j'ignore combien il vous a donné jusqu'ici, mais il n'a plus aucune raison dorénavant de continuer de vous payer, d'accord ?

Bonté divine ! Elle avait raison. Dans mon accès de franchise j'avais tué ma poule aux œufs d'or. Je fronçai les sourcils. Que ferait un détective privé expérimenté dans une situation pareille ? Menacer de retrouver Paula Smith de son propre chef et de la ramener si la famille ne payait pas ? Je rejetai cette idée après quelques instants de réflexion. Non, ce serait du chantage.

Marianne parut sur le point de me tapoter sur l'épaule.

— Je vais vous dire ce que nous allons faire, Henry. Je vous emmène à la maison et la famille trouvera bien un genre d'arrangement qui ne vous laissera pas exactement les mains vides.

Nous prîmes sa voiture pour nous rendre au manoir des Bancroft et je crains d'avoir été un brin morose durant le trajet. Lorsque nous arrivâmes, deux autres voitures étaient garées devant la maison.

— Père et Jerome sont rentrés, dit Marianne.

Elle me conduisit dans un petit salon où nous trouvâmes Bancroft père et Jerome.

Un homme à la forte carrure, mesurant plus d'un mètre quatre-vingt-dix, les cheveux clairsemés, et portant une tenue de maître d'hôtel, se tenait devant le bar et préparait des cocktails. J'en déduisis que c'était Wisniewski.

Les deux Bancroft pâlirent en me voyant.

— Ne t'inquiète pas, papa, dit Marianne. Je vais tout vous expliquer.

Ce qu'elle fit, et au cours des explications et des éclaircissements annexes, j'appris que Bancroft père avait également donné vingt mille dollars à Paula Smith pour qu'elle parte.

J'avais puissamment réfléchi tandis qu'ils parlaient et soudain j'aperçus la lumière au bout du tunnel.

— Ah, hah ! dis-je, attirant ainsi leur attention.

J'eus un sourire pincé.

— Paula Smith a assuré à chacun de vous en particulier qu'elle s'en irait secrètement durant la journée de lundi alors que vous seriez tous absents de la maison pour une raison ou pour une autre, vraisemblablement pour « éviter » qu'un membre de la famille ne la supplie de rester. Et pourtant elle est partie soudainement durant la nuit de dimanche. Pourquoi ?

Aucun d'eux n'avait la réponse.

Je continuai :

— J'ai la conviction que Paula Smith a été assassinée ici à un certain moment entre dix heures du soir le dimanche – lorsqu'elle a été vue pour la dernière fois en vie – et sept heures du matin le lundi, lorsqu'elle aurait dû normalement prendre son service, et que son corps a été transporté hors de la maison par l'assassin.

Ils clignèrent des yeux, bien sûr, et Marianne dit :

— Insinuez-vous qu'elle s'était ravisée et ne voulait plus partir, et que l'un de nous l'a tuée afin d'être débarrassé d'elle ?

— Non. Je pense qu'elle avait projeté de partir. Elle vous avait soutiré à tous les trois tout l'argent qu'elle pouvait espérer et elle pensait probablement que vous ne tarderiez pas à échanger vos impressions et à découvrir qu'en fait aucun de vous ne voulait qu'elle reste. Vous pouviez même prévenir la police. Après tout, sa petite machination était une forme d'extorsion. Non, elle avait décidé de partir, mais avant qu'elle puisse s'en aller de son plein gré, elle a été assassinée. Vous demandez pourquoi ? Et par qui ?

Aucun d'eux ne le fit, mais je sentis que les questions étaient implicites.

— Le Pourquoi saute aux yeux, déclarai-je d'un ton assuré. Pour les soixante mille dollars en espèces qu'elle avait amassés.

Albert Bancroft sembla choqué.

— Je sais que *je* ne tuerais certainement pas *qui que ce soit* pour *n'importe quelle* somme d'argent.

Jerome fut de son avis.

— Moi non plus. D'ailleurs, je serais incapable d'étrangler quelqu'un. Je n'ai pas suffisamment de force dans les poignets.

Je réfléchis à cela et lançai un regard pénétrant à Jerome.

— Qu'est-ce qui vous fait penser qu'elle a été étranglée ?

Il haussa les épaules.

— Personne ne semble avoir entendu un coup de feu et si on s'était servi d'un couteau ou d'une matraque, il y aurait eu des taches de sang, j'imagine, mais personne n'en a fait mention. C'est pourquoi j'opte pour la strangulation.

Apparemment, Jerome était un garçon perspicace. Je continuai :

— Il n'en est pas moins vrai que Paula a été assassinée et que son assassin savait qu'elle avait l'intention de partir dans la journée de lundi, et il s'est servi de ce fait pour dissimuler le meurtre. Et après l'avoir tuée, il a porté son corps au rez-de-chaussée et l'a mis dans une automobile ou un break, puis il est retourné dans la chambre de Paula, a fini de faire ses valises, et les a emportées.

— Pourquoi n'a-t-il pas emporté la malle également ? demanda Marianne.

— Soit il ne savait pas qu'elle se trouvait dans cette penderie, soit, s'il le savait, il a probablement estimé que c'était trop risqué. Porter une malle pleine à craquer du deuxième étage jusqu'au rez-de-chaussée, en pleine nuit... au moindre bruit, il pouvait réveiller quelqu'un ! Ou peut-être a-t-il pensé que chacun de vous supposerait simplement que Paula avait décidé au dernier moment de ne pas emporter cette malle. Après tout, elle avait de l'argent en abondance pour s'acheter d'autres vêtements.

Marianne hocha la tête.

— Et vous pensez que l'assassin est forcément un homme parce qu'il fallait soulever et porter le corps jusqu'en bas ? Après tout, Paula était une femme plutôt bien en chair.

— Exactement. Et qui dans cette maison, excepté votre père et votre frère, est capable de porter un corps pesant du second étage jusqu'au rez-de-chaussée ?

— Qui ? demanda Marianne.

Je souris.

— Allons-nous prendre en considération le jardinier un moment ?

— Hector ? (Marianne secoua la tête.) Il a soixante-cinq ans et je doute fort qu'il pèse plus de soixante kilos.

J'opinai du chef.

— Vous avez tout à fait raison, Marianne. Il est exclu que Hector soit l'assassin.

Wisniewski avait fait mine de ranger les bouteilles dans le bar afin de rester dans la pièce.

Alors je me tournai vers lui et le montrai du doigt triomphalement.

— Vous, Wisniewski, *vous* êtes l'assassin de Paula Smith !

Il me regarda avec froideur.

— C'est parfaitement ridicule, monsieur. Comment aurais-je pu savoir que Miss Smith avait soixante mille dollars en sa possession ?

J'eus un rire entendu.

— Miss Smith était une femme qui avait de la santé à revendre, dirons-nous. Elle vivait dans cette maison depuis presque un an, ne sortant apparemment jamais avec quelqu'un du sexe opposé, et franchement, dans son cas, je pense que cela aurait été à la fois insupportable et incroyable. Elle avait certainement trouvé un homme qui se montrerait plus accommodant et plus disposé…

Le crâne dénudé de Wisniewski rougit.

— Absurde, monsieur. Elle n'était pas du tout mon genre.

Albert Bancroft était toujours pantois.

— Vous voulez dire que c'est le maître d'hôtel qui a fait le coup ?

— Oui, dis-je d'un ton ferme. Le *maître d'hôtel*. (Je regardai Wisniewski d'un air menaçant.) Ainsi donc vous vous êtes retrouvé avec un cadavre sur les bras. Qu'en avez-vous fait ? L'avez-vous caché dans la propriété ? Non. Un peu trop risqué. On pouvait vous voir ou le corps pouvait être découvert par la suite. Non, vous deviez emporter le corps quelque part pour vous en débarrasser. Un lac ? Une rivière ? Mais les corps ont la fâcheuse habitude de finir par remonter à la surface. Ou bien avez-vous enterré Paula ? Avez-vous une petite propriété dans les environs ? Peut-être un bungalow au bord d'un lac ? Certainement un endroit isolé, idéal pour une sépulture.

Il s'ensuivit un silence.

Les Bancroft et Wisniewski avaient adopté une attitude de profonde réflexion.

Au bout d'un moment Marianne prit la parole.

— Meadows est l'assassin.

— Meadows ? dis-je. Qui est Meadows ?

— Le chauffeur.

— Chauffeur ? dis-je. Quel chauffeur ?

— Il a un studio au-dessus du garage, déclara Albert Bancroft.

Je fronçai les sourcils.

— Personne ne m'a dit que vous aviez un chauffeur.

— À la réflexion, intervint Jerome Bancroft, Paula et Meadows étaient un genre de contrat global que nous a proposé cette agence de placement, n'est-ce pas, Marianne ?

Je commençais à bouillir.

— Personne ne m'a jamais dit que Meadows et Paula étaient arrivés ici en même temps, envoyés par la même agence de placement.

Wisniewski se frotta le menton.

— Maintenant que j'y pense, je les ai vus ensemble à plusieurs reprises dans ce que l'on pourrait appeler des circonstances intimes.

— Dites donc ! fis-je en haussant la voix. Comment voulez-vous que j'élucide quoi que ce soit si on me tient dans l'ignorance ? Personne ne m'a dit, serait-ce à mots couverts, que Paula et Meadows s'intéressaient l'un à l'autre *à tout le moins* !

— Meadows a dans les vingt-cinq ans, dit Marianne. Et Paula en avait au moins quarante et cela commençait à se voir. Elle avait dû lui parler des soixante mille dollars et ils avaient probablement projeté de partir ensemble. Mais il commençait à se lasser d'elle et il s'est dit que c'était le moment de rompre, et de mettre les voiles avec l'argent.

Je regardai par la fenêtre la plus proche.

— Des suppositions, des suppositions !

Wisniewski arbora un large sourire.

— Il me semble que Meadows a mentionné un jour que son oncle avait un pavillon de chasse avec un demi-hectare de terrain, plus au nord. Un endroit idéal pour enterrer Paula. Il n'y a probablement pas de voisins à des kilomètres à la ronde.

Je me tournai vers eux.

— Voilà un autre exemple ! Personne n'a eu l'obligeance de me dire que Meadows avait un oncle et que cet oncle mystérieux avait un pavillon de chasse.

— L'argent, dit Marianne. Si la police trouve l'argent sur Meadows ou chez lui, cela devrait prouver sa culpabilité.

— Ha, grommelai-je. Mais supposons qu'ils ne trouvent pas l'argent sur Meadows ou chez lui ? Alors ?

— Dans ce cas ils diront à Meadows qu'ils vont passer au peigne fin le terrain de son oncle. Cela devrait le faire craquer, non ?

— Absurde, dis-je. Personne ne craque parce que quelqu'un menace de ratisser le terrain autour du pavillon de chasse de son oncle.

Wisniewski téléphona à la police et leur dit ce que nous savions et ce que nous soupçonnions.

Lorsqu'ils arrivèrent, les policiers interrogèrent Meadows et au cours de l'entretien mentionnèrent qu'ils allaient jeter un coup d'œil au terrain entourant le pavillon de chasse de son oncle.

Meadows craqua.

Mon téléphone sonna.

C'était Ralph.

— Bon, l'affaire est bouclée. Meadows nous a conduits à l'endroit où il avait enterré le corps de Paula et ses deux valises. L'argent était caché sous le plancher du pavillon de chasse de son oncle.

Mes doigts battirent le rappel sur le dessus de mon bureau.

— J'étais certain que l'assassin était forcément un homme parce que pour porter un corps inerte du second étage jusqu'au rez-de-chaussée...

— En fait, il l'a tuée dans le garage, dit Ralph. Il a attendu qu'elle ait écrit la lettre disant qu'elle partait et ensuite il l'a attirée là-bas. Il l'a frappée à la tête. Nous avons trouvé des taches de sang sur le sol en ciment.

— Hum, fis-je d'un air pensif. Sans aucun doute il s'est servi d'un démonte-pneu.

— Henry, dit Ralph. On ne trouve plus de démonte-pneus dans des garages privés de nos jours. L'arme du crime était un marteau de géologue.

— Qu'est-ce qu'un marteau de géologue faisait dans un garage ?

— Meadows et Paula faisaient équipe. Ils avaient monté la même combine dans d'autres endroits. Lorsqu'ils n'avaient plus d'argent, ils cherchaient un autre emploi et recommençaient. Mais Meadows commençait à se lasser de Paula. Elle était beaucoup plus vieille que lui. Alors Meadows a décidé que, puisque c'était une affaire rentable, il allait désormais faire équipe avec quelqu'un de plus jeune. Comme Fifi.

— Fifi ? dis-je. Qui est Fifi ?

— La femme de chambre des Bancroft.

— Personne ne m'a dit que les Bancroft avaient une femme de chambre nommée Fifi.

— Elle n'a pas participé au meurtre, mais Meadows lui avait parlé de leur combine et elle était disposée à prendre la place de Paula. Elle était folle de Meadows.

— Ralph, dis-je d'un ton un brin réprobateur, personne ne m'a dit que Fifi était folle de Meadows. Si les gens persistent à garder pour eux des informations capitales, cela ne fait que rendre les choses encore plus difficiles pour moi.

Peu après que Ralph eut raccroché, une silhouette familière apparut derrière la porte vitrée de mon bureau.

Marianne entra et sourit.

— Bonjour. Quelle heure est-il ?

Je consultai ma montre.

— Onze heures moins deux.

Mon téléphone sonna.

C'était une voix de femme.

— Je soupçonne mon mari d'avoir une liaison et je voudrais le faire suivre.

Je me demandai distraitement comment mon interlocutrice avait eu mon numéro de téléphone.

— Certainement, madame. Je vais mettre l'un de mes meilleurs détectives sur ce travail. Votre nom, je vous prie ?

— Darlington. Mrs Darlington. Pourrais-je vous voir cet après-midi ?

— Un instant, je vous prie, il faut que je regarde mon carnet de rendez-vous. (J'attendis vingt secondes puis je dis :) Ah, oui. Quatorze heures, est-ce que cela vous conviendrait ? Je peux vous recevoir à ce moment.

— Parfait. Je serai là.

Je reposai le combiné sur son socle et souris.

— Marianne, j'ai une autre affaire. Une certaine Mrs Darlington et peut-être un mari volage.

Marianne hocha la tête.

— Winifred aurait dû s'en douter depuis longtemps.

— Winifred ? dis-je. Qui est Winifred ?

— Winifred Darlington. Je lui ai donné votre numéro de téléphone et lui ai dit d'appeler à onze heures. Je meurs d'envie de savoir avec qui Edward entretient une liaison.

— Edward ? dis-je. Qui est… (Je m'interrompis.) Peu importe. Je *devine* qui est Edward et je suis bien obligé de deviner parce que personne ne me dit jamais rien.

J'allai jusqu'à mon classeur métallique et ouvris le tiroir du bas. Je sortis la bouteille et m'octroyai deux doigts de sherry.

VOUS AVEZ DIT AMNÉSIE ?

Mon client se pencha en avant.

— Je voudrais savoir qui je suis.

Je hochai la tête avec compréhension.

— Amnésie ?

— Exactement.

— Je suppose que vous avez examiné votre portefeuille, monsieur ? Avez-vous un permis de conduire ou peut-être une carte de bibliothèque ?

Il avait dans les trente-cinq ans, était mince, et portait des lunettes à monture d'écaille.

— J'ai un permis de conduire et le nombre habituel de cartes de crédit, sans parler de mon numéro de Sécurité sociale, mais ils me disent seulement qui je suis *maintenant*. Pas qui *j'étais*.

— Depuis combien de temps êtes-vous atteint de cette amnésie, monsieur ?

— Un peu plus de six ans.

Je réfléchis à cela.

— Et maintenant – au bout de six ans – vous voulez finalement découvrir qui vous êtes ? Ou étiez ? Vous n'avez jamais eu cette curiosité auparavant ?

— Oh, si. J'étais très curieux de le savoir. Cependant je ne pensais pas qu'il soit très prudent de me pencher sur cette question.

J'attendis son explication.

— Par une chaude soirée d'été voilà six ans, dit-il, je me suis retrouvé assis derrière un buisson dans le jardin public d'une petite ville plus au nord, avec un mal de tête atroce et en constatant également que je ne savais absolument pas qui j'étais. C'était tout à fait effrayant.

Je compatis.

— Je vous crois sans peine. Mais à ce moment n'avez-vous pas cherché dans vos poches un portefeuille ou un autre moyen d'identification ?

— Ce fut mon tout premier geste. Mais mes poches ne contenaient aucun portefeuille. Je n'avais pas la moindre pièce d'identité sur moi.

— Vous avez dit que c'était une petite ville ? Dans les petites villes tous les gens se connaissent. N'auriez-vous pu demander à quelqu'un qui vous étiez ?

— J'y ai pensé. Mais cela semblait quelque peu embarrassant de recourir à ce moyen sur-le-champ. Non, j'avais autre chose pour m'aider dans mes recherches et j'ai décidé de commencer par là.

— Et quelle était l'autre chose ?

— Une clé. À part cette clé – et un mouchoir et un peigne – mes poches étaient vides. L'étiquette en fibres agglomérées fixée à cette clé était numérotée et l'inscription indiquait que c'était la clé d'un casier de la consigne automatique de la gare routière de cette ville.

— Naturellement vous êtes allé à la gare routière pour ouvrir le casier avec cette clé ?

— Naturellement. Et j'ai trouvé une serviette en cuir dans le casier. Elle contenait deux cent mille dollars. En billets de cent.

Je hochai la tête d'un air pensif.

— En vous rendant à cette gare routière vous avez certainement croisé des gens ? Y a-t-il eu des saluts de la tête, des bonjours, ce genre de choses ?

— Absolument rien de ce genre. Aussi en ai-je déduit que je n'habitais pas dans cette ville.

J'adoptai la même conclusion.

— Puisque vous n'aviez pas de clés de voiture sur vous, on peut supposer que vous étiez venu dans cette ville par le car. Vous avez déposé une serviette à la consigne automatique et vous avez mis la clé dans votre poche. Ensuite vous êtes sorti de la gare routière et pour quelque raison êtes allé dans ce jardin public. Là, semblerait-il, vous avez été victime d'une agression. Frappé à la tête et soulagé de votre portefeuille. Un fait plutôt rare dans une petite ville, mais néanmoins possible. Et lorsque vous avez repris connaissance, vous avez constaté que vous souffriez d'amnésie. Les billets étaient-ils usagés ou neufs ?

— Apparemment ils avaient déjà servi.

— Que portiez-vous ?

— Un costume plutôt bon marché, et l'une de mes chaussures avait besoin d'un ressemelage. À part cela, j'étais rasé de frais et bien soigné de ma personne.

— Ah, oui, dis-je. Et qu'avez-vous pensé en voyant tout cet argent ?

— Cela m'a paru tout à fait évident que je n'étais pas le genre de personne qui avait l'habitude de transporter deux cent mille dollars dans une serviette. Il m'est tout de suite venu à l'esprit que j'avais détourné des fonds ou que je venais de dévaliser une banque.

— Je suppose que vous n'avez pas envisagé d'aller trouver la police ?

— Certainement pas. L'idée ne me souriait guère d'être jeté en prison si j'étais coupable de l'un ou l'autre de ces crimes. (Il soupira.) Toutefois, même si j'étais en possession de cet argent en toute innocence, je savais instinctivement que je n'avais jamais manipulé une telle somme de ma vie et qu'il était fort improbable que cela m'arrive de nouveau. En un mot, j'ai succombé à la tentation. J'ai quitté la ville avec la serviette et son contenu, et j'ai voyagé jusqu'à ce que j'arrive sur la côte Ouest deux jours plus tard.

Il esquissa un sourire.

— Oui, ces six années ont été remarquablement bonnes pour moi. J'ai travaillé dur. J'ai réussi. Aujourd'hui je suis un homme relativement riche.

— Et maintenant vous êtes revenu dans le Midwest pour découvrir qui vous étiez réellement et peut-être pour restituer les deux cent mille dollars à son propriétaire légitime ?

— Exactement. Néanmoins, en aucune façon je ne souhaite forcément reprendre mon ancienne identité, quelle qu'elle soit. Je suis tout à fait satisfait d'être qui je suis aujourd'hui. Je suis simplement curieux de connaître mon passé. (Puis il se renfrogna un brin.) Et pourtant il a autre chose qui semble me tourmenter par moments. Outre le fait d'avoir pris l'argent. Mais malgré tous mes efforts je suis incapable de mettre le doigt dessus.

— Est-ce que vous vous souvenez de la date et de la ville dans laquelle vous avez contracté votre amnésie ?

— Blue River Falls. Le 17 juin 1971. C'est une petite ville située à environ 260 kilomètres au nord d'ici.

— Comment aviez-vous quitté Blue River Falls ? Par le car ?

— Non. Je m'étais renseigné et avais appris qu'il n'y avait pas de car avant le lendemain, et je ne voulais pas attendre aussi longtemps. Je suis allé à pied jusqu'à la gare de la ville et j'ai réussi à attraper le seul et unique train s'arrêtant à Blue River Falls. Il m'a emmené à Chicago et là j'ai pris un autre train pour aller vers l'Ouest.

— Votre nom, monsieur ? lui demandai-je. Celui que vous utilisez maintenant.

— Il ne sera pas nécessaire que vous sachiez qui je suis. Je resterai en contact avec vous.

— Avez-vous une photographie ou un instantané que je pourrais utiliser ?

— Vous devrez vous en passer. Je ne désire pas que vous montriez ma photo à quiconque, d'autant plus que je suis peut-être recherché par la police. Cette affaire doit rester strictement confidentielle. Contentez-vous de découvrir qui j'étais et comment je suis entré en possession de cet argent.

Il sortit son portefeuille et commença à compter les billets pour ma provision. L'un des billets lui échappa et tomba par terre, et il se pencha pour le ramasser. Lorsqu'il se redressa, il se cogna la tête contre le rebord de mon bureau.

Il jura et passa sa main sur la partie lésée de son crâne.

J'attendis avec bon espoir puis demandai :

— Est-ce que par hasard ce choc vous aurait fait recouvrer…

Il secoua la tête.

— Non. Je me suis cogné la tête des dizaines de fois au cours de ces six dernières années, et je ne crois pas qu'un choc me fera recouvrer la mémoire. Par contre, un choc émotionnel, une révélation, ou un traumatisme, ferait peut-être l'affaire.

Le lendemain, de bon matin, je pris ma voiture et me dirigeai vers le nord, arrivant à Blue River Falls à dix heures. Je constatai que la billetterie de la gare routière occupait une petite partie d'un drugstore sur Main Street. Il y avait également un banc pour les voyageurs attendant leur car et une douzaine de casiers métalliques placés contre un mur.

Je m'approchai du comptoir.

— Avez-vous un horaire des cars ?

L'employé me remit une seule feuille et je découvris que la Northern Bus Line était la seule ligne de cars à desservir la région. Le matin, le car partait de Clayton, effectuait son parcours, et arrivait à Regansville. Le soir, il repartait de Regansville, effectuait le même parcours dans l'autre sens, et arrivait à Clayton.

Je décidai de me fonder sur l'hypothèse que mon client avait pris le car du soir pour arriver ici. Dans ce cas, la seule ville sur la ligne d'où il aurait pu venir était Regansville, puisque Blue River Falls était le second arrêt de l'itinéraire du soir.

Je regagnai ma voiture et parcourus les dix-huit kilomètres jusqu'à Regansville. Je garai ma voiture et me promenai dans les rues, passant devant les bureaux de la *Regansville*

Gazette hebdomadaire, jusqu'à ce que je trouve la bibliothèque municipale.

Au bureau d'accueil, je demandai où se trouvait la salle des périodiques.

La bibliothécaire, une jeune femme d'une trentaine d'années aux cheveux noirs, me fit descendre l'escalier jusqu'au sous-sol où je trouvai une pièce agréablement éclairée : une demi-douzaine de personnes d'un certain âge étaient assises à une table et lisaient des journaux et des revues.

J'examinai les rayonnages au fond de la pièce et repérai la collection reliée de la *Regansville Gazette*. Je pris le gros volume couvrant l'année 1971 et m'assis à la table.

Je le feuilletai et ne trouvai rien d'intéressant jusqu'à ce que j'arrive à la semaine du 21 juin.

Oui, sapristi ! tout était là. Sur la première page de la *Regansville Gazette*. Des photographies – y compris celle de mon client. Et à cette époque il s'appelait Arnold Willinger.

Il ressortait que le 15 juin, James Dougherty, le fils âgé de douze ans de Cletus Dougherty, directeur et propriétaire de la fabrique de chaussures Dougherty à Regansville, n'était pas rentré à la maison pour dîner. Au lieu de cela, son père avait reçu un appel téléphonique et avait été informé par une voix d'homme que son fils avait été kidnappé et que les ravisseurs exigeaient deux cent mille dollars, moyennant quoi le garçon lui serait rendu sain et sauf.

Dougherty fut également averti que s'il allait trouver la police il ne reverrait jamais son fils vivant. La rançon – laquelle devait être en billets de cent dollars – devait être mise dans une serviette en cuir et apportée à la gare routière de Blue Rivers Falls où elle serait déposée dans l'un des casiers de la consigne automatique. La clé du casier devait ensuite être placée dans une fissure du socle d'une statue équestre dans le jardin public de Blue River Falls.

Dougherty réunit l'argent, le mit dans la serviette, et

chargea de cette mission l'un de ses comptables... un certain Arnold Willinger.

Et ce fut la dernière fois que l'on vit l'argent... et Arnold Willinger.

Le soir, à onze heures, Dougherty avait reçu un nouvel appel téléphonique des ravisseurs, lesquels voulaient savoir pourquoi l'argent de la rançon n'avait pas été livré comme convenu.

Dougherty avait protesté, disant qu'il avait envoyé quelqu'un mais que quelque chose avait dû mal tourner. Cependant, il promit aux ravisseurs qu'il allait immédiatement trouver deux cent mille autres dollars et que cette fois il les apporterait lui-même.

Tandis que les négociations allaient bon train, le jeune Dougherty avait été tenu enfermé dans une cabane dans les bois à proximité de Regansville. Et très tôt le lendemain matin, le garçon – à l'évidence un petit futé qui n'avait pas froid aux yeux – était parvenu à se défaire de ses liens pendant que ses ravisseurs dormaient. Il était sorti de la cabane sans faire de bruit, avait marché à travers bois jusqu'à une route, et avait arrêté une voiture. Une heure plus tard, il conduisait le shérif et ses adjoints jusqu'à la cabane où ils réveillèrent les ravisseurs – ils n'étaient pas de la région – et les arrêtèrent.

Je relus les comptes rendus puis retournai au rez-de-chaussée et demandai à la bibliothécaire comment me rendre à la fabrique de chaussures Dougherty. Je suivis ses indications et arrivai sur les lieux, un vaste bâtiment de deux étages occupant la moitié d'un pâté de maisons.

Dans la partie administrative du bâtiment, j'obtins de plus amples renseignements et me trouvai finalement en face d'une certaine Miss Henson, la secrétaire particulière de Dougherty.

C'était une femme d'une grande beauté, aux formes plantureuses et aux yeux bleu-vert. Elle demanda pourquoi je désirais voir Mr Dougherty.

J'eus un sourire énigmatique et lui dis que c'était une

affaire confidentielle dont je désirais m'entretenir avec lui en privé.

Elle me lança un regard soupçonneux, puis haussa les épaules et entra dans le bureau de Dougherty.

Alors que j'attendais son retour, mon attention fut attirée par une photographie dans un cadre sur le bureau de Miss Henson. Elle représentait une équipe féminine de bowling, dont le personnage central, Miss Henson, brandissait un genre de trophée.

Miss Henson réapparut.

— Mr Dougherty va vous recevoir. Si vous voulez bien me suivre.

Dougherty, un homme corpulent, la cinquantaine passée, m'indiqua un siège et attendit.

— Mon nom est Turnbuckle, déclarai-je. Henry Turnbuckle. Je suis détective privé.

Cela le laissa froid.

— Et alors ?

— Mr Dougherty, il y a six ans, votre fils a été kidnappé.

Il acquiesça avec circonspection.

— C'est exact.

— Les ravisseurs avaient demandé deux cent mille dollars. Vous avez réuni l'argent et l'avez confié à un certain Arnold Willinger. Il devait déposer cet argent dans un casier de la consigne de la gare routière de Blue River Falls.

Le visage de Dougherty s'empourpra à ce souvenir.

— Arnold a disparu, lui et mon argent.

— Mr Dougherty, dis-je, je suis en mesure de veiller à ce que ces deux cent mille dollars vous soient restitués.

Il se redressa vivement.

— Si vous savez où est Arnold, vous feriez mieux de le remettre entre les mains de la police.

— Honnêtement, je ne sais pas où il est en ce moment. Toutefois, il m'a contacté et a proposé de rendre l'argent qu'il vous avait pris. Si j'essaie de lui tendre un piège pour que la police l'arrête et que cette tentative échoue, cela ne fait aucun doute qu'il disparaîtra à nouveau dans la nature et que vous ne récupererez jamais vos deux cent mille dollars. (Je secouai la tête.) Je pense que vous devriez accepter l'argent et laisser Arnold en paix.

Dougherty réfléchit un moment puis haussa les épaules.

— Je me contenterai de l'argent.

J'opinai du chef.

— Et vous l'aurez. Néanmoins, si vous le permettez, j'aimerais vous poser quelques questions. Lorsque vous avez été informé que votre fils avait été kidnappé, je crois savoir que l'on vous a également conseillé de ne pas prévenir la police.

— Et je ne l'ai pas fait. La police est intervenue seulement après que mon fils se fut échappé.

— Lorsque vous avez envoyé Arnold à Blue River Falls, savait-il que votre fils avait été kidnappé ?

— Non. Ma femme et moi ne l'avions dit à personne.

— Arnold savait-il qu'il y avait deux cent mille dollars dans la serviette ?

— Non. Je lui avais simplement donné les instructions pour la livraison. Peut-être a-t-il trouvé cette histoire un peu étrange, mais il n'a posé aucune question.

— Pourquoi aviez-vous choisi Arnold pour remettre l'argent ?

— À vrai dire, j'avais l'intention d'apporter l'argent moi-même, mais ma femme m'en a dissuadé. Elle craignait que je ne perde mon sang-froid et que je fasse quelque chose risquant de tout gâcher. Elle a pensé qu'il était préférable d'envoyer quelqu'un qui ne soit pour rien dans cette affaire, qui n'était pas concerné personnellement. Arnold était simplement la personne la plus proche qui soit disponible, pour ainsi dire.

— Peut-être aviez-vous eu au moins la prévoyance de dresser la liste des numéros de série des billets de la rançon ?

— En effet. J'ai noté tous les numéros moi-même et j'ai remis la liste à la police ultérieurement.

Il se leva et se dirigea vers un classeur métallique. Après

quelques instants de recherches, il prit une liasse de feuilles de papier pelure et regagna son bureau.

— Les voici, dit-il.

J'examinai rapidement les doubles.

— Est-ce qu'une partie de l'argent a été retrouvée ?

— Pas un seul billet. Je suppose que Arnold a réussi à l'écouler d'une façon ou d'une autre. Il y a certainement bien des moyens de se défaire d'argent volé.

Personnellement je doutais fort que Arnold ait connu ces moyens.

— Vous avez dit que vous aviez « noté » les numéros. Vous voulez dire que vous avez dactylographié cette liste ?

— Non. Je les ai notés avec un stylo, ensuite j'ai donné la liste à ma secrétaire, et elle l'a tapée à l'intention de la police. Ceci est l'un des doubles.

— Votre secrétaire ? Miss Henson ?

— Oui.

Je rendis les doubles à Dougherty, lui assurai qu'il récupérerait son argent, et pris congé.

Lorsque je sortis de son bureau, je vis que Miss Henson s'était absentée. Sans doute se trouvait-elle dans une autre partie du bâtiment.

J'attendis un moment, mais comme elle ne revenait toujours pas, je glissai dans ma poche la photographie de l'équipe de bowling et m'en allai.

Je quittai Regansville et rentrai. Une fois arrivé, je fis un saut chez le photographe dont la boutique est située à proximité de mon bureau. Je lui demandai de faire un agrandissement de Miss Henson seule.

J'avais cet agrandissement dans le tiroir de mon bureau lorsque Arnold Willinger réapparut à la fin de la semaine. Cette fois, il tenait à la main une serviette en cuir.

— Avez-vous découvert qui je suis ?

J'opinai du chef.

— Tout cela a commencé par le kidnapping du jeune Dougherty.

Il cligna des yeux.

Je continuai :

— Le 15 juin 1971, le fils de Cletus Dougherty, directeur de la fabrique de chaussures Dougherty de Regansville, a été kidnappé. Ses ravisseurs demandaient une rançon de deux cent mille dollars. Dougherty a réuni l'argent, l'a mis dans une serviette en cuir, et vous a confié cette serviette pour que vous la déposiez dans un casier de la consigne de la gare routière de Blue River Falls, où les ravisseurs viendraient la chercher.

Il avait pâli.

— C'était l'argent d'une rançon ?

— Oui. Vous avez déposé la serviette conformément aux instructions et vous vous apprêtiez à apporter la clé du casier conformément aux instructions lorsque vous avez été agressé par un voleur, lequel vous a soulagé de votre portefeuille et de votre mémoire.

Arnold se tamponna le front avec son mouchoir.

— Et le fils Dougherty ? Que lui est-il arrivé ?

— Il est parvenu à s'échapper de la cabane où il était enfermé pendant que ses ravisseurs dormaient. Il est revenu en ville et a alerté le shérif, qui l'a accompagné jusqu'à la cabane avec ses adjoints, et ils ont arrêté les ravisseurs. (Je souris.) Vous vous appelez Arnold Willinger. Vous habitiez à Regansville et vous étiez l'un des employés de Dougherty.

Il resta assis un moment à se frotter la joue.

— Arnold Willinger ? Arnold Willinger ? Ce nom me *dit* quelque chose. Et il me semble voir les vagues contours d'une fabrique de chaussures.

— Excellent, dis-je. (Je sortis de mon tiroir l'agrandissement de Miss Henson et le lui mis brusquement sous les yeux.) Et qui est cette personne ?

Arnold me fixa un moment puis son regard se posa à nouveau sur la photographie.

— Ah, oui. Cela me revient lentement, très lentement.

Benson, Jenson, Renson. Non. *Henson.* Mais bien sûr! Je crois qu'il s'agit de Miss Henson.

Je souris triomphalement.

— Je savais que si quelque chose en ce monde pouvait vous tirer de votre amnésie, ce serait cette photographie!

Il me regarda à nouveau.

— Pourquoi pensiez-vous cela?

Je croisai les bras sur ma poitrine.

— Parce que, cher monsieur, lorsque Dougherty a réuni l'argent de la rançon, il a noté les numéros de série de tous les billets de banque. Ensuite il a remis la liste à Miss Henson afin qu'elle la tape en plusieurs exemplaires à l'intention de la police. Et pourtant, durant toutes ces années, pas un seul billet de l'argent de la rançon n'a jamais été retrouvé. Savez-vous pourquoi?

Il ouvrit la bouche pour parler, mais je levai une main.

— Parce que, lorsque Miss Henson a tapé cette liste, elle a changé un ou deux des chiffres de chaque numéro de série.

Willinger fronça les sourcils.

— Pourquoi aurait-elle fait cela?

— Elle a fait cela pour éviter que, lorsque les billets seraient mis en circulation, ils ne conduisent à votre arrestation. (Je souris à nouveau.) Au fur et à mesure que la mémoire vous reviendra, vous vous rappellerez que Miss Henson et vous n'étiez pas exactement des étrangers l'un pour l'autre. (J'eus un petit rire.) Comment se porte votre mémoire maintenant?

— Très bien, dit-il. Tout se remet en place. Si ce n'est que je ne vois pas pour quelle raison Miss Henson aurait modifié ces numéros de série. Nous nous disions juste bonjour, c'est tout. Pour parler franc, il n'y avait absolument rien entre nous, ni la moindre chance pour que cela change. A-t-elle *dit* qu'elle avait changé les numéros?

— Hum, non, admis-je quelque peu à contrecœur. Cependant, je suis arrivé à cette conclusion en procédant par déduction et en suivant une logique irréfutable. Sinon, comment s'expliquerait le fait que pas un seul des billets de la rançon n'ait jamais été retrouvé ?

— C'est très simple, dit Arnold en tapotant la serviette en cuir. Parce que je n'ai jamais dépensé ne serait-ce qu'un seul billet de l'argent de la rançon.

Le silence règna dans mon bureau pendant au moins quinze secondes.

Arnold hocha la tête.

— C'est exact. Pas un sou. Quand je suis parti pour la côte Ouest avec l'argent, j'avais l'intention de mener la grande vie et puis, pour quelque raison, je n'ai pu m'y résoudre. (Il sourit.) Le jour même de mon arrivée sur la côte, on m'a proposé une place très intéressante dans une société en pleine expansion. Et, d'une manière ou d'une autre, le simple fait *d'avoir* cet argent à ma disposition m'a donné une confiance en moi que je n'avais jamais eue auparavant. Il représentait la sécurité, une réserve dans laquelle je pouvais puiser quand je le voudrais. Mais cela ne s'est jamais produit. Tout s'est très bien passé, le plus facilement du monde, et aujourd'hui je suis à l'aise financièrement.

Je posai un regard irrité sur la serviette.

— Vous n'avez jamais touché à un seul billet de cet argent ?

— Pas la queue d'un ! Et ceci est même la serviette d'origine.

Je soupirai.

— Oh, homme perfide ! Vous n'avez jamais été atteint de cette satanée amnésie.

Il se redressa.

— Bien sûr que si !

— Absurde ! dis-je. Si vous avez repris vos esprits sans un sou vaillant à Blue River Falls et n'avez pas touché à l'argent de la rançon, alors comment avez-vous fait pour acheter les billets de train, sans parler de la nourriture que vous avez certainement absorbée durant votre trajet vers la côte Ouest ?

Il se crispa en prenant conscience de ce point faible dans son histoire et décida de dire la vérité.

— D'accord, je n'ai jamais été amnésique. Après que Dougherty m'eut donné la serviette et ces instructions pour le moins étranges, ma curiosité a été éveillée. J'ai regardé dans la serviette, j'ai vu l'argent, et sur un coup de tête j'ai décidé de le voler. Avant de quitter la ville, cependant, j'ai retiré mes économies à la banque – environ mille dollars – et je les ai utilisées pour le voyage, mes repas, ce genre de choses. Dougherty ne m'avait pas du tout parlé du kidnapping. Si j'avais su que la vie de son fils était en jeu, jamais je n'aurais pris l'argent. J'ai simplement supposé que Dougherty se livrait à une transaction louche, vous savez, transférer des espèces afin de ne pas payer des impôts sur le revenu ou sur les sociétés. Je n'ai pas pensé une seule seconde que c'était l'argent d'une rançon.

Je n'étais pas disposé à lui pardonner.

— Alors pourquoi toute cette histoire d'amnésie ? Si vous saviez qui vous étiez et désiriez restituer l'argent, pourquoi diable n'avez-vous pas envoyé par la poste la serviette à Dougherty, tout simplement, et l'affaire était réglée ?

— Parce que je voulais vraiment qu'une personne à Regansville – pas Miss Henson, mais la bibliothécaire – croie que j'avais été atteint d'amnésie, et je voulais que vous soyez ma caution, pour ainsi dire. Une fois que j'aurais « recouvré » la mémoire, j'avais l'intention de vous envoyer là-bas à nouveau pour découvrir si elle était toujours célibataire, et si elle m'aimait toujours, et si elle serait disposée à quitter la ville discrètement et à venir vivre avec moi sur la côte Ouest.

Il soupira.

— Comment expliquer à une femme que vous l'avez quittée six ans auparavant uniquement parce que vous vouliez voler deux cent mille dollars ? Sa fierté ne l'accepterait jamais. Mais si j'affirmais que tout cela était un cas d'amnésie, et si vous étiez disposé à certifier que l'amnésie était authentique…

Le lendemain matin, je retournai à Regansville et restituai à Dougherty la serviette et les deux cent mille dollars.

Puis je me rendis à la bibliothèque municipale et pris à part la bibliothécaire, une certaine Miss Turley, et lui donnai une version édulcorée de la mésaventure survenue à Arnold Willinger.

Miss Turley cligna des yeux avec bonheur.

— Je savais que ce devait être une chose aussi grave que l'amnésie. Je n'ai jamais cru un seul instant qu'il avait juste pris l'argent et s'était enfui.

J'opinai du chef.

— Le cas d'amnésie le plus authentique et le plus rebelle que j'aie jamais rencontré. Des chocs sur la tête ne suffisent absolument pas pour lui faire recouvrer la mémoire. Cependant, si vous m'accompagnez, j'ai le pressentiment que voir une personne à laquelle il portait beaucoup d'affection pourrait bien être le remède qui lui fera reprendre du poil de la bête.

Et le remède fut efficace, bien sûr.

MEURTRE EN CHAMBRE CLOSE

Lorsque Ralph et moi arrivâmes sur les lieux, la spacieuse chambre à coucher était remplie de policiers en uniforme, de techniciens, de toubibs, et de photographes qui s'affairaient autour du périmètre du corps. Le boucan était indescriptible.

Ralph mit deux doigts dans sa bouche et siffla.

Bon sang, pensai-je, je n'ai jamais été capable de faire ça.

Il s'ensuivit un silence relatif puis un petit homme grassouillet, la cinquantaine passée, s'écria :

— Je suis innocent. Je suis victime d'un coup monté !

Je lui lançai un regard sévère.

— Vous aurez la possibilité de parler plus tard.

— Et pourquoi pas maintenant ?

J'admis qu'il n'avait pas tort.

— Très bien. Qui êtes-vous ?

— L'assassin. (Il se reprit vivement.) Enfin, tout le monde *pense* que j'ai assassiné mon épouse, Hermione, mais je ne l'ai pas fait. Je m'appelle Eustis Crawford.

Ralph et moi emmenâmes Eustis Crawford dans une pièce voisine où nous trouvâmes un homme grand et mince portant un audiophone et une femme d'une trentaine d'années à la chevelure noire qui attendaient.

L'homme grand et mince fit les présentations.

— Je suis Oglethorpe Wesson. Et voici ma sœur Genevieve. (Il regarda Eustis Crawford avec froideur.)

Eustis a assassiné sa femme, qui est, ou plutôt était, notre tante. Eustis et Hermione étaient les seules personnes se trouvant dans leur chambre à coucher lorsqu'elle est morte. Les fenêtres et les portes étaient verrouillées de l'intérieur. Lorsque Genevieve et moi avons finalement réussi à entrer, nous avons trouvé Hermione morte par terre et Eustis inconscient, étendu sur le parquet à côté d'elle, un revolver dans sa main. Il est clair qu'il s'est évanoui après l'avoir tuée.

— Je ne me suis pas évanoui, dit Eustis Crawford d'un ton sec. Certainement pas.

Oglethorpe émit un reniflement de mépris.

— Vous n'arrêtez pas de vous évanouir, Eustis. La semaine dernière, vous vous êtes trouvé mal dans le jardin lorsque vous avez cru qu'une abeille vous avait piqué. Et hier, quand vous vous êtes pincé le doigt dans la porte du bar. Vous vous évanouissez chaque fois que vous êtes en proie à une émotion et je suppose qu'un meurtre est un choc pour le système nerveux, même celui du meurtrier.

Le regard d'Eustis était songeur.

— La dernière chose dont je me souvienne, j'étais au lit, assis, je lisais et j'écoutais mon magnétophone. Et ensuite, pour une raison ou pour une autre, je me suis retrouvé par terre à côté d'Hermione, et Oglethorpe me secouait pour me réveiller. (Il étouffa un bâillement.) Il est fort possible que je me sois assoupi et que je sois tombé du lit.

— Quelle bêtise ! fit Oglethorpe. Si vous étiez tombé du lit, le bruit de votre chute sur le parquet vous aurait certainement réveillé. Qui plus est, vous étiez à au moins quatre mètres du lit lorsque je vous ai trouvé. Regardez les choses en face, Eustis, vous avez tué Hermione et ensuite vous vous êtes évanoui.

Je me tournai vers Genevieve.

— Vous avez entendu le coup de feu ?

Elle acquiesça de la tête.

— Nous passions juste devant la porte de leur chambre à coucher. Oglethorpe et moi venions de regarder le journal télévisé de dix heures et nous étions dans le couloir pour nous rendre dans nos chambres respectives lorsque nous avons entendu le coup de feu. Nous avons frappé à la porte et demandé ce qui se passait, mais nous n'avons obtenu aucune réponse. Nous avons essayé d'ouvrir la porte, mais elle était fermée à clé.

— Comment êtes-vous entrés ?

Oglethorpe tripota son audiophone un moment.

— Nous sommes passés par ma chambre à coucher pour sortir sur la terrasse et nous l'avons longée jusqu'à ce que nous arrivions aux portes-fenêtres, mais elles étaient verrouillées de l'intérieur.

Genevieve confirma cela.

— Finalement, Oglethorpe a dû prendre l'une des chaises de la terrasse et briser un carreau de l'une des portes-fenêtres. Il a glissé sa main à l'intérieur et a tiré le verrou.

— Vous êtes certaine que *toutes* les portes-fenêtres étaient verrouillées de l'intérieur ?

— Certaine, dit Genevieve. Et la porte de la chambre à coucher donnant sur le couloir était également verrouillée de l'intérieur.

Je hochai la tête d'un air pensif.

— Vous et votre frère avez regardé la télévision toute la soirée ?

— Non, répondit Oglethorpe. Franchement, je n'aime pas beaucoup la télévision, à l'exception des informations. J'étais en bas, dans mon atelier. J'ai façonné au tour des pieds de table durant la plus grande partie de la soirée.

Je me tournai vers Eustis.

— Est-ce que vous aviez eu une dispute avec votre femme ?

Il posa sa main droite sur son cœur.

— Nous étions mariés depuis bientôt huit mois et nous vivions heureux. Nous n'avons jamais échangé ne serait-ce qu'un mot désagréable.

Genevieve en convint à contrecœur.

— À la réflexion, Eustis ne s'est *jamais* disputé avec Hermione. Je trouve cela quelque peu anormal.

— Si nous devons écarter ce meurtre comme la conséquence d'une dispute, dis-je, existe-t-il une autre raison pour laquelle Mr Crawford aurait voulu assassiner sa femme ?

Oglethorpe règla quelque chose sur son audiophone.

— Pour son argent, bien sûr. Hermione était très riche, le genre moyenne bourgeoisie, et c'était elle qui tenait les cordons de la bourse.

Je pris Ralph à part.

— Dis donc, Ralph, nous en tenons finalement un.

— Un quoi ?

— Un mystère de meurtre en chambre close.

— Il n'y a pas le moindre mystère dans cette affaire. Eustis a tué sa femme. Il est le seul à avoir pu le faire. La chambre était fermée de l'intérieur.

— Exactement, dis-je. Mais, Ralph, si Eustis avait l'intention d'assassiner sa femme – particulièrement pour une question d'argent – est-ce qu'il se serait enfermé dans cette pièce avec le corps de sa femme ?

— D'accord, peut-être n'était-ce pas pour son argent. Ils ont eu leur première dispute, il s'est emporté, et il l'a tuée. Ensuite il s'est évanoui.

— Ralph, dis-je. Cette maison est très grande et elle comporte de nombreuses pièces. Tu ne trouves pas que c'est une coïncidence plutôt étrange que Oglethorpe et Genevieve se soient *justement* trouvés devant la porte au moment exact où le coup de feu a été tiré ?

Nous emmenâmes Genevieve Wesson vers un coin plus intime de la pièce.

— Vous avez dit que votre tante Hermione avait beaucoup d'argent ? demandai-je.

— En effet.

— Et Eustis ?

— Pas un sou, à vrai dire. Eustis était le chef comptable du Théâtre Municipal. Hermione faisait partie du comité des sponsors et elle a fait la connaissance d'Eustis lorsqu'elle est venue le trouver pour discuter des accords financiers pour une représentation des Ballets Bulgares. Une chose mène à une autre, comme on dit, et ils se sont finalement mariés.

— Ah, dis-je. Et après qu'elle eut épousé Eustis, n'a-t-elle pas modifié son testament afin qu'il hérite de la majeure partie de ses biens en cas de décès ?

— Hermione avait toujours refusé de faire un testament. Elle faisait partie de ces gens qui croient qu'ils mourront sur-le-champ s'ils en font un.

— Si Hermione était morte d'une mort naturelle, son mari aurait-il hérité de sa fortune ?

— Je suppose que c'est ce qui se serait produit.

— Mais votre tante n'est pas morte d'une mort naturelle, n'est-ce pas ? Par conséquent, si Eustis est reconnu coupable de son meurtre, il ne peut pas hériter de sa fortune, puisqu'un meurtrier ne peut pas tirer profit de son crime.

Genevieve sourit.

— J'y compte bien !

Je revins vers Eustis qui avait bâillé à nouveau et semblait maintenant chercher un siège pour s'asseoir.

— Vous voulez bien me donner votre version de cette malheureuse affaire ?

Il soupira.

— Ma foi, il n'y a pas grand-chose à raconter. Hermione et moi étions montés dans notre chambre vers dix heures. Nous avions l'habitude de lire au lit un moment avant d'éteindre. La dernière chose dont je me souvienne, je lisais *La Lettre volée* d'Edgar Allan Poe et j'écoutais la *Pavane pour une infante défunte* sur mon magnétophone. (Il fronça les sourcils et réfléchit.) Ou était-ce *Les Pins de Rome* ? C'est bizarre, je confonds toujours les deux.

— Mr Crawford, dis-je, est-ce que vous prenez des comprimés... je veux dire, des somnifères ?

— Mon Dieu, non ! Je n'en ai pas besoin. Je m'endors dès que je ferme les yeux.

— Avant de monter dans votre chambre avec votre épouse, avez-vous mangé ou bu quelque chose ?

— J'ai bu une fine à l'eau au salon. Je le fais toujours avant de me coucher. Cela m'aide à me détendre.

— Qui vous a préparé cette boisson ?

— Je l'ai préparée moi-même.

— À qui appartient le pistolet utilisé pour tuer votre femme ?

— Je n'en ai pas la moindre idée. Je ne l'avais jamais vu auparavant.

Ralph et moi retournâmes avec Eustis dans la chambre à coucher où le meurtre avait été commis. Je parlai au Dr Tanner, le toubib en chef.

— J'aimerais que vous fassiez une prise de sang à cet homme.

Tanner hocha la tête.

— Suis-je censé chercher quelque chose en particulier ?

— Des barbituriques, dis-je. Ou quelque chose se rangeant dans la catégorie des somnifères.

Je confiai Eustis à Tanner et pris Ralph à part.

— Nous allons examiner cette pièce à fond, Ralph. Je veux avoir la certitude que c'était bien une chambre close au moment du meurtre. Chercher des orifices, même les plus petits. Des bouches de chaleur, des cordons de sonnette.

— Des cordons de sonnette ?

— Ces trucs pour appeler les domestiques. C'est bien connu, les serpents montent et descendent le long des cordons de sonnette et mordent les gens, des morsures fatales.

Ralph leva les yeux au plafond.

— Hum, c'est très compliqué, Henry, les serpents et les cordons de sonnette. Personnellement, je pense que si un serpent avait l'idée de se glisser le long d'un cordon de sonnette, il lâcherait prise et tomberait lourdement par terre et peut-être se fracturerait une vertèbre. Et s'il essayait de remonter, je ne crois pas qu'il y parviendrait non plus. Les cordons de sonnette sont trop à la verticale, Henry. Par contre, si tu en trouvais un qui soit incliné à quarante-cinq degrés, disons, alors peut-être, juste peut-être…

— Ralph, dis-je patiemment, pourquoi fais-tu tous ces discours sur la préhension et la force de prise des vipères ? Hermione Crawford a été tuée par balle. Elle n'a pas été mordue par un serpent. (Je me frottai les mains.) Bon, mettons-nous au travail et cherchons des orifices.

Au bout de quinze minutes, nous revînmes l'un vers l'autre.

— Pas le moindre orifice, Henry. Pas de cordons de sonnette ni de bouches de chaleur. La pièce est équipée d'un chauffage indirect par les plinthes. Autant que je puisse le voir, cet endroit était hermétique lorsque Hermione a été tuée et Eustis était seul avec elle lorsque cela s'est produit.

— Ralph, dis-je, regarde ce magnétophone sur la table de nuit.

Il regarda.

— Alors ?

— Il n'y a pas de bande dedans.

— Elle est posée près du magnétophone, Henry.

— Je sais. Mais elle ne devrait pas se trouver là.

J'insérai la bande, mis le magnétophone en marche, et écoutai. Était-ce *Les Pins de Rome* ou la *Pavane pour une infante défunte* ? Je haussai les épaules et arrêtai le magnétophone.

Je retournai auprès d'Eustis Crawford. Un technicien examinait ses mains, pour déceler la présence éventuelle de grains de poudre.

— Mr Crawford, vous avez dit que la dernière chose dont vous vous souveniez, c'est que vous étiez au lit avec votre femme et que vous lisiez tout en écoutant votre magnétophone ?

— Oui.

— Avez-vous écouté la bande jusqu'à la fin et ensuite l'avez-vous retirée du magnétophone ?

— Non. Je me suis endormi en l'écoutant.

Je laissai Eustis qui bâillait et emmenai Ralph vers les portes-fenêtres.

— Regarde ceci, Ralph. Chaque carreau est maintenu en place par quatre petites baguettes de bois. (Je montrai du doigt l'armature qui avait été brisée afin d'avoir accès à la chambre.)

Tu remarqueras qu'il y a de légères éraflures ici, comme si on s'était servi d'un tournevis pour retirer les baguettes à un moment donné.

Ralph regarda de plus près et dit :

— Hum.

J'opinai du chef.

— Je suis obligé de conjecturer jusqu'à un certain point, mais je crois avoir trouvé la solution de cette énigme. Nous allons commencer par le commencement. Ce soir, quelqu'un dans cette maison a mis des barbituriques dans la bouteille de cognac d'Eustis Crawford. À moins que la bouteille n'ait été détruite ou dissimulée, je pense que nous la trouverons dans le bar du salon. Et après avoir bu sa fine à l'eau, Eustis est monté se coucher avec sa femme.

Ralph se frotta la joue.

— Et une fois qu'ils sont entrés dans leur chambre, ils ont fermé au verrou la porte ainsi que les portes-fenêtres ?

— Pas nécessairement, Ralph, bien que ce soit possible. Mais ils se sont mis au lit et Eustis a pris un livre et a mis en marche son magnétophone. Pendant ce temps, le meurtrier attendait sur la terrasse, caché dans l'obscurité, jusqu'à ce qu'il voie Eustis sombrer dans un profond sommeil, un sommeil engendré par les barbituriques.

— Le meurtrier ?

— Ou la meurtrière. J'utiliserai le mot meurtrier par simple commodité pour le moment. Et une fois Eustis endormi, le meurtrier est entré dans la chambre *via* l'une des portes-fenêtres. Ou bien, si elles étaient verrouillées, il lui suffisait de tapoter au carreau afin d'attirer l'attention d'Hermione, de lui faire un charmant sourire, et de lui demander de le laisser entrer parce qu'il désirait lui parler un moment. Et puisque la personne qu'elle voyait était soit son neveu soit sa nièce, elle n'avait aucune raison de suspecter quelque malveillance. Mais lorsque Hermione l'a fait entrer, il a sorti le pistolet et il l'a tuée.

« Ensuite il a extirpé du lit Eustis, lequel était inconscient, et l'a allongé par terre à côté du corps de sa femme. Il a remplacé la douille utilisée par une autre balle puis a refermé la main d'Eustis autour du pistolet. Il a tiré à nouveau, cette fois par la porte-fenêtre ouverte et vers la nuit. Il a agi ainsi afin que nous trouvions à coup sûr des grains de poudre sur la main d'Eustis.

— Comment se fait-il que personne n'ait entendu les coups de feu, Henry ?

— Parce que le meurtrier s'est servi d'un silencieux.

Ralph réfléchit un instant.

— Mais dans ce cas, le meurtrier n'aurait-il pas lui aussi des grains de poudre sur sa main ?

— J'en doute. Puisqu'il en savait suffisamment sur les grains de poudre pour penser à en mettre sur la main d'Eustis, il a certainement été suffisamment intelligent pour veiller à ce qu'il n'y en ait pas sur sa personne. Très probablement, il portait des gants et un autre moyen de protection pour éviter que les grains de poudre se déposent sur ses mains ou ses vêtements.

Je notai que Eustis s'était endormi sur sa chaise.

— Et ensuite le meurtrier a retiré la *Pavane pour une infante défunte* – ou un morceau de ce genre – du magnétophone d'Eustis et a mis à la place une bande qu'il avait apportée. Cette bande était entièrement vierge, à l'exception du bruit d'un coup de feu.

Ralph haussa un sourcil intéressé.

Je hochai la tête.

— Le minutage était extrêmement important dans cette affaire, bien sûr. Il connaissait le moment précis où la bande arriverait à l'endroit du coup de feu, à savoir dix heures trente, à une ou deux minutes près. Il a mis en marche le magnétophone, sans aucun doute réglant le volume au maximum, puis il a verrouillé la porte de la chambre à coucher de l'intérieur – si elle ne l'était pas déjà. Et ensuite, probablement avec un tournevis, il a ôté l'un des carreaux d'une porte-fenêtre – celui qui est maintenant cassé.

« Il est sorti sur la terrasse, a refermé la porte derrière lui, a glissé la main à l'intérieur et a poussé le verrou. Puis il a remis en place le carreau et les baguettes de bois, est descendu au salon, et est resté là à regarder les informations de dix heures. À dix heures trente, comme à leur habitude, Oglethorpe et Genevieve sont montés à l'étage, ce qui les mettait à proximité de la porte de la chambre d'Hermione au moment où la bande arrivait à l'endroit du coup de feu. Plus tard, quand le meurtrier est entré dans la chambre en passant par la terrasse, il lui était très facile de glisser à nouveau la bande dans sa poche... il a probablement réussi à s'en débarrasser à l'heure qu'il est.

Ralph se gratta la nuque d'un air perplexe.

— Qui est l'auteur du meurtre, d'après toi ? Oglethorpe ou Genevieve ?

— Oglethorpe.

— Pourquoi Oglethorpe ?

— À cause de l'audiophone.

— Qu'est-ce que l'audiophone vient faire là-dedans ?

— Je n'en suis pas encore tout à fait sûr, mais c'est probablement la clé de toute cette affaire. Chaque fois que j'ai regardé Oglethorpe, il n'arrêtait pas de tripoter son audiophone. Cela doit avoir son importance, d'une manière ou d'une autre.

— Pourquoi ?

— Ralph, dis-je, tu te rappelles l'affaire du meurtre de Gillingham ? L'un de nos principaux suspects, Elmer Bjornson, semblait être cloué dans un fauteuil roulant, mais nous avons découvert qu'en réalité il pouvait marcher. Cela m'a appris à toujours me méfier de suspects de meurtre dans des fauteuils roulants et par extension je pense que je puis à coup sûr appliquer cela à des personnes portant des audiophones.

— Henry, fit remarquer Ralph, c'est vrai que Bjornson pouvait marcher, mais cela n'avait absolument rien à voir avec le meurtre de Gillingham. Nous nous en sommes aperçus par hasard avant d'arrêter le véritable meurtrier.

Je me frottai la joue.

— Tu veux dire que l'audiophone d'Oglethorpe n'a *rien* à voir avec ce meurtre ?

— J'ai bien peur que non, Henry.

Je me ressaisis.

— Bah, épingler le vrai meurtrier dans cette affaire est une simple question de persévérance. Nous découvrirons bientôt le ou la coupable. Mais au moins, pour le moment, nous avons réussi à éviter qu'un innocent soit envoyé en prison. (Je souris avec modestie.) En fait, je pense que n'importe quel policier raisonnablement compétent ne pourrait que constater les incohérences flagrantes dans cette affaire.

Ralph acquiesça.

— C'est exact, Henry.

Il s'ensuivit un silence plutôt long et je commençai à me sentir mal à l'aise.

— Qu'y a-t-il, Ralph ?

Il soupira.

— Cette affaire me fait penser à la lettre volée.

— Pourquoi te fait-elle penser à la lettre volée ?

— Henry, le meilleur endroit pour dissimuler un meurtre c'est à l'intérieur d'un meurtre. Supposons que tu veuilles tuer ta femme pour son argent. Même si tu prépares ton geste très habilement, tu sais que tu seras néanmoins le suspect le plus logique. La police cherchera et cherchera et il y a de fortes chances pour qu'elle finisse par trouver quelque chose qui te fera tomber. Alors tu décides de prendre le taureau par les cornes. Puisque tu seras suspecté de toute façon, pourquoi ne pas mettre les points sur les i ? Donner l'impression au premier coup d'œil que toi seul as eu la possibilité de la tuer ?

Je fermai les yeux.

Ralph continua.

— Tu montes à l'étage avec ta femme. Une fois dans la chambre, tu la tues, ton pistolet est muni d'un silencieux. Ensuite tu sors de la chambre et tu te débarrasses du silencieux et de la douille utilisée que tu remplaces par une autre balle. Tu retournes dans la chambre et tu attends jusqu'à ce que tu entendes Oglethorpe et Genevieve monter l'escalier. Tu les laisses arriver juste devant la porte et alors tu tires un coup de feu par la porte-fenêtre ouverte, vers l'air de la nuit.

« Et pendant que Oglethorpe et Genevieve frappent à la porte de la chambre, tout simplement tu fermes et verrouilles les portes-fenêtres… au préalable, tu as éraflé l'armature de l'une de ces portes-fenêtres. Ensuite tu avales des barbituriques et tu t'allonges par terre à côté de ta défunte épouse. Tu fais semblant d'être inconscient quand Genevieve et Oglethorpe font irruption dans la pièce après avoir cassé un carreau, et le tour est joué !

Ralph soupira à nouveau.

— Ensuite tu prends un siège et tu regardes la police faire son travail. Ils se rendront compte que la situation est vraiment *trop* évidente, *trop* manifeste. Point par point, ils démêleront le coup monté et ils en tireront une juste fierté. Même si, éventualité peu probable, tu passes effectivement en jugement, n'importe quel bon avocat sera à même de faire ressortir les points faibles de l'accusation et il obtiendra ton acquittement.

Je coulai un regard vers Eustis, endormi sur sa chaise, un sourire aux lèvres.

Bon sang, pensai-je, Ralph a raison. Et il s'en tirera à bon compte.

Nous emmenâmes Eustis au commissariat central, mais nous n'étions pas très optimistes.

Ensuite Ralph et moi entrâmes dans le bar le plus proche.

Le barman me reconnut.

— Qu'est-ce que ce sera, inspecteur ? Jus de tomate ou sherry ?

— Sherry.

— Oh ? dit-il. La journée a été aussi moche que ça ?

J'acquiesçai d'un air maussade.

— Aussi moche que ça.

Il remplit mon verre à ras bord et m'apporta un verre d'eau en guise de rince-cochon.

COUPABLE, VOTRE HONNEUR

Je venais de rentrer de vacances et Ralph entreprit de m'éclaircir sur les détails de l'affaire qui nous avait été confiée.

— Trois membres du jury ont été assassinés, dit-il.

Je hochai la tête d'un air entendu.

— Ah, oui. Je vois de quoi il s'agit. Le jury a déclaré coupable un criminel et celui-ci a juré de se venger.

— Pas tout à fait, fit Ralph. Le jury n'a pas pu rendre un verdict affirmatif à l'unanimité*. Quatre jurés étaient pour l'acquittement et huit pour la condamnation.

— Mais bien sûr ! dis-je. Alors le criminel s'est mis en devoir de tuer trois des jurés qui avaient voté pour sa condamnation.

— Ce n'est pas cela non plus, Henry. Les trois jurés assassinés avaient voté pour son acquittement.

— Pourquoi diable aurait-il voulu assassiner trois jurés qui avaient voté pour son acquittement ?

— En fait, il n'a assassiné personne. Il ne le pouvait pas parce qu'il était mort.

— Ralph, dis-je patiemment, si tu m'interromps continuellement, je n'arriverai jamais à l'essentiel de cette affaire. Commence par le commencement.

* L'unanimité est une condition indispensable dans certains États pour prononcer un jugement (*N. d. T.*).

— L'année dernière, commença Ralph, un certain Mike Winkler a été arrêté pour le meurtre d'un certain Jim Hurley. Tous deux avaient des casiers judiciaires longs comme le bras pour vols avec effraction. Ils venaient d'effectuer un cambriolage et ils se sont disputés à propos du partage du butin. Winkler a sorti un pistolet et a tiré quatre fois sur Hurley, ce qui a été suffisant pour le tuer. Quelqu'un dans un appartement voisin a entendu les coups de feu et a averti la police. À leur arrivée, les policiers ont trouvé Winkler assis sur son divan, se demandant ce qu'il allait faire du corps. Winkler a avoué sur-le-champ qu'il avait tué Hurley et a dit pourquoi.

— Cela aurait dû régler l'affaire.

— Malheureusement, dès que Winkler a trouvé un avocat, ou vice versa, il s'est rétracté. Il a dit que les policiers qui l'avaient arrêté l'avaient tabassé pour qu'il fasse des aveux complets.

— Était-ce le cas ?

— Non. Tu sais comment ça se passe dans le service. Si l'un de nous se livre à des brutalités sur un suspect, tout le monde finit par l'apprendre. Cela ne veut pas dire que nous nous mettons en quatre pour que le grand public soit au courant. Mais il n'y a pas de secret entre nous, et personne n'a touché à un seul cheveu de Winkler. En tout cas, il a raconté la chose suivante : il était sorti pour acheter un journal et en rentrant il a trouvé Hurley étendu par terre, mort, et le pistolet. Cependant, même sans les aveux, les preuves contre lui étaient accablantes – grains de poudre sur ses mains, empreintes sur l'arme du crime, et ainsi de suite.

— Néanmoins le jury a refusé de le déclarer coupable ?

— Tu sais, cela se produit de temps à autre. Tu te retrouves avec des jurés bornés qui croient ce qu'ils ont envie de croire, sans tenir compte des preuves, même si elles sont en béton. Cela avait peut-être un rapport avec la pleine lune. Le jury a délibéré pendant cinq jours sans parvenir à prononcer un verdict et le juge a finalement renvoyé l'affaire.

— Winkler a été remis en liberté ?

— Non. Il a été reconduit immédiatement à la prison du comté pendant que les rouages de la justice se mettaient en branle pour le juger une seconde fois avec un nouveau jury. Mais il n'y a jamais eu de second procès. Alors qu'il attendait, Winkler a réussi à scier les barreaux de sa cellule et il a volé une voiture dans la rue. Une voiture de patrouille l'a repéré et la poursuite a commencé. Elle a pris fin lorsque Winkler a tamponné une autre voiture sur une bretelle d'accès à l'autoroute. Winkler et le conducteur de l'autre voiture ont été tués sur le coup.

Je me rappelai vaguement avoir lu ça dans les jounaux.

— Cela est arrivé le 22 janvier, cette année, poursuivit Ralph. Et maintenant nous arrivons au 22 du mois suivant, février. Un certain Amos Albee, célibataire, âgé de 36 ans, comptable, a été trouvé pendu à une poutre dans son garage. On a supposé qu'il était monté sur une chaise, avait passé le nœud coulant autour de son cou, puis avait sauté.

— Il n'a pas laissé une lettre donnant les raisons de son suicide ?

— Non. Mais beaucoup de suicidés ne le font pas, après tout. Les antécédents d'Albee indiquaient que c'était un solitaire, mélancolique de nature, en conséquence cela donnait l'impression qu'il avait été un peu plus déprimé que d'habitude et avait décidé d'en finir. Et puis, exactement un mois plus tard, le 22 mars, on a trouvé une certaine Cora Anderson morte, également par pendaison, dans la buanderie de son immeuble. Cora avait passé la soixantaine, c'était une veuve à la santé précaire, et tout le monde a pensé qu'elle n'avait plus supporté sa vie solitaire et sa maladie, et qu'elle avait décidé de mettre fin à ses jours.

— J'imagine que Cora et Amos étaient membres de ce fameux jury et qu'ils avaient voté pour l'acquittement de Winkler ?

— Oui, mais à l'époque personne n'a fait le rapprochement.

Qui se souvient des noms des jurés alors qu'il y a des douzaines de procès au palais de justice chaque mois ? De plus, nous avons une moyenne de dix suicides par mois.

Je compris aussitôt la situation.

— Et alors un troisième juré s'est suicidé, pour ainsi dire, et cela s'est produit le 22 du mois suivant ? Avril ?

— Exactement. Gerald Hawkins, veuf, à la retraite, âgé de 66 ans, a été trouvé pendu dans sa cave. Pas de lettre, là non plus.

— Mais maintenant quelqu'un a fini par avoir des soupçons ?

Ralph acquiesça.

— Les jurés sont rétribués pour leurs fonctions mais, les paperasseries étant ce qu'elles sont, c'est seulement en juillet que les chèques ont été envoyés par la poste. Neuf de ces chèques sont parvenus à leurs destinataires et ont été encaissés, mais trois des lettres ont été renvoyées à l'expéditeur, avec la mention « n'habite pas à l'adresse indiquée ». Les services municipaux ont chargé un employé de se rendre au dernier domicile connu de ces trois personnes afin d'interroger les voisins et d'essayer de découvrir leurs nouvelles adresses. L'employé a appris que les trois jurés s'étaient pendus. Cela semblait une coïncidence plutôt bizarre, alors la mairie a confié l'affaire à la police. C'était la semaine dernière, pendant que tu étais encore en vacances. À propos, où es-tu allé ?

— Nulle part. Je suis resté chez moi, j'ai lu et j'ai regardé la télévision, la chaîne éducative. J'ai également fait des mots croisés. C'est très délassant et ravigotant.

Ralph me considéra un moment puis continua.

— Nous sommes retournés sur les lieux des trois morts et nous avons été à même de récupérer les cordes utilisées pour les trois jurés… des voisins gardaient ces satanés trucs comme souvenirs. Au labo, nous avons examiné les extrémités des cordes et avons constaté qu'elles se correspondaient. En d'autres termes, les trois cordes provenaient de la même longueur ou du même rouleau de corde. (Il marqua un temps.) Tu es resté chez toi pendant les deux semaines ?

J'opinai du chef.

— La plupart des gens voyagent durant leurs vacances parce qu'ils ont mauvaise conscience de disposer de tout ce temps libre et de ne rien faire. Mais cela n'a jamais été mon cas. (Je réfléchis à l'affaire un moment.) Tu as dit que au cours de sa tentative d'évasion, Winkler avait tamponné une autre voiture et avait tué le conducteur ?

— James Bellington. Agé de 28 ans. Installateur de chaudières et plombier. Marié. Pas d'enfants. Il était le seul occupant de la voiture.

Je souris.

— Ralph, si tu inspectes le garage de Bellington, ou sa cave, je suis prêt à parier que tu trouveras un rouleau de corde dont l'extrémité s'adapte exactement à une extrémité de la corde utilisée pour le troisième juré. Ma théorie est la suivante : sa femme a été tellement traumatisée par sa mort qu'elle a systématiquement recherché chacun des jurés responsables de...

— Nous avons fait une perquisition, dit Ralph. Pas de corde. En outre, Bellington et sa femme étaient séparés et avaient entamé une procédure de divorce. Elle n'était guère affligée par sa mort, d'autant plus qu'elle était toujours la bénéficiaire de son assurance-vie.

— Et les proches plongés dans l'affliction ? Frère, sœur, parents ? Une petite amie ?

— Personne. Les parents de Bellington sont morts et il n'avait pas de frère ni de sœur. Et pas de petite amie non plus.

Je ne me décourageai pas pour autant.

— Et l'homme que Winkler avait tué ? Qui était affligé par sa mort, de façon peu justifiée ?

— Personne. Hurley s'était enfui d'un orphelinat à l'âge de 15 ans. Pas de famille et pas d'amis, excepté l'homme qui l'a tué.

Je me frottai le menton d'un air pensif.

— Et pourtant il semble que quelqu'un ait commémoré la date de la mort de Bellington en exécutant un juré le même jour des mois suivants. Il est clair que quelqu'un s'est dit que, sans le jury indécis, Winkler aurait été enfermé en lieu sûr, dans une prison d'État de haute sécurité, et non dans notre prison du comté minable, d'où il a réussi à s'évader et subséquemment a causé la mort de Bellington. (Je fronçai les sourcils.) Puisque nous ne trouvons personne qui soit accablé par la mort de Bellington, nous devons supposer que, quelque part dans cette ville, il y a un dingue qui a décidé de faire pencher la balance de la Justice et qui se consacre à cette tâche. Ce pourrait être n'importe qui parmi un million de personnes.

— C'est possible, dit Ralph. Mais d'un autre côté, sans chercher aussi loin, nous savons que les membres du jury pour le procès Winkler étaient à deux doigts de s'étriper entre eux au bout de cinq jours de délibérations. Les huit qui avaient voté pour la condamnation de Winkler avaient le sentiment très net que ne pas déclarer Winkler coupable de meurtre était une erreur judiciaire.

Je hochai la tête judicieusement.

— L'un de ces huit jurés doit être notre assassin.

— Nous avons été en mesure d'établir que chacun des meurtres avait eu lieu entre dix heures du soir et minuit. Et si nous supposons qu'une seule personne a commis les trois meurtres, nous pouvons éliminer six des jurés pour une raison ou pour une autre. Ils ont des alibis en béton pour un, deux, ou les trois meurtres.

Je retranchai rapidement six de huit.

— Ralph, je crois que cela ne nous laisse plus que deux personnes.

Ralph en convint.

— L'un d'eux est un certain Elmer Poulos. Âgé de 28 ans. Un adepte de la culture physique. Il travaille chez un fleuriste au centre commercial de Mayfair. L'autre est Deirdre

O'Hennessey. Elle a 25 ans et est secrétaire dans une entreprise de constructions.

— Ralph, dis-je, lorsque nous avons une série de meurtres comme celle-là, l'ego boursouflé du meurtrier le pousse habituellement à laisser une sorte de signature sur le lieu de chacun de ses crimes. Quelque chose de plus personnel que le fait d'utiliser le même rouleau de corde.

Ralph acquiesça de la tête.

— Un bon point pour toi, Henry. Après être arrivé à la conclusion qu'il s'agissait de meurtres, nous avons tout passé au peigne fin, une nouvelle fois. Nous avons trouvé une petite croix, d'environ deux centimètres, gravée sur le dessous de chacune des chaises soi-disant utilisées par les suicidés.

— Hmmm, dis-je. Quel genre de croix était-ce, Ralph ? Croix latine ? Croix de Lorraine ? Croix celtique ? Croix de Malte ?

— Juste une croix ordinaire. (Il en dessina une sur une feuille de papier.)

— Ah, dis-je. La croix grecque. À moins, bien sûr, de l'incliner à 45 degrés soit vers la gauche soit vers la droite. Auquel cas, cela devient une croix de Saint-André.

Ralph et moi descendîmes au garage de la police où nous prîmes notre voiture et partîmes pour le centre commercial de Mayfair. Chez le fleuriste, nous parlâmes au propriétaire qui nous emmena dans une pièce située à l'arrière du magasin.

Nous trouvâmes Elmer Poulos, un jeune homme musclé en T-shirt, occupé à confectionner une couronne mortuaire.

Ralph me présenta.

— Voici l'inspecteur Henry Turnbuckle. Mon coéquipier habituel. Il aimerait vous poser quelques questions.

Je hochai la tête.

— J'irai droit au but. Je crois savoir que vous n'avez pas d'alibi pour aucune des nuits des meurtres.

Il eut un sourire béat.

— Absolument aucun. Je me couche toujours à neuf heures

trente, et seul. Il faut que je passe une bonne nuit afin de pouvoir faire des haltères.

Ralph le considéra.

— Nous pensons que l'assassin a d'abord maîtrisé ses victimes, peut-être avec du chloroforme, puis qu'il leur a passé un nœud coulant autour du cou et les a hissées vers le plafond. Ce qui signifie que notre assassin doit être un homme très robuste.

— Pas nécessairement, Ralph, intervins-je. L'assassin a très bien pu braquer un pistolet sur ses victimes et leur ordonner de monter sur la chaise et de passer le nœud coulant autour de leur cou. Ensuite l'assassin a fait basculer la chaise d'un coup de pied.

— Voyons, Henry, dit Ralph, j'ai du mal à croire que ses victimes aient accepté de coopérer de la sorte.

Poulos fut de son avis.

— Je vous parie que 99 % des gens sur cette terre préféreraient être tués par balle plutôt que pendus.

— Vous avez raison, dis-je, *si* les victimes avaient la certitude qu'elles allaient vraiment être pendues. Mais je soupçonne que, étant des êtres humains par nature optimistes, elles ont pensé qu'il s'agissait d'un genre de mauvaise plaisanterie et que la meilleure chose à faire était de se prêter aux caprices du propriétaire de l'arme en coopérant jusqu'à un certain point. Alors elles sont montées sur les chaises et ont passé les nœuds coulants autour de leurs cous. Elles ont dû être très surprises, à tout le moins, quand l'assassin a fait basculer les chaises de dessous elles.

Poulos était d'un avis contraire.

— Personnellement, je crois plutôt que les victimes ont été chloroformées et hissées.

J'appuyai mon regard sur lui.

— Si c'est effectivement la méthode qui a été utilisée, alors vous êtes à coup sûr notre suspect le plus logique.

Poulos eut un large sourire.

— Cela ne me dérange pas d'être un suspect logique. Tant

que vous ne pouvez rien prouver. Depuis peu, on me témoigne un grand respect par ici. Les gens pensent peut-être que je suis l'assassin. Dites donc, travailler chez un fleuriste, ça ne fait pas très macho, et un petit coup de pouce, ça ne se refuse pas !

Une idée se présenta à mon esprit.

— Ralph, Bellington a été tué le 22 janvier et ensuite le 22 de chaque mois successif – février, mars et avril – un juré a été pendu. Mais pourquoi le *quatrième* juré n'a-t-il pas été assassiné le 22 mai ? C'était certainement son tour. Pourquoi l'assassin s'est-il arrêté de tuer ? Il lui restait encore un juré à trucider. Et pourtant le 22 mai est passé et il n'y a pas eu de quatrième juré mort. Pourquoi ? L'assassin a-t-il oublié son nom ? Son adresse ? Qui est le quatrième juré à avoir voté pour l'acquittement ?

Ralph était sur le point de m'indiquer le nom, puis il scruta Poulos et se ravisa.

— Le quatrième juré est une femme de trente ans. Mariée, avec quatre enfants, l'aîné a douze ans.

Je fronçai les sourcils tandis que je réfléchissais.

— Chacun des jurés assassinés était célibataire. Il vivait seul. En d'autres termes, leurs morts n'affectaient qu'eux-mêmes. Serait-ce exagéré de supposer que l'assassin s'est arrêté de tuer parce qu'il n'a pas eu le cœur d'assassiner la mère de quatre enfants en bas âge ? (Je me tournai vers Poulos.) Est-ce que vous aimez les enfants ?

Il réfléchit un moment.

— Est-ce anti-américain si je vous dis pas particulièrement ?

Durant la demi-heure qui suivit, j'interrogeai habilement Poulos, mais je n'appris rien de plus.

Lorsque nous quittâmes Poulos, Ralph se mit au volant et m'emmena jusqu'à un immeuble situé dans le quartier est. Nous prîmes l'ascenseur jusqu'au troisième étage.

Je consultai ma montre.

— Ralph, tu as dit que cette Deirdre O'Hennessey était secrétaire. Cependant, puisque ceci est un jour de semaine et par conséquent un jour ouvrable, je prédis que tu ne la trouveras pas chez elle.

— Elle sera chez elle, affirma Ralph. Elle est encore en vacances.

Deirdre O'Hennessey avait des cheveux d'un noir de jais et des yeux d'un violet intense. Elle considéra Ralph.

— Oh, c'est encore vous.

Elle nous pria d'entrer.

Je parcourus la pièce du regard, notant qu'elle faisait manifestement des mots croisés lorsque nous avions sonné à sa porte. Je les reconnus : je les avais terminés plusieurs jours auparavant.

— Miss O'Hennessey, dis-je, je crois savoir que vous n'avez pas le moindre alibi pour les nuits au cours desquelles les trois jurés ont été assassinés.

Elle l'admit.

— Aucun. Toutefois, je ne pense pas que j'aurais eu la force nécessaire pour nouer une corde autour du cou de quelqu'un et le hisser vers le plafond.

J'eus un sourire entendu.

— Nous autres à la brigade soupçonnons que les pendaisons ont peut-être été exécutées sans nul besoin d'une quelconque force physique. Possédez-vous un pistolet ? Une arme menaçante de ce genre ?

Elle acquiesça.

— J'ai une arbalète dans la penderie. Je ne sais vraiment pas quoi en faire, mais elle était mise en vente et je n'ai pas pu résister, tout simplement.

J'imaginai le tableau. Avait-elle pointé une arbalète sur ses victimes ?...

Deirdre O'Hennessey s'assit à côté de la page des mots croisés.

— Quel est le mot en six lettres pour un hydrocarbure saturé de la série des paraffines ? La seconde lettre doit être un « c ».

— Octane, dis-je.

Elle me regarda fixement un instant puis écrivit le mot. Elle leva les yeux.

— J'ai une question à vous poser. Trois des quatre jurés qui avaient voté pour l'acquittement de Winkler ont été assassinés. Pourquoi pas le quatrième ?

— Nous l'ignorons, répondit Ralph.

Je me surpris à glousser.

Tous deux me regardèrent et Ralph dit :

— Henry, pourquoi glousses-tu ?

— Ralph, je sais qui est l'assassin.

Ralph me considéra puis hocha la tête.

— Très bien, Henry, qui est l'assassin ?

— À vrai dire, je ne connais pas son nom. Mais cette affaire me fait penser à Jack l'Éventreur.

Il était évident qu'ils m'accordaient toute leur attention.

— Pourquoi cette affaire te fait-elle penser à Jack l'Éventreur ? demanda Ralph.

Je souris.

— Eh bien, Jack l'Éventreur avait un dessin d'ensemble, lui aussi. Il a assassiné plusieurs femmes et puis, aussi soudainement qu'ils avaient commencé, les meurtres ont cessé. Pourquoi ?

— Je donne ma langue au chat, Henry, dit Ralph. Pourquoi ?

— Personne ne le sait avec certitude, Ralph. Mais on a avancé un grand nombre de théories… il a estimé que cela devenait trop risqué, il est finalement revenu de ses égarements, tuer ne l'amusait plus, et ainsi de suite. En tout cas, à mon avis, la théorie qui tient le mieux la route c'est que les meurtres ont cessé tout simplement parce que Jack l'Éventreur est mort – mort naturelle, maladie, accident, quelque chose de ce genre.

« Ce que je dis, Ralph, c'est que notre tueur est mort. C'est pour cette raison qu'il n'a pas tué le quatrième juré. Tu as dit que six de nos jurés avaient des alibis d'un genre ou d'un autre. (J'eus un large sourire.) Alors, Ralph, lequel de ces jurés est mort ?

— Aucun, dit Ralph.

Je regardai par la fenêtre quelques instants.

— Par contre, il est tout à fait possible que Jack l'Éventreur ait émigré. Les gens émigraient beaucoup à cette époque. Son bateau a peut-être sombré corps et biens, ce qui expliquerait le fait qu'il n'y a pas eu d'autres meurtres « style Jack l'Éventreur » en Amérique, au Canada, en Australie, ou en Nouvelle-Zélande.

Deirdre O'Hennessey m'avait écouté attentivement, manifestement impressionnée.

— Pourquoi l'assassin a-t-il pris la peine de faire ressembler les meurtres à des suicides ? Pourquoi n'a-t-il pas tué ces gens tout simplement, et on n'en parlait plus ?

J'avais la réponse, bien sûr.

— Parce qu'il ne voulait pas que la police s'en mêle avant d'avoir achevé sa mission.

Je m'absorbai dans mes pensées quelques instants puis je gloussai à nouveau.

Deirdre O'Hennessey pencha la tête.

— Pourquoi gloussez-vous maintenant ?

— Ma théorie est la suivante : l'assassin est fou à lier. Ralph, est-ce qu'on a fait des radiographies de la tête pour chacun de nos suspects ?

— Non, Henry.

— Ralph, tu dois reconnaître que c'est quelque peu inhabituel qu'un homme commette trois meurtres pour ce qui est fondamentalement une raison abstraite plutôt que personnelle – à savoir, le désir de rendre la justice. C'est pourquoi j'en déduis que l'assassin a quelque chose qui ne va pas dans sa tête et que cela explique ses actes. Je crois que des radiographies s'imposent.

— Je ne sais pas trop pour l'aspect légal de ceci, Henry, dit Ralph, tout en contemplant le plafond. Cela pourrait être considéré comme une atteinte à leur vie privée. À tout le moins, je pense que nous devrons obtenir une autorisation du juge. Pourquoi notre assassin ne pourrait-il pas être un psychotique tout à fait ordinaire ?

— Là, tu marques un point, bien sûr, admis-je. Ou l'assassin a peut-être un grave problème de métabolisme. Ou peut-être fait-il de l'hypoglycémie. Je pense que si nous faisons radiographier nos suspects, ou au moins leur faisons passer une visite médicale complète, cela pourrait s'avérer très utile.

— Quel est le mot en sept lettres pour curieux, extraordinaire, fantasque ? demanda Deirdre.

Je réfléchis.

— Étrange ?

Elle hocha la tête.

— C'est exactement ça.

Je fronçai les sourcils, perplexe. Bizarre. Je ne me souvenais pas de ce mot-là dans les mots croisés.

Je poursuivis mon interrogatoire incisif de Deirdre O'Hennessey pendant encore une heure, puis Ralph et moi rentrâmes au commissariat central.

Le district attorney adjoint Orville Jepson fit son entrée dans la salle des inspecteurs.

— Alors, vous avez du nouveau dans l'affaire des jurés morts ?

— Pas encore, dit Ralph.

Jepson est considéré comme un travailleur acharné et un procureur très doué, et personne n'a jamais omis de remarquer son insigne Phi Beta Kappa*.

— Orville représentait le ministère public dans le procès Winkler, m'apprit Ralph.

Le visage de Jepson se rembrunit à ce souvenir.

— La seule affaire que j'aie jamais perdue. C'est parfaitement absurde. Winkler était coupable, cela sautait aux yeux, et j'avais établi sa culpabilité sans l'ombre d'un doute.

Ralph essaya de le consoler.

— Winkler avait peut-être réussi à acheter ces jurés.

Jepson secoua la tête.

— Non. Winkler était fauché. Le tribunal a dû commettre

* La plus ancienne association d'étudiants universitaires (*N. d. T.*).

un avocat d'office pour assurer sa défense. De plus, même s'il avait réussi à se mettre en rapport avec les jurés, il lui suffisait d'acheter une seule personne. Pas quatre*. (Jepson avait l'air furieux.) J'ai eu un jury infect, c'est tout. Ce n'est pas étonnant que les gens n'aient aucun respect pour notre système judiciaire. Pour ma part, laisser filer un assassin revient à être complice par assistance… du crime ou de tout ce qui s'ensuit.

J'opinai du chef.

— Vous voulez parler de la mort de Benninger ?

Il me reprit.

— Bellinger. Edward Slocum Bellinger.

Un déclic se produisit dans mon esprit.

— Vous vous souvenez de son second prénom ?

— Bien sûr, dit Jepson. J'ai une excellente mémoire des noms.

Je considérai Jepson puis j'esquissai un sourire.

— Permettez-moi de faire le portrait de notre assassin. En premier lieu, c'est un perfectionniste. Il est également extrêmement intelligent. Il doit être parfait dans tout ce qu'il entreprend. Il ne supporte pas l'échec… ne serait-ce qu'un seul échec. Et qui plus est, il croit ardemment en la justice. Les coupables doivent être punis. Et si cela ne peut pas être fait légalement, cela doit être fait illégalement.

Jepson pencha la tête.

— Intelligent, dites-vous ?

— Bien sûr. Une intelligence brillante mais un esprit faussé. Il a le sentiment que si les coupables ne sont pas punis, cela est dû à une défaillance de sa part et qu'il doit faire amende honorable. À présent, monsieur, où étiez-vous dans la nuit de…

Ralph se redressa vivement.

— Comment avez-vous trouvé Hong-Kong, Orville ?

Jepson s'épanouit.

* Rappelons que l'unanimité est une condition indispensable dans certains États pour prononcer un jugement (*N. d. T.*).

— C'était sensationnel. Nous avons passé des moments merveilleux.

Ralph se tourna vers moi.

— Henry, tu te rappelles *certainement* que Orville est allé en Orient pour ses vacances, avec sa femme et ses enfants. Hong-Kong, Honolulu, Manille. Tout le toutim. Et ils sont partis pendant *tout* le mois d'avril.

Bon sang, il avait raison.

Jepson hocha la tête.

— Nous sommes rentrés début mai. Juste à temps pour les obsèques.

— Les obsèques ? dis-je. Quelles obsèques ?

— Les obsèques du juge Remsford. Il présidait les débats pour le procès Winkler. Il a très mal pris l'indécision du jury, lui aussi. Je n'ai pas oublié sa réaction. Il est devenu blême et il a eu quelques mots bien choisis à l'adresse des jurés avant de renvoyer l'affaire. (Jepson soupira.) Le juge était un type épatant. Fauché dans la fleur de l'âge, pourrait-on dire.

— Fauché ?

— Oui. Maladie en phase terminale. Il commençait à avoir un comportement un peu bizarre. Sa femme l'a finalement emmené chez le docteur. Les radiographies ont montré que c'était inopérable. Il est mort le premier ou le deux mai. (Jepson fut songeur.) Oui, un type épatant. Wilbur Cross Remsford.

Wilbur *Cross** Remsford ?

— Il laisse une femme et trois enfants, dit Jepson. (Il tapota Ralph sur l'épaule.) Bon, je vous laisse travailler. Et prévenez-moi si vous avez du nouveau.

Ralph et moi demeurâmes silencieux après son départ.

Finalement Ralph s'éclaircit la gorge.

— Henry, j'ai le sentiment que si nous fouillons le garage ou la cave de Remsford, nous trouverons un certain rouleau de corde.

* Croix, en anglais (*N. d. T.*).

Je fus de son avis.

Aucun de nous ne fit mine de se lever.

— D'un autre côté, dis-je, à quoi cela servirait-il? Remsford est mort. Il ne peut être puni. Si la vérité était connue, les seules personnes à en pâtir seraient sa femme et ses enfants.

Ralph et moi tombâmes d'accord. L'affaire était classée officiellement.

Notre téléphone sonna et Ralph prit la communication. Il écouta un instant puis se tourna vers moi.

— Elle voudrait savoir quel est le mot sud-africain en onze lettres pour un grand acacia dont les girafes broutent souvent les feuilles.

Celui-là m'avait donné du mal. Je souris.

— Kameeldoorn. Littéralement, cela veut dire épine du chameau.

Ralph s'adressa de nouveau à son interlocutrice.

— Le mot lui échappe pour le moment, mais il l'aura trouvé d'ici ce soir lorsqu'il passera chez vous vers sept heures trente. À propos, il ne boit que du sherry.

Ralph reposa le combiné sur son socle.

— Voyons, Ralph, fis-je, pourquoi lui as-tu dit que je passerais la voir?

— Henry, déclara Ralph, elle n'a pas affronté la jungle du standard du commissariat uniquement parce qu'elle ne trouvait pas ce qu'une girafe... (Il s'interrompit et sourit.) Henry, nous ne pouvons pas tolérer qu'elle téléphone jour et nuit et fiche la pagaille dans le département. Alors tu vas chez elle ce soir et tu lui donnes tous les mots que tu auras trouvés.

Deirdre avait acheté une bouteille de sherry lorsque j'arrivai chez elle ce soir-là.

L'ESCAPADE DU CAR SCOLAIRE

Je réfléchis un moment.

— Qui aurait l'idée de voler un car de ramassage scolaire ?

— Probablement des gosses du lycée, dit Clarence. Ils ont chapardé quelques bières et ensuite ils ont pensé que ce serait très amusant de faire une virée avec le car. À tous les coups, nous le trouverons garé sur une route secondaire quand il fera jour.

Il engagea sa voiture de patrouille, tous phares allumés, dans une longue allée caillouteuse qui montait et serpentait sur quatre cents mètres pour aboutir à une ferme, une grange, et des bâtiments annexes.

Il était un peu plus de sept heures du matin et le lever du soleil officiel n'interviendrait pas avant environ une demi-heure. La température avoisinait les dix degrés, mais avec le vent glacial on avait l'impression qu'il faisait moins quinze.

— Comment se fait-il que le car ait été garé ici ? demandai-je.

— Jackson est chauffeur de car scolaire, Henry. À la campagne, les chauffeurs ont l'habitude de rentrer chez eux avec leur car et de le laisser là pour la nuit. Cela leur évite de se rendre en ville le matin pour le prendre et effectuer leur parcours. Jackson est veuf et fermier à la retraite. Il loue ses champs à des voisins. Il conduit le car scolaire pour se faire un peu d'argent ou peut-être uniquement pour se sentir utile.

Clarence se gara dans la cour sous la lanterne à la lumière bleuâtre. Un visage était apparu à la fenêtre de la cuisine éclairée et la porte de derrière s'ouvrit comme nous montions les marches de la véranda.

Un homme de haute taille aux traits burinés, la soixantaine, nous accueillit.

— J'ai pensé qu'il était préférable que je téléphone chez vous plutôt que d'appeler le commissariat de Gordonville, vu que vous habitez juste au bas de la route.

Clarence est le shérif du comté de Green River. Il me présenta.

— Voici mon beau-frère, Henry Turnbuckle. Il passe les vacances de Noël avec ma femme et moi. Henry est inspecteur de police, du département de police de Milwaukee.

Je hochai la tête avec modestie.

— Je fais de mon mieux.

Jackson avait téléphoné à Clarence dix minutes plus tôt alors que nous finissions de prendre notre petit déjeuner et j'avais décidé de venir pour voir comment Clarence et le bureau du shérif règlaient ce genre d'affaires.

— Racontez-moi ce qui s'est passé, Albert, dit Clarence.

— Ma foi, je suis juste sorti dans la cour ce matin et il n'était plus là. Le car, je veux dire. Numéro 103.

— Quel est le numéro d'immatriculation, Albert ?

Jackson se frotta la joue.

— Du diable si je m'en souviens !

Je montrai du doigt un trousseau de clés sur la table de la cuisine.

— Si ce sont les clés du car, l'étiquette sur le porte-clés devrait nous fournir le numéro d'immatriculation.

C'était le cas et Clarence nota ce renseignement dans son calepin.

— Je suppose que vous n'avez pas entendu ou vu le voleur de votre car ?

— J'ai rien vu et j'ai rien entendu. M'est avis que celui qui l'a pris est monté dedans et a desserré le frein à main, tout simplement. Le car a dévalé l'allée tout du long jusqu'à la route, une fois en bas il a mis le moteur en marche, et je pouvais rien entendre. (Il se tourna vers moi.) Parfois le Numéro 103 me cause des problèmes, le moteur refuse de démarrer par des matins très froids, alors je le gare ici, l'avant tourné vers l'allée. Il me suffit de desserrer le frein à main, de mettre au point mort, et de le laisser descendre l'allée. À mi-pente, je passe la première et le moteur démarre. Ça ne rate jamais.

— Mr Jackson, dis-je, est-ce que vous verrouillez les portières du car ?

— Ma foi, non. D'accord, je devrais peut-être le faire, mais j'avais jamais pensé que quelqu'un le volerait un jour.

Je montrai les clés de contact.

— Puisque vous avez toujours les clés, à votre avis comment le coupable a-t-il réussi à mettre le moteur en marche, une fois le car arrivé au bas de la pente ?

— Il a probablement trafiqué les fils d'allumage, dit Clarence. Avez-vous téléphoné à la compagnie des cars, Albert ?

Jackson acquiesça de la tête.

— Je les ai prévenus. Ils envoient un autre chauffeur et un car pour faire mon circuit ce matin.

Clarence remit son calepin dans sa poche.

— Nous allons envoyer un message par radio. Il est probable que votre car sera retrouvé dans les environs dès qu'il fera jour.

Jackson était de son avis.

— Je suis pas spécialement inquiet. Enfin, qui volerait un car scolaire excepté des gosses ? J'espère seulement qu'ils ne l'ont pas trop malmené.

Clarence et moi prîmes la direction de Gordonville, le chef-lieu du comté, où se trouve le Bureau du shérif. Clarence a sous ses ordres une vingtaine d'adjoints et son Département constitue les forces de police les plus importantes du comté de Green River.

À neuf heures un quart, nous reçûmes la nouvelle qu'un hold-up avait été commis à la banque de Ferrill.

Clarence se leva de son fauteuil.

— Bigre, cela n'arrive pas souvent par ici, Henry. Nous ferions aussi bien d'aller là-bas pour voir ça par nous-mêmes.

Nous parcourûmes vingt kilomètres jusqu'à Ferrill et nous garâmes à côté de deux voitures de patrouille du bureau du shérif et d'une voiture de la police municipale de Ferrill.

Une fois dans la banque, l'un des adjoints de Clarence nous procura les premiers renseignements.

— La banque ouvre à neuf heures. L'une des premières personnes à entrer était un homme avec une barbe noire fournie et les employés de la banque ont tout de suite vu que c'était une fausse barbe. Il était de taille moyenne et de poids moyen et il braquait un pistolet. Il s'est enfui avec environ vingt-cinq mille dollars.

« Deux clients dans le café de l'autre côté de la rue ont remarqué un homme barbu portant une sacoche sortir précipitamment de la banque et ils l'ont vu s'engouffrer dans une berline dernier modèle bleu et blanc. Ils n'ont pas relevé le numéro d'immatriculation complet, mais l'un d'eux se rappelle que les trois derniers chiffres se suivaient, 123.

Clarence resta le temps de s'assurer que ses hommes avaient la situation bien en main puis nous repartîmes vers Gordonville.

Au commissariat, un adjoint nous attendait.

— Nous avons retrouvé le car scolaire volé. (Il désigna une jeune femme assise sur l'un des bancs en bois.) Elle le conduisait à environ six kilomètres à l'ouest de la ville. Elle prétend qu'elle est chauffeur de car scolaire et que le car est le sien.

Clarence s'approcha de la jeune femme.

— Quel est votre nom, je vous prie ?

Elle semblait avoir du mal à réprimer sa colère.

— Mrs Rebecca McCullen.

— Et vous prétendez être chauffeur de car scolaire ?

— Parfaitement, oui !

— Est-ce que vous vous rendez compte que vous conduisiez un car volé ?

— Foutaise ! C'est mon car. Numéro 88. Quand vous conduisez le même car depuis trois ans, vous apprenez à le connaître même si les gens pensent qu'ils se ressemblent tous.

Nous sortîmes pour aller voir le car scolaire garé sur le parking derrière le commissariat. Le numéro 88 était peint en noir sur les flancs du car.

Je passai mon doigt sur les numéros.

— Il y a une bonne couche de boue sur ces numéros, ce qui indique qu'ils n'ont pas été falsifiés récemment. (Je m'adressai à Mrs McCullen.) Les plaques d'immatriculation sur le car sont-elles les vôtres ?

Elle haussa les épaules.

— Qui se souvient de son numéro d'immatriculation ? Mais c'est mon car.

— Mrs McCullen, dis-je, auriez-vous l'obligeance de regarder l'étiquette en plastique sur votre porte-clés et de la comparer avec les plaques d'immatriculation sur votre car ?

Elle compara et fronça les sourcils.

— Ils ne correspondent pas. Ce sont des numéros différents. Mais c'est bien mon car, plaques d'immatriculation ou pas.

J'en convins.

— Je vous crois, madame. Pour quelque raison insidieuse les plaques d'immatriculation du car scolaire volé ont été fixées sur votre véhicule. Où laissez-vous ce car lorsque vous ne le conduisez pas ?

— Dans la cour de la ferme de mon mari. Juste à côté de la maison.

— Connaissez-vous un certain Albert Jackson ? demandai-je. C'est le chauffeur du car dont on a signalé le vol.

Elle réfléchit un moment.

— Ce nom ne me dit rien. Mais je le connais peut-être de vue. Si c'est un chauffeur de car scolaire, je l'ai probablement vu à l'une des écoles de la ville ou au dépôt des cars où nous venons faire le plein d'essence et faire réviser nos véhicules.

— Une dernière question, dis-je. Est-ce que vous avez un chien ?

— Non. Mon mari n'aime pas les chiens.

Clarence se passa la main sur le menton.

— Parfait, Mrs McCullen, je pense que pour le moment vous pouvez rentrer chez vous. Nous vous contacterons si nous avons besoin de vous à nouveau.

Lorsque Clarence et moi retournâmes dans son bureau, il y avait d'autres informations concernant le hold-up de la banque de Ferrill.

La voiture de fuite bleu et blanc avait été retrouvée à quatre rues seulement de la banque. À l'intérieur, sur le siège avant, la police avait découvert une fausse barbe. Une vérification des plaques d'immatriculation du concessionnaire indiqua qu'elle provenait des Établissements Hawkins, Véhicules d'Occasion, à Ferrill. D'après Hawkins, l'homme barbu était venu à 8h 30 ce matin et avait regardé les voitures proposées à la vente. Il lui avait demandé s'il pouvait essayer la berline bleu et blanc et faire le tour du pâté de maisons. Hawkins avait dit okay et c'était la dernière fois qu'il avait vu l'homme ou la voiture jusqu'à ce que la police la retrouve.

Clarence reconstitua le hold-up.

— Notre homme est monté dans la voiture du concessionnaire, a roulé jusqu'à la banque, a commis le hold-up, puis est reparti et a abandonné la voiture quelques rues plus loin. Il avait probablement un autre véhicule qui l'attendait à cet endroit.

Au début de l'après-midi, nous reçûmes l'information que le car de Jackson – muni des plaques d'immatriculation du car de McCullen – avait été retrouvé, garé sur le bas-côté d'un chemin de terre, à un endroit appelé Murdock's Woods.

Clarence fronça les sourcils d'un air pensif.

— C'est à moins de huit cents mètres de la ferme de Jackson.

Nous prîmes sa voiture de patrouille et quittâmes la ville. Je contemplai le paysage glacé tandis que Clarence conduisait.

— Il y a la question des chiens, déclarai-je.

— Quels chiens ?

— Les chiens qui n'étaient pas là. Si tu te glisses furtivement dans la cour de la ferme de quelqu'un, dans l'intention de voler son car scolaire ou d'intervertir des plaques d'immatriculation, que rencontres-tu très probablement ?

— Je ne sais pas. Qu'est-ce que je rencontre très probablement ?

— Un chien qui se met à aboyer et qui donne l'éveil.

— Mais Jackson n'a pas de chien. Et Mrs McCullen n'en a pas non plus.

— Précisément ! C'est là où je voulais en venir. Je parie que 98 % ou plus des fermes de cette région ont au moins un chien à demeure.

Clarence acquiesça.

— Albert avait un chien, Old Brownie, mais il est mort de vieillesse il y a environ un mois. Albert n'a pas encore eu le cœur d'en prendre un autre.

Je souris.

— Et qui savait que Albert Jackson n'avait plus de chien ?

— Les voisins, je suppose.

J'opinai du chef.

— J'ai la conviction que celui qui a volé le car de Jackson l'a ramené quasiment à l'endroit où il l'avait volé parce qu'il savait qu'il lui faudrait rentrer chez lui *à pied*. Et compte tenu qu'il fait extrêmement froid aujourd'hui, j'évaluerai cette distance parcourue à pied à moins de huit cent mètres depuis Murdock's Woods.

Clarence réfléchit.

— L'adolescent le plus proche qui aurait pu faire le coup

est Lance Meuhlendorfer. La maison de ses parents se trouve entre Murdock's Woods et la ferme de Jackson.

J'acquiesçai.

— Il est clair que ce garçon, Meuhlendorfer, devait savoir que le chien de Jackson était mort, mais comment savait-il qu'il n'y en avait pas non plus à la ferme des McCullen ? Il y a une trentaine de kilomètres entre les deux fermes, mais il doit y avoir un lien. Un dénominateur commun.

Alors que nous approchions de Murdock's Woods, Clarence ralentit et engagea sa voiture de patrouille sur un petit chemin de terre. Une vingtaine de mètres plus loin, nous aperçûmes une autre voiture de patrouille garée derrière un car scolaire jaune.

Un adjoint attendait, fumant une cigarette. Il la jeta par terre et vint vers nous.

— Pas d'empreintes sur le volant. Celui qui a volé le car portait probablement des gants ou des moufles. Non que cela ait une grande importance. Nous ne pouvons tout de même pas aller au lycée et prendre les empreintes de huit cents garçons. (Il nous précéda vers la porte du car ouverte.) Le voleur a bousillé les fils de contact. J'ai envoyé un message par radio et la compagnie des cars nous envoie quelqu'un pour réparer ça. (Il regarda vers la route au-delà de nous.) Ah, le voilà justement.

Une camionnette s'arrêta derrière notre voiture et se gara. Un homme de taille moyenne en blouson écossais en descendit, portant une boîte à outils.

Clarence le salua de la tête.

— Bonjour, Jim.

L'homme lui rendit son salut et se dirigea vers l'avant du car. Nous le regardâmes se pencher sous le capot relevé et secouer la tête.

— Un joli gâchis, c'est sûr !

Clarence et moi retournâmes vers notre voiture et nous installâmes sur nos sièges.

— C'est Jim Meuhlendorfer, dit Clarence.

Il me fallut un moment pour saisir la signification de ce nom.

— Tu veux dire qu'il est le père de ce Lance Meuhlendorfer?

Clarence acquiesça.

— Jim est le mécanicien du garage de la compagnie des cars.

Je fermai les yeux.

Mais bien sûr ! Maintenant tout s'emboîtait.

— Clarence, le jeune Meuhlendorfer savait probablement que Jackson n'avait pas de chien, mais comment savait-il que Mrs McCullen n'en avait pas ?

— Je l'ignore, Henry.

— Par contre, *Jim* Meuhlendorfer aurait pu facilement apprendre que Mrs McCullen n'avait pas de chien. Après tout, il travaille pour la compagnie des cars et assurément, à un moment ou à un autre, lorsqu'elle venait prendre de l'essence ou faire réviser son car, il aurait pu engager la conversation avec elle et apprendre que son mari n'aimait pas les chiens. Peut-être même a-t-il cherché *à dessein* un chauffeur de car scolaire qui n'avait pas de chien.

— Henry, je ne vois pas où tu veux en venir. Tu veux dire que c'est Jim Meuhlendorfer qui a volé le car scolaire ? Pas son fils ?

— Exactement !

— Allons, Henry, pourquoi un adulte volerait-il un car scolaire ?

Je souris.

— Clarence, supposons que Meuhlendorfer père se soit glissé à travers champs jusqu'à la ferme de Jackson, la nuit dernière, et ait volé son car. Ensuite supposons qu'il ait parcouru une trentaine de kilomètres avec ce car, jusqu'à la ferme des McCullen, où il savait qu'il n'y avait pas de chiens. Et supposons qu'il se soit garé au bas de leur allée, soit entré sans bruit dans leur cour, et ait procédé à l'échange des plaques d'immatriculation.

Clarence ne semblait pas convaincu.

— Je connais Jim depuis longtemps, nous sommes voisins, et il ne m'a jamais fait l'effet d'être un plaisantin.

— Ah, fis-je d'un air entendu, mais il ne s'agissait pas d'une mauvaise plaisanterie. En fait, ce n'était pas du tout une plaisanterie. Après avoir interverti les plaques d'immatriculation, il est allé à Ferrill. Une fois arrivé là-bas, il a garé le car scolaire dans une rue latérale. Il a marché un peu, jusqu'à huit heures trente, puis il a fait un saut chez Hawkins, le vendeur de véhicules d'occasion, et a « emprunté » la berline bleu et blanc. Il a roulé jusqu'à la banque, a commis son hold-up, puis est reparti en voiture jusqu'à l'endroit où il avait laissé le car scolaire. Là, il a tout simplement changé de véhicule et a filé vers Murdock's Woods. Il a garé le car sur ce chemin de terre et est rentré chez lui à pied, plus riche de vingt-cinq mille dollars.

Clarence eut l'air peiné.

— Henry, tu ne penses pas que c'est un peu extravagant de s'enfuir à bord d'un car scolaire après avoir commis un hold-up ?

— Au contraire, Clarence. C'est la partie la plus astucieuse de toute l'opération. Après le hold-up, la police serait prévenue immédiatement, bien sûr, mais quel adjoint dans sa voiture de patrouille ferait attention au chauffeur d'un car scolaire ?

Clarence regarda fixement le car scolaire garé devant nous.

— Pourquoi Jim a-t-il pris la peine d'intervertir les plaques d'immatriculation ? Voler les plaques de Mrs McCullen et les mettre sur son propre car aurait suffi, non ? Pourquoi mettre les plaques de Jackson sur le car de McCullen ?

— Parce que, bien qu'en règle générale les gens ne se souviennent pas du numéro de leur plaque d'immatriculation – à plus forte raison pour des cars scolaires, j'imagine – il y a de fortes chances pour qu'ils trouvent cela bizarre s'il n'y a pas de plaque d'immatriculation du tout sur leur véhicule. Si Mrs McCullen elle-même ne s'apercevait pas de cette absence en montant dans son car pour sa tournée du matin, l'un des enfants qu'elle prenait s'en serait certainement aperçu, lui, et le lui aurait dit. Auquel cas elle aurait probablement prévenu le shérif immédiatement et ses hommes auraient guetté tout particulièrement son numéro de plaque d'immatriculation. Mais notre voleur de banque n'y tenait certainement pas. Il avait besoin d'un peu de temps, et intervertir les plaques le lui donnait. Quand la police aurait résolu ce problème, il aurait mené à bien son hold-up et serait rentré chez lui, sain et sauf.

Clarence était toujours perplexe.

— Henry, tu as vu l'état de ces fils de contact, complètement bousillés. Jim est un très bon mécanicien. S'il lui fallait trafiquer les fils de contact, il savait exactement comment s'y prendre. Il aurait fait un boulot propre.

— Clarence, nous avons affaire ici à un homme très intelligent. S'il avait fait un boulot propre, nous aurions suspecté immédiatement quelqu'un qui était très calé sur les cars scolaires et leur système d'allumage. Alors il nous a habilement amenés à penser que c'était un travail d'amateur.

Clarence prit le micro de sa radio, appela le commissariat, et demanda que l'on envoie quelqu'un au garage de la compagnie des cars pour déterminer si Jim Meuhlendorfer travaillait au moment où la banque de Ferrill avait été dévalisée.

Nous reçûmes la réponse dix minutes plus tard. D'après le patron de Jim Meuhlendorfer, Jim était arrivé au garage à huit heures du matin, comme à son habitude, et il n'en avait pas bougé jusqu'à ce qu'on l'envoie ici pour réparer les fils d'allumage sur le car de Jackson, il y avait une demiheure.

Je m'éclaircis la gorge.

— Ces choses-là sont délicates, tu sais. Meuhlendorfer aurait pu confectionner un mannequin et le glisser sous un car scolaire dont il devait réparer la transmission. C'est déjà arrivé. Quelqu'un jetant un coup d'œil dans le garage aurait vu le mannequin et aurait présumé que c'était Meuhlendorfer lui-même. En revenant après le hold-up, il aurait pu prendre la place du mannequin et tout le monde n'y aurait vu que du feu.

— Je ne manquerai pas de vérifier cela dans la journée de demain, Henry, dit Clarence.

Il mit le contact, effectua une manœuvre prudente pour éviter la camionnette de Meuhlendorfer, et regagna la route. Puis il prit la direction du sud.

— Nous ferions aussi bien d'aller chez Jackson pour lui dire que nous avons retrouvé son car.

Clarence passa devant sa propre maison située sur un terrain d'un demi-hectare près de la route, passa devant celle de Meuhlendorfer, également une construction genre bungalow, et tourna pour remonter la longue allée menant à la ferme de Jackson.

Je fermai les yeux.

— Henry, dit Clarence, tu as fermé les yeux à nouveau.

— Je sais, dis-je et je les rouvris. Je vois toute cette affaire si clairement maintenant. Comment se fait-il que je n'aie pas compris tout de suite ?

— Comprendre quoi ?

— Clarence, quelle était la personne *la plus proche* du car de Jackson ?

— L'un des Meuhlendorfer ?

— Non, Clarence. La personne la plus proche du car de Jackson était Jackson *lui-même*. (Je souris.) Bien sûr, c'était Jackson ! Durant l'obscurité de la nuit dernière, il est monté dans son car et est allé à la ferme des McCullen où il a interverti les plaques d'immatriculation.

— Comment savait-il que les McCullen n'avaient pas de chien ?

— Clarence, lorsque tu prépares soigneusement un hold-up, tu *prends sur toi* de découvrir lequel parmi les autres chauffeurs de cars scolaires n'a pas de chien. Et après avoir interverti les plaques, il a roulé jusqu'à Murdock's Woods, où il a garé le car. Après quoi, il est rentré à pied chez lui et a signalé que son car avait été volé. Lorsque toi et moi l'avons quitté, il est retourné à pied à Murdock's Woods, a récupéré le car, est allé à Ferrill, et nous connaissons le reste de cette affaire sordide.

J'eus un petit rire.

— Mais comme tous les criminels intelligents, il a commis au moins une erreur. Dans le cas présent, les clés de contact.

— Je ne te suis pas, Henry.

— Quand nous sommes arrivés chez Jackson ce matin, les clés de contact du car étaient posées en évidence sur la table de la cuisine. Lorsque j'ai demandé comment le voleur du car avait pu faire démarrer le véhicule sans les clés, Jackson s'est rendu compte qu'il avait commis une erreur. Il aurait dû dissimuler les clés et prétendre qu'il les avait laissées par mégarde dans le car la veille au soir. Tandis qu'il réfléchissait et s'efforçait désespérément de trouver une explication, tu es venu à son aide par inadvertance, en suggérant que le voleur avait probablement trafiqué les fils d'allumage. Cela sauvait Jackson, momentanément.

« Mais il a compris qu'*après* avoir commis le hold-up et ramené le car à Murdock's Woods, il devrait *donner l'impression* que le voleur avait vraiment trafiqué les fils. Cependant, bien que chauffeur de car, Jackson n'y connaît rien en mécanique. Il *ne savait pas* quels fils trafiquer, alors tout simplement il a tout bousillé sous le capot dans l'espoir qu'on attribuerait cela à un amateur.

Clarence engagea la voiture dans la cour de la ferme de Jackson.

— Nous devons tenir compte de la description de l'auteur du hold-up, Henry.

— Quelle description ? La fausse barbe dissimulait son visage.

— Je ne pensais pas à la barbe, Henry. Les employés de

la banque ont dit que c'était un homme de taille moyenne et de constitution moyenne. Jackson est maigre comme un clou et mesure un mètre quatre-vingt-douze.

— Oh, dis-je.

Nous emmenâmes Jackson à Murdock's Woods où il récupéra son car, puis nous continuâmes jusqu'à Gordonville.

Clarence se gara devant le lycée.

— Tu m'accompagnes ?

— Non, dis-je. Clarence, tu suis une fausse piste. Ceci n'est absolument pas une farce d'adolescents.

Clarence revint vingt-cinq minutes plus tard.

— Bon, l'affaire est réglée. J'ai eu un entretien privé et paternel avec Lance et il a finalement décidé de tout avouer. Cela se passe toujours comme ça avec les adolescents. Ils ne supportent pas la pression d'être obligés de mentir plus de dix minutes d'affilée.

Je fronçai violemment les sourcils.

— Tu veux dire que ce gamin a volé le car de Jackson, s'est offert une virée, et a interverti les plaques d'immatriculation ? Comment savait-il que les McCullen n'avaient pas de chien ?

— Ils étaient deux à faire le coup, Henry. Lance Meuhlendorfer et Eddie Frantz. Ils sont copains ici au lycée et les parents d'Eddie habitent une ferme proche de celle des McCullen. La nuit dernière, Eddie est passé chez Lance. Ils ont chapardé des canettes de bière dans le réfrigérateur et ils les ont emportées dans la chambre de Lance. Après en avoir bu quelques-unes, ils ont eu l'idée de cette farce. Ils ne pensaient pas à mal, ils voulaient juste voir l'émoi que cela causerait et s'en payer une tranche. Ils seront probablement condamnés à une peine légère et libérés sur parole.

Clarence quitta le commissariat à cinq heures et nous commençâmes le trajet de retour vers sa maison.

Au bout d'un moment, je souris.

— Henry, pourquoi souris-tu ?

— Clarence, quel âge ont ces garçons, Meuhlendorfer et Frantz ?

— Tous deux vont avoir dix-huit ans.

— Ah, et est-ce que l'un d'eux, ou les deux, par le plus grand des *hasards* serait de taille *moyenne* et de constitution *moyenne* ?

— Non, répondit Clarence. Ils mesurent plus d'un mètre quatre-vingt-dix et pèsent dans les cent kilos. Ils font partie de l'équipe de football* du lycée.

Je contemplai le paysage qui défilait. La campagne était vraiment déprimante à cette époque de l'année, il fallait bien le reconnaître.

Lorsque nous arrivâmes chez Clarence, j'ôtai mon pardessus et pris place dans l'un des fauteuils trop rembourrés.

Ma sœur Madge apparut à l'entrée de la cuisine.

— Vous avez passé une bonne journée ?

Je soupirai.

— Madge, est-ce qu'il y a du sherry dans cette maison ?

— J'ai bien peur que non, Henry. Que dirais-tu d'une bière ?

Clarence me regarda.

— Du sherry ?

Madge hocha la tête.

— Chaque fois que Henry se sent particulièrement déprimé ou frustré, d'habitude il prend un sherry.

— Oh, fit Clarence. Tu bois beaucoup de sherry, Henry ?

Était-il sarcastique ?

Clarence sourit.

— Je vais te dire ce que je vais faire, Henry. Je vais retourner en ville et acheter une bouteille de sherry à ton intention. Cela ne me dérange pas du tout. De toute façon, il faut que j'achète quelques packs de bière.

Il s'en alla et je feuilletai d'un air maussade un album de photos de famille. Je contemplai quelques instants un

* Américain (*N. d. T.*).

instantané jauni, la photographie d'un homme et d'une femme. L'homme portait une splendide barbe. C'était probablement l'un des grands-pères de Clarence.

Je l'examinai et me frottai la joue. Je pris l'annuaire du téléphone de Gordonville et cherchai les pages jaunes. Je constatai qu'il n'y avait qu'un seul magasin de vins et spiritueux, et je composai le numéro. Je demandai au propriétaire de dire à Clarence de me téléphoner dès qu'il arriverait chez lui.

Ce qu'il fit trois minutes plus tard.

— Clarence, dis-je, tu te rappelles que les employés de la banque de Ferrill ont *tous* déclaré que la barbe de l'auteur du hold-up était manifestement fausse ?

— Oui, Henry.

— Bien. Si je vendais des véhicules d'occasion et qu'un inconnu portant une barbe manifestement fausse vienne me trouver et exprime le désir de faire le tour du pâté de maisons, seul, à bord de l'une de mes plus belles voitures, est-ce que je le lui permettrais ? À tout le moins, est-ce que je ne l'accompagnerais pas, en tant que passager ? Mais Hawkins n'en a rien fait. Tu ne crois pas que ce soi-disant incident n'a en réalité jamais eu lieu ?

Clarence rentra à la maison plus d'une heure et demie plus tard.

Il soupira.

— Hawkins est de taille moyenne et de poids moyen et nous avons trouvé les vingt-cinq mille dollars dans le coffre d'une Edsel qu'il proposait à la vente. (Il regarda la bouteille enveloppée dans du papier de soie qu'il tenait dans ses mains.) Voilà ton sherry, Henry.

Je souris.

— Merci, mais je pense que je n'en ai plus besoin maintenant.

Clarence, cependant, but d'un air pensif deux verres de sherry avant que nous nous mettions à table pour dîner.

LA STÈLE DE ZEVGOLATIO

Je promenai mes regards sur l'appartement dévasté.

— L'assassin cherchait quelque chose qui avait approximativement le diamètre d'un nickel*.

Ralph me regarda.

— Comment sais-tu cela, Henry ? Tout a été éventré, mis en pièces. Le canapé, le fauteuil, le téléviseur, la chaîne stéréo, tout. Pourquoi l'assassin cherchait-il forcément quelque chose de la dimension d'un nickel ?

Nous nous trouvions dans le studio de la victime qui consistait en une pièce, son meuble-lit, une minuscule kitchenette, et une salle de bains sans fenêtres.

La victime était, ou avait été, Everett Sharkey. Ralph – ayant jadis travaillé aux Vols – reconnut le corps immédiatement.

Sharkey, qui avait expiré à l'âge de quarante-cinq ans environ, avait passé la plus grande partie de sa vie adulte en prison, principalement pour vol avec effraction.

La cause de la mort, d'après un premier diagnostic effectué par notre médecin légiste, avait été un coup de poing à la mâchoire suffisamment violent pour causer une lésion cérébrale et une hémorragie fatale.

Apparemment, la mort remontait à deux ou trois heures.

* Pièce de cinq *cents* (*N. d. T.*).

Le corps de Sharkey avait été découvert par un livreur de journaux qui était venu ce samedi matin pour récupérer ses journaux. Le jeune garçon avait sonné et, personne ne venant ouvrir, il avait – comme la plupart d'entre nous le faisons automatiquement dans des situations semblables – tourné la poignée. La porte s'était ouverte, il avait vu le corps, et avait dévalé l'escalier pour prévenir le gardien de l'immeuble.

J'emmenai de nouveau Ralph dans la salle de bains et pris dans la cuvette du lavabo les débris d'un flacon d'aspirine.

— Tu remarqueras, Ralph, que ce flacon d'aspirine a été brisé de propos délibéré. Si l'objet que cherchait l'assassin avait été plus large, et par conséquent ne pouvant pas passer par le goulot de ce flacon, pourquoi se serait-il donné la peine de briser ce récipient afin d'examiner son contenu dissimulé par le verre opaque ?

Ralph en convint.

— À ton avis, Henry, que cherchait-il ? Un microfilm contenant tous les détails de la riposte de notre pays en cas d'attaque atomique surprise ?

— Ralph, dis-je, est-ce que tu sais que tout l'Ancien Testament a été mis sur un seul morceau de microfilm de deux centimètres carrés ? Dans quelques années, on pourra acheter toute la Bibliothèque du Congrès, y compris les périodiques, tout cela dans une boîte de la grosseur d'une boîte d'allumettes. Il suffira d'insérer la boîte dans un projecteur, de le braquer vers un mur ou un plafond, et on aura accès à la sagesse et à la folie imprimées de notre pays.

J'examinai le goulot du flacon brisé.

— Tu noteras que la capsule de ce flacon a été dévissée et retirée. Cela indique également que l'objet recherché par l'assassin aurait pu être sorti du flacon simplement en retirant la capsule. Cependant, notre chercheur a aussi estimé qu'il était pertinent de briser le flacon, manifestement afin de s'assurer que plus rien n'était coincé dans les obscures profondeurs du récipient.

« Cela semblerait indiquer que, bien que l'objet en question ait pu être introduit facilement dans le flacon, il aurait été sans doute beaucoup moins facile de l'en retirer. Et j'en déduis que, bien que l'objet ait eu le diamètre d'un nickel, ou moins, il a pu être un peu plus long. Et d'une très grande valeur, bien sûr, sinon pourquoi ces recherches dévastatrices et le meurtre ? Je pencherais pour un bijou. Une pierre précieuse.

— Pourquoi n'aurait-il pas pu s'agir d'un microfilm ? demanda Ralph.

— Ma foi, quoi que c'ait été, cela ne se trouvait pas dans ce flacon.

— Pourquoi donc ?

Nous sortîmes de la salle de bains. On emportait à présent le corps de Sharkey. Les gars du labo étaient partis un peu plus tôt avec ce qui était probablement les empreintes de l'assassin. Nous avions tout lieu de le penser. Il y en avait quasiment sur chaque objet, ou débris d'objet, se trouvant dans la pièce.

— Ralph, dis-je, tu admets que notre homme a fouillé à fond ce studio et son contenu ? Centimètre par centimètre ?

Il l'admit.

— Il a tout éventré, tout cassé.

— Pas tout à fait, Ralph. Tu remarqueras que, au cours de ses recherches minutieuses, il a brisé toutes les ampoules électriques du studio. À une exception. L'une des *deux* ampoules de l'applique au-dessus de l'évier de la kitchenette est intacte.

Ralph ne vit pas où je voulais en venir.

— Et alors ?

— Il n'a pas brisé l'ampoule restante parce que ce n'était plus nécessaire. Il venait de trouver l'objet qu'il cherchait à l'intérieur de l'ampoule placée à côté de celle-ci.

Ralph réfléchit un moment.

— *À l'intérieur* de l'ampoule ?

— Oui, Ralph. L'esprit criminel a conçu une méthode pour détacher l'ampoule de son culot sans pour cela briser le verre. Il était possible de dissimuler un objet à l'intérieur de l'ampoule en verre dépoli et ensuite de recoller les deux parties. Aucune trace de l'opération n'est visible à l'œil nu... son seul défaut, bien sûr, étant que l'ampoule ne fonctionnera plus jamais.

Ralph et moi descendîmes l'escalier jusqu'à l'appartement 1, lequel était occupé par le gardien de l'immeuble. Comme tous les trente appartements de ce bâtiment à deux étages, c'était également un studio.

Le gardien, un homme d'un certain âge, s'était attendu à ce qu'on l'interroge et, à en juger par les effluves qu'il dégageait, je me doutai qu'il avait bu quelques verres pour se donner du courage.

— Eh bien, monsieur, dis-je. Que pouvez-vous nous dire au sujet de votre locataire, feu Everett Sharkey ?

Il croqua et avala les derniers morceaux d'une pastille pour l'haleine.

— Ma foi, pas grand-chose. Je veux dire, c'était un locataire comme les autres. Tant qu'ils paient leur loyer en temps voulu, je leur fiche la paix. (Il se sentit obligé d'expliquer ses attributions.) Je m'occupe de l'entretien de la chaufferie, je passe l'aspirateur dans les couloirs et dans le hall, et je perçois les loyers pour la société. Cela paie mon loyer et je me fais un peu d'argent en plus. C'est pas un boulot sensationnel, mais j'ai pas à me plaindre.

— Aviez-vous eu l'occasion de parler à Sharkey ? demanda Ralph.

— Juste bonjour si on se croisait dans le hall ou bonsoir si j'étais assis dehors sur les marches du perron par une chaude soirée d'été et qu'il sortait ou rentrait.

— Alors vous ne saviez pas quel était son travail ? Ou même s'il avait un travail, à vrai dire ?

— Je pense qu'il devait travailler la nuit. Je le voyais souvent dans la journée lorsqu'il descendait dans le hall pour prendre son courrier dans sa boîte à lettres, mais ensuite il remontait. Et j'avais remarqué que très souvent il sortait de l'immeuble le soir.

— Est-ce que vous l'avez vu avec quelqu'un d'autre ? Un homme ? Une femme ?

— Pas que je me souvienne. C'était plutôt un solitaire, comme qui dirait.

— Est-ce que quelqu'un est venu le voir dans son studio ?

— Je saurais pas vous dire. Lorsque quelqu'un franchit la porte d'entrée, il a à sa disposition trente studios où aller et je sais pas lequel c'est, à moins de le suivre, et je le fais jamais.

Lorsque nous eûmes fini de l'interroger, Ralph et moi retournâmes à notre voiture. Une fois au commissariat central, nous allâmes trouver le sergent Brannigan au service des empreintes.

Il attendait notre visite.

— Nous n'avons eu aucun problème pour identifier les empreintes. Elles étaient au fichier et elles appartiennent à un homme nommé Alfred Brown Carpenter. Il est sorti de taule à peu près au même moment que Sharkey. (Brannigan consulta le dossier sur son bureau.) Sa spécialité est également le cambriolage. Il s'est servi de trois faux noms jusqu'ici. David Email Frazier, George Henna Ingerson, et la dernière fois qu'il a été arrêté, John Khaki Larson.

Ralph pencha la tête.

— Khaki ?

J'eus un petit rire.

— Ralph, tu sais bien que les criminels adorent jouer à de petits jeux détournés avec la police. Cela flatte leur ego. Le véritable nom de notre suspect est Albert *Brown* Carpenter. Et, ainsi que tu peux le constater, dans chacun de ses faux noms, il a utilisé une couleur pour son second prénom*.

Ils regardèrent fixement le dossier et Brannigan dit :

— Henna et Khaki, d'accord. Mais Email ?

— Un bleu pâle tirant sur le vert, de faible saturation et de luminosité moyenne.

* Brown: marron, Henna: henné (rouge), Khaki: kaki (*N. d. T.*).

Ralph se frotta la joue.

— Je discerne également autre chose. Son véritable nom est Alfred Brown Carpenter. ABC. Son premier nom d'emprunt était David Email Frazier. DEF. Son deuxième, George Henna Ingerson. GHI. Et le troisième, John Khaki Larson. JKL. En d'autres termes, il suit l'alphabet.

Je saluai la perspicacité de Ralph.

— Alors cette fois Carpenter a probablement pris un nom d'emprunt dont le monogramme est MNO ?

J'allai chercher le volume des pages blanches de l'annuaire de Milwaukee et constatai que le nom, l'adresse et le numéro de téléphone de Sharkey y figuraient.

— Sharkey a occupé son studio suffisamment longtemps pour que son nom soit inscrit dans l'annuaire. Je pense que nous pouvons supposer, sans grand risque de nous tromper, que Carpenter a également le téléphone. Et en espérant qu'il est resté lui aussi dans un endroit suffisamment longtemps pour figurer dans l'annuaire du téléphone, je pense que nous pouvons supposer que son nom d'emprunt figure ici, dissimulé derrière les initiales MNO.

Brannigan en convint.

— Bon, d'accord, mais il doit y avoir des milliers de MNO.

J'entrepris de feuilleter l'annuaire.

— Il y a trente-quatre pages dans ce volume contenant des noms de famille qui commencent par la lettre O. Et sur chaque page il y a quatre colonnes contenant approximativement cent noms chacune. Par conséquent nous avons approximativement 13. 600 personnes dans notre agglomération dont le nom de famille commence par la lettre O.

Je pris un stylo et du papier et me mis au travail.

— Et puisque la lettre M est la vingt-sixième partie de l'alphabet, nous pouvons raisonnablement supposer que approximativement un vingt-sixième des prénoms de ces personnes commence par la lettre M... ce qui nous donnerait, en arrondissant, disons 500 personnes dont les prénoms commencent par la lettre M et les noms de famille par la lettre O.

« Toujours en utilisant le principe de la vingt-sixième partie, nous constaterons que seulement *vingt* de ces 500 personnes possèdent également l'initiale du milieu N. Et si nous éliminons les femmes et prenons en considération le fait que la moitié des personnes figurant dans l'annuaire ne prennent pas la peine d'indiquer leur initiale du milieu – bien que j'aie la certitude que Carpenter l'a fait, lui, puisqu'il est si fier de ses noms d'emprunt – alors je ne serais pas du tout surpris si nous trouvions au bout du compte cinq personnes tout au plus dont les trois initiales sont MNO.

Je souris.

— En suivant d'un index prudent et patient les colonnes de ces trente-quatre pages, j'estime qu'il faudrait à une personne environ trois heures pour vérifier les O. Ou à deux personnes, une heure et demie. Ou à trois personnes, une heure. Ou à quatre…

— J'ai pigé, dit Brannigan. Je vais voir combien de gars je peux mettre sur ce boulot.

— Henry, dit Ralph, ton raisonnement était superbe, mais tu espères vraiment que Carpenter est tranquillement assis chez lui, à attendre que nous le trouvions et l'arrêtions ? Il a probablement filé et doit être loin d'ici à l'heure qu'il est.

— Très possible, Ralph. Cependant, tu te rappelles certainement que la cause de la mort de Sharkey était un coup de poing à la mâchoire, lequel a provoqué une hémorragie cérébrale *lente*. Bon, si un homme avait vraiment l'intention d'en tuer un autre, est-ce qu'il n'aurait pas choisi un moyen plus efficace ? Un pistolet, un couteau, un lourd cendrier en verre ? Un coup de poing à la mâchoire est très rarement mortel. Donc il y a de fortes chances pour que Carpenter, bien qu'il ait frappé son associé, ne sache pas qu'il l'a tué. Quand Carpenter est parti, Sharkey aurait très bien être toujours en vie et respirer, bien que sans connaissance.

Nous laissâmes Brannigan et ses hommes commencer leurs recherches dans l'annuaire et nous nous rendîmes à la brigade des Cambriolages au deuxième étage.

Je parlai au sergent Whitman.

— Est-ce que par hasard vous auriez été informé d'un vol de bijoux dans lequel au moins l'un de ceux-ci était une pierre précieuse, approximativement du diamètre d'un nickel, et peut-être un peu plus long ? Et d'une très grande valeur ?

Whitman alla jusqu'à un classeur métallique et en rapporta une chemise.

— Tenez, Henry. Il y a trois semaines, un diamant monté sur pendentif a été volé à une certaine Miss Vivian Patterson.

— Ah, oui, dis-je. Et la grosseur de cette pierre ?

— Il est indiqué ici que c'était un diamant bleu-blanc, quarante carats, et valant environ quatre-vingt mille dollars.

Je hochai la tête d'un air pensif.

— C'est probablement ce que je cherchais. Cependant, avez-vous autre chose ?

— Pas pour le moment, Henry. Les vols de bijoux de grande valeur ne sont plus très fréquents de nos jours. Le dossier Patterson est le seul sur lequel nous travaillons actuellement. Seul le pendentif a été volé. Rien d'autre, à notre connaissance. Cela s'est passé pendant que cette Vivian Patterson était sur une piste de danse bondée, dans sa propre maison.

Je visualisai la scène immédiatement.

— Quelqu'un lui a subrepticement pris son pendentif pendant qu'elle était occupée à danser et à échanger des banalités, et elle ne s'est aperçue de sa disparition que plus tard ?

— C'est ce qu'il semble, Henry. Elle habite chez ses parents, l'une de ces demeures cossues sur Lake Drive.

Je notai l'adresse, fis savoir au sergent Brannigan où il pourrait nous joindre, puis Ralph et moi prîmes la direction du lac. Nous longeâmes les propriétés donnant sur le lac jusqu'à ce que nous trouvions l'entrée de celle des Patterson. Une fois le portail franchi, nous suivîmes l'allée bordée d'arbres et nous nous garâmes finalement sur l'ovale devant un manoir aux dimensions impressionnantes.

Une domestique vint nous ouvrir et nous conduisit dans un petit salon puis disparut.

Cinq minutes plus tard, une jeune fille d'une vingtaine d'années aux cheveux châtain roux et aux yeux noirs entra dans la pièce.

— Désolée de vous avoir fait attendre. Vous êtes la police ? Vous avez retrouvé mon pendentif ?

— Non, dis-je. Toutefois, nous sommes sur la bonne piste. Nous aimerions examiner avec vous tout ce qui s'est passé le soir où il a été volé.

— Encore ? Mais vous connaissez les moindres détails de ce qui s'est passé, non ?

— Nous ne sommes pas aux Vols, dis-je. Nous sommes aux Homicides. Et nous aimerions entendre par nous-mêmes ce qui est arrivé au juste.

Elle fut très impressionnée.

— Pourquoi la brigade des Homicides s'intéresse-t-elle à cette affaire ?

J'eus un sourire pincé.

— Nous suspectons une dispute entre voleurs. L'un d'eux est mort maintenant.

— Oh ? Alors au moins deux personnes ont participé au vol de mon pendentif ?

— Il semblerait que oui. Cependant, j'ai la certitude que nous aurons arrêté le coupable encore en vie dans moins de deux heures, cela dépend de la rapidité à laquelle les gars au commissariat peuvent parcourir les O dans l'annuaire du téléphone.

Elle me considéra.

— Deux heures ?

— Au maximum. Maintenant, si vous voulez bien, commençons par le commencement.

Elle acquiesça.

— Entendu. Bon, on l'appelle la Stèle de Zevgolatio.

— Qui ça ?

— Le pendentif. Ou plutôt la pierre elle-même. Le diamant

est plat et rectangulaire, comme une pierre tombale miniature. Ce qui explique ce nom de Stèle. Quant à Zevgolatio, je n'ai jamais réussi à découvrir ce que c'était.

— Ah, et ce diamant, peut-être sans la chaîne, pourrait-on l'introduire dans un flacon d'aspirine ?

— Je le suppose. Mais pourquoi un flacon d'aspirine ?

Je rectifiai.

— À vrai dire, on ne l'a pas introduit dans un flacon d'aspirine, mais cela aurait été possible. En fait, il était dissimulé à l'intérieur d'une ampoule électrique.

Elle coula un regard vers Ralph.

— Vous êtes certain qu'il est dans la police ?

Ralph regarda par une fenêtre.

— Sûr et certain. Et en plus, il m'est supérieur par le grade.

Elle se tourna vers moi.

— Savez-vous qui a mon pendentif en ce moment ?

— Il est en la possession d'un cambrioleur notoire dont les initiales actuelles sont MNO. Je ne connais pas encore son adresse exacte. (Je me frottai les mains.) Bien, je crois savoir que ce pendentif a été volé il y a environ trois semaines ?

— Oui. Nous donnions une soirée. Sans raison particulière. Il se trouve que mes parents adorent donner des soirées et je dansais avec Marvin Dotson, lorsqu'il a brusquement fixé ma gorge et a dit, « Vivian, est-ce que vous ne portiez pas votre pendentif tout à l'heure ? ». Et j'ai regardé et je ne le portais plus.

J'opinai du chef.

— Donc, pendant que vous dansiez et devisiez gaiement, quelqu'un a pris le collier sur votre personne. Connaissiez-vous tous vos invités ?

— Probablement les trois quarts. Ce n'était pas une soirée formelle, nous n'avions pas envoyé d'invitations. Nous avons juste passé des coups de fil et les gens ont promis de venir et nous ont demandé s'ils pouvaient amener des amis.

— Avez-vous dansé avec quelqu'un qui vous était parfaitement inconnu ?

— Probablement une demi-douzaine.

Je souris.

— Et voilà. Ou bien MNO s'est emparé de la Stèle de Zevgolatio pendant que vous dansiez avec lui, ou bien, alors qu'il dansait avec quelqu'un d'autre, il s'est arrangé pour vous bousculer et en a profité pour voler le pendentif. Combien de personnes étaient présentes à cette soirée ?

— Environ cent cinquante, je pense. Je sais qu'il y en avait toujours quelques-unes attendant devant la porte de la salle de bains. Des petits groupes s'étaient formés un peu partout. La terrasse, la piscine. Matt et Nellie Estes ont même fait une partie de tennis, mais il faut dire qu'ils boivent toujours trop.

— Après avoir découvert que votre pendentif avait disparu, avez-vous appelé la police ?

— Pas tout de suite. J'ai pensé que la chaîne s'était peut-être cassée et qu'il était tombé par terre. Alors nous avons commencé à le chercher.

— Vous et Marvin ?

— Au début, oui, mais très vite tout le monde a participé aux recherches. Cependant, la Stèle de Zevgolatio restait introuvable. Finalement, nous avons été de plus en plus nombreux à arriver à la conclusion que le pendentif avait été volé. Alors Père est monté sur une chaise et a demandé si quelqu'un serait affreusement gêné si nous appelions la police. Personne ne s'y est opposé, alors nous l'avons fait. Je pense que tout le monde était ravi, en fait. Être interrogé par la police, vous savez. C'était plus amusant que les jeux organisés au cours d'une soirée… enfin, la plupart des jeux. Certains des invités ont été très déçus parce que les policiers ne prenaient pas leurs empreintes. Ils se sont contentés de noter des noms, de poser quelques questions, et voilà tout !

— Est-ce que vous savez si l'un de vos invités s'est éclipsé avant l'arrivée de la police ?

— Je pense que certains l'ont peut-être fait. Mais il m'a semblé que tout le monde restait, dans l'intention de bien s'amuser.

Une domestique entra dans la pièce.

— Il y a un appel téléphonique pour un certain inspecteur Henry Turnbuckle.

Vivian montra un téléphone sur une table basse et je pris la communication. C'était le sergent Brannigan.

— C'est à peine croyable, Henry, mais il y a seulement quatre MNO dans l'annuaire, et trois d'entre eux sont des femmes.

J'eus un rire modeste.

— Comme je l'avais prédit. Et qui est l'homme ?

— Merriweather Nile Olson.

— Nile ? Ah, oui. Comme dans vert de Nil.

Brannigan me donna l'adresse d'Olson et je reposai le combiné sur son socle.

— L'étau se resserre ! Miss Patterson, vous aurez votre pendentif sous peu.

— Vous avez bien dit deux heures ?

— Et je tiendrai parole.

Ralph et moi prîmes congé et nous rendîmes à un immeuble situé dans le quartier est où nous consultâmes les boîtes aux lettres dans le hall. Nous trouvâmes un Merriweather Nile Olson dont l'appartement était au troisième étage.

Nous prîmes l'ascenseur et appuyâmes sur la sonnette de la porte 417.

Notre homme, Alfred Brown Carpenter, actuellement Merriweather Nile Olson, nous ouvrit. Plutôt trapu, il était en bras de chemise, et un pansement adhésif recouvrait ce qui semblait être quelque blessure au côté de sa tête.

Apparemment, une longue expérience le fit se douter instinctivement que nous étions la police et nous confirmâmes rapidement ses soupçons.

À contrecœur, il nous pria d'entrer.

J'allai droit au but.

— Ton associé Sharkey est mort.

Il en resta bouche bée.

— Sharkey est mort?

Il était clair que la mort de Sharkey était une surprise pour lui. Je concentrai le tir.

— Inutile de nier, Olson. Tu es responsable de sa mort. Ce coup de poing à la mâchoire porté en traître l'a tué.

Il cligna des yeux.

— Je voulais pas le tuer. Pas de propos délibéré. Je l'ai juste cogné pour me défendre.

Je parcourus la pièce du regard. Où Olson avait-il caché le pendentif?

— Où est la Stèle de Zevgolatio?

Il ouvrit de grands yeux.

— Hein?

— On l'appelle la Stèle de Zevgolatio, dis-je.

J'épelai stèle à son intention, mais je m'abstins pour Zevgolatio.

Il regarda Ralph et haussa les épaules.

— Très bien, fis-je. Puisque tu n'es pas disposé à coopérer, je serai obligé de le trouver moi-même. Et j'ai une idée très précise de l'endroit où tu l'as caché.

J'actionnai l'interrupteur du lampadaire. Apparemment, l'une des ampoules était grillée.

— Ah, dis-je, ce qui est bon pour l'un l'est aussi pour l'autre, hein?

Je me tournai vers Ralph.

— Tu noteras que cette ampoule est apparemment grillée, et il y a une excellente raison à cela.

Je dévissai l'ampoule, tins le culot dans une main et le verre dans l'autre, et exerçai une traction dans des directions opposées.

L'ampoule explosa dans mes mains.

Il y eut un silence tandis que j'examinais mes doigts. Quelques petits éclats de verre, oui, mais à peine enfoncés dans la peau. Je fus à même de les extraire sans faire couler plus d'une ou deux gouttes de sang. Je m'éclaircis la gorge.

— Il est plus malin que je ne le pensais, Ralph. Le

pendentif n'était pas dans cette ampoule. (Je regardai Olson d'un air menaçant.) Ça suffit maintenant, nous en avons assez de tes bêtises. Où est-il ?

L'esprit d'Olson semblait toujours hébété suite à l'annonce de la mort de Sharkey. Il chercha machinalement dans la poche de sa chemise et en sortit un petit objet. Il le tendit à Ralph.

Je me penchai en avant.

— Qu'est-ce que c'est ?

— Un microfilm, déclara Ralph.

Il me sembla qu'il faisait soudain très chaud dans la pièce. Je regardai agressivement la petite bobine.

— En fait, Ralph, *ce n'est pas* un microfilm. Incontestablement, ce n'est pas un microfilm. À première vue, je dirai que c'est un banal, tout à fait quelconque, et ordinaire rouleau de pellicule provenant d'un petit appareil photographique.

Ralph retira l'élastique protecteur de la bobine et tint le film à la lumière.

— Ça alors ! s'exclama-t-il. En cas de menace d'une attaque atomique, toute la population de Milwaukee sera évacuée vers Sheboygan.

Je fronçai les sourcils. Sheboygan ?

Ralph remit l'élastique autour de la pellicule et se passa la main sur la bouche pendant quelques secondes.

— À vrai dire, Henry, j'ai été incapable de distinguer quoi que ce soit. Qu'y a-t-il censément sur ce film, Olson ?

Olson haussa les épaules.

— Je n'ai vu que dalle, moi aussi. Tout ce que je sais c'est que le film vaut cinq mille tickets pour quelqu'un.

Il nous tendit un journal plié en deux. Je lus à haute voix l'entrefilet, à la rubrique des objets trouvés, qui avait été entouré d'un cercle au stylo-bille.

Aimerais me mettre en rapport avec la personne ou les personnes qui ont par mégarde emporté la statuette de la déesse hindoue à six bras se trouvant chez moi dans la nuit du 22. Aimerais qu'elle me soit restituée. Gardez les autres objets. Récompense à quatre chiffres. Discrétion assurée. 563-2740.

Olson commença son récit.

— Il y a deux nuits de cela, Sharkey et moi avons fait ce petit cambriolage en banlieue. Vous savez comment ça se passe, vous prenez tout ce que vous pouvez fourguer facilement. Vous perdez pas votre temps avec de la camelote. Pourtant, de temps en temps, vous voyez un objet qui éveille votre intérêt, alors vous le prenez juste pour le plaisir. Et c'est ce que Sharkey a fait avec cette statuette qui a six bras et un cendrier incorporé dans son giron.

« Nous avons été mettre le butin dans le garage que nous louons à cette fin, et ensuite j'ai reconduit Sharkey chez lui. Il avait gardé la statuette.

« Et puis, ce matin, je suis tombé sur cet entrefilet dans le journal. Et j'ai su que cela s'adressait à nous, parce que combien de déesses hindoues à six bras disparaissent dans une semaine ?

« Donc ce type se fichait éperdument de la chaîne stéréo, du téléviseur, et de la machine à écrire que nous avions fauchés chez lui, il voulait juste récupérer la statuette et il était prêt à allonger du fric pour ça. Mais pourquoi ? C'était juste un truc en terre cuite et j'ai jamais entendu parler d'une statuette ancienne de valeur avec un cendrier sur ses genoux.

« D'abord j'ai pensé, est-ce que c'est un genre de piège ? Pendant que je téléphone, est-ce que les flics vont localiser l'appel, et repérer mon numéro ? D'un autre côté, ces « quatre chiffres » étaient bigrement tentants. Alors je suis allé à la gare où il y a dix cabines téléphoniques et j'ai appelé au numéro indiqué, tout en faisant gaffe si jamais je voyais débouler des flics.

« Donc je fais le numéro et le type qui décroche me dit que je peux garder la télé et les autres trucs, tout ce qui l'intéresse c'est la statuette. Et il m'en donnera mille tickets.

« Comme je suis pas né de la dernière pluie, je pige tout

de suite qu'il y a anguille sous roche – et beaucoup d'argent en jeu. Alors je lui dis que je veux plus de fric. Nous marchandons et finalement il dit qu'il ira jusqu'à cinq mille mais pas plus.

« Bon, je tente le coup et je rétorque, « et si je vous donne la statuette mais que je garde ce que j'ai trouvé *à l'intérieur* ? ».

« Il y a un silence au bout du fil pendant quelques secondes et puis il dit, « Vous avez trouvé le film ? ».

« Naturellement, je pige aussi sec et je réponds, « C'est exact, j'ai trouvé le film. Et je pense que cela vaut plus que cinq mille dollars ».

« Et il dit, « Peut-être. Mais pas pour vous. Vous ne sauriez pas où le vendre. Cinq mille, c'est mon dernier mot. Si j'y suis vraiment obligé, je peux prendre de nouvelles photos ».

« Alors je décide d'accepter les cinq mille dollars, et je suis censé le rencontrer à quatre heures cet après-midi dans le hall de la bibliothèque municipale. Je le reconnaîtrai parce qu'il aura un badge SOURIEZ à son revers de veste.

« Bon, je file chez Sharkey, je lui raconte pour l'entrefilet dans le journal, et je lui demande où est la statuette.

« Il me regarde d'un air innocent et déclare, « Je l'ai jetée dans l'incinérateur. Je croyais que c'était juste du toc ».

« Mais j'ai déjà vu cette expression candide sur son visage et je sais qu'il ment... d'autant plus que je baisse les yeux vers la corbeille à papiers et que j'aperçois l'un des bras de la statuette qui dépasse de dessous un journal froissé.

« Alors j'ai pris la déesse et sur le socle j'ai remarqué ce trou. La cache était vide, mais le film avait dû être placé dedans et l'ouverture bouchée avec du plâtre qui était d'une couleur légèrement différente du reste du socle.

Ralph l'interrompit.

— Sharkey avait également lu l'entrefilet et s'était demandé pourquoi la statuette valait « quatre chiffres » ? Il l'a examinée, a gratté le plâtre, et il a trouvé le film? Est-ce qu'il avait également appelé au numéro indiqué dans l'annonce?

— Je crois pas... du moins, pas avant que j'appelle, moi, sinon le type en aurait parlé, à coup sûr. Non, je pense que Sharkey voulait découvrir la valeur exacte du film avant de marchander. Il comptait probablement faire développer la pellicule, mais dans l'intervalle il avait décidé de cacher le film, juste au cas où je découvrirais le pot aux roses.

Olson soupira.

— J'ai compris que cela ne servirait à rien de discuter avec Sharkey, alors j'ai entrepris de fouiller son studio à fond, sans me presser et sans faire trop de bruit pour éviter que les voisins n'appellent la police. Sharkey était pas content du tout, mais il pouvait pas appeler la police, d'accord? Bon, j'étais sur le point de laisser tomber quand j'ai pensé aux ampoules électriques. Et j'étais sur la voie parce que, dès que j'ai commencé à les briser, Sharkey s'est jeté sur moi avec la statuette et il l'a brisée sur ma tête. Pour me défendre, j'ai été obligé de lui donner un coup de poing. Mais j'ai cru que je l'avais juste assommé. Lorsque j'ai trouvé le film et suis parti, il était toujours étendu par terre et respirait.

Ralph et moi emmenâmes Olson au commissariat central pour le faire coffrer. Nous portâmes le film au service photo pour qu'il le développe, et ensuite nous nous rendîmes dans le centre-ville et arrivâmes à la bibliothèque municipale à 3 h 40.

Nous commençâmes à attendre le contact d'Olson en examinant d'un air intéressé une collection de papillons sous verre dans le hall.

À quatre heures moins cinq, Ralph détourna mon attention d'un eudémis à longue queue (*Eudamus proteus*).

— Voilà notre homme, il vient de franchir la porte.

Il s'avéra que c'était un homme au corps fluet et à l'air soucieux portant le badge SOURIEZ au revers gauche de sa veste.

Ralph et moi nous approchâmes de lui.

— Police ! dis-je. Êtes-vous le 563-2740 ?

Il pâlit et parut sur le point de s'effondrer.

Je mis le paquet.

— Nous avons reconstitué toute cette affaire sordide de la mystérieuse déesse hindoue, le film dissimulé dedans, ainsi que le meurtre.

Il avala sa salive.

— Le meurtre ? Je n'ai absolument rien à voir avec un meurtre. Je ne suis qu'un espion moyen tout à fait ordinaire.

J'eus la vision fugace de Sheboygan, puis je me ressaisis.

— Nous savons tout ce qu'il y a à savoir sur cette opération... à l'exception d'un blanc insignifiant ici et là. Vous feriez mieux de soulager votre conscience et de nous dire toute la vérité et rien que la vérité. Cela vous facilitera les choses, en tout cas.

Il était tout à fait bouleversé et prêt à parler.

— Je m'appelle Leander Morgan et mon patron est Mr Erickson, des Motoneiges Erickson. J'ai infiltré les Motoneiges Hollister en mars dernier.

— Un instant, dit Ralph. Quel genre d'espion êtes-vous au juste ?

Morgan cligna des yeux.

— Un espion industriel, bien sûr. Vous vous attendiez à quoi ?

Ralph se frotta la nuque.

— Bon, continuez.

Morgan obtempéra.

— Comme vous le savez, les motoneiges ont connu un essor incroyable au cours de ces dernières années. Ce moyen de transport a changé radicalement ce pays, particulièrement en hiver. Dans le même temps, la concurrence entre les fabricants pour s'emparer du marché est devenue de plus en plus âpre et, bien sûr, c'est très utile pour une entreprise de savoir ce que préparent ses concurrents. C'est pourquoi Mr Erickson m'a demandé d'infiltrer les Motoneiges Hollister, notre rival le plus dangereux dans cette région. J'ai trouvé une place de dessinateur industriel, bien que je sois en réalité ingénieur et que je sache quoi chercher.

— Et le film ? demanda Ralph.

— Il contient tous les plans du nouveau Frelon Hollister qui doit sortir l'année prochaine. Ses principales caractéristiques sont une nouvelle suspension sur skis avec couple de renversement, une pompe à injection révolutionnaire, et un baudrier supplémentaire extra-souple. Grâce à ces informations, Mr Erickson sera prêt à concurrencer le Frelon Hollister lorsque celui-ci commencera à sortir des chaînes de montage.

Nous emmenâmes Morgan au commissariat central, laissant au bureau du district attorney le soin de décider s'il y avait bien une loi interdisant l'espionnage industriel et si c'était le cas, avions-nous quelque chose en plus des aveux de Morgan… lequel se rétracterait probablement dès que les Motoneiges Erickson lui auraient fourni un avocat.

Ralph et moi regagnâmes la salle des inspecteurs et rangeâmes nos affaires, nous préparant à nous en aller.

Le téléphone sonna et je pris la communication.

C'était Vivian Patterson.

— Les deux heures sont écoulées. Où est ma Stèle de Zevgolatio ?

Je m'éclaircis la gorge.

— Malheureusement, en raison d'une série de circonstances imprévues, je n'ai pas encore été en mesure de retrouver votre pendentif.

— Mais vous en aviez fait le serment sacré sur votre insigne.

— Vraiment ? Je ne m'en souviens pas.

— C'était implicite. À présent, le moins que vous puissiez faire afin de sauver l'honneur et la réputation de la police, c'est de venir ici et de me poser d'autres questions.

— Mais je suis aux Homicides. Pas aux Vols. Et le meurtre a été élucidé, cela n'avait rien à voir avec votre pendentif.

— Je compte bien vous voir dans une demi-heure, dit-elle, et elle raccrocha.

Ralph avait, comme à son habitude, écouté cette conversation sur l'autre téléphone.

— Henry, elle a raison. Tu ne peux pas délaisser la Stèle de Zevgolatio d'une façon aussi cruelle.

— Mais je ne suis plus de service.

— Henry, un bon policier est disponible vingt-quatre heures sur vingt-quatre.

Ralph rentra chez lui pour retrouver sa femme et ses enfants, tandis que je prenais la direction du manoir des Patterson.

Vivian Patterson vint m'ouvrir, toute souriante.

J'en vins immédiatement à notre affaire.

— Bon, nous savons que vous vous êtes aperçue que la Stèle de Zevgolatio avait disparu alors que vous vous trouviez sur la piste de danse. Cependant, ce n'est peut-être pas l'endroit où le pendentif a été volé. La dernière fois que vous vous rappelez que vous le portiez toujours, quand était-ce ?

Elle réfléchit un instant.

— J'étais assise sur une chaise au bord de la piscine lorsque Mavis Hutchinson a poussé des oh ! et des ah ! en l'examinant un moment.

Vivian me précéda dans le couloir et nous sortîmes sur la terrasse où des tables, des chaises et des parasols étaient disposés au bord de la piscine.

— J'étais assise exactement ici.

Je hochai la tête.

— Entre le moment où vous êtes certaine que vous aviez le pendentif et le moment où vous vous êtes aperçue qu'il avait disparu, est-ce qu'il s'est produit un incident, quelque chose qui aurait pu distraire votre attention et celle des personnes autour de vous, permettant ainsi au voleur de s'emparer subrepticement de votre collier ?

— Ma foi, Freddie Kaltenberg est tombé dans la piscine. Il ne sait pas nager, mais ce n'était pas bien grave, parce qu'il m'a suffi de tendre la main vers lui et de le tirer hors de l'eau.

— Ah, dis-je. Mr Kaltenberg est tombé dans cette piscine, alors vous vous êtes penchée, lui avez tendu votre main et l'avez tiré et sorti de l'eau ?

— Je sais à quoi vous pensez. Pendant que je le tirais, il en a profité pour s'emparer de la Stèle de Zevgolatio ? Mais c'est absurde. Les parents de Freddie sont les Brasseries Kaltenberg et ils lui donnent un argent de poche fabuleux.

Je contemplai les trois mètres cinquante d'eau mais je ne distinguai rien, la réfraction étant ce qu'elle est.

— Auriez-vous un maillot de bain à me prêter ?

Lorsque je me fus changé, je revins vers la piscine et sautai dedans, les pieds en avant, à l'endroit où Freddie Kaltenberg était tombé dans l'eau.

Je coulai vers le fond et presque tout de suite je marchai sur une pierre précieuse et une chaîne extrêmement fine. Je me baissai, les récupérai, et remontai vers la surface, brandissant triomphalement la Stèle de Zevgolatio.

— Exactement ce que je suspectais, dis-je. Pendant que vous tendiez une main secourable à ce Kaltenberg, il a paniqué et s'est débattu, d'une façon ou d'une autre il a détaché le pendentif, et celui-ci est tombé au fond de la piscine à votre insu à tous les deux. (Je lui tendis le pendentif.) Mademoiselle, l'affaire est close.

Elle considéra le diamant puis me considéra... de la même façon, me sembla-t-il. Puis elle alla jusqu'au bord de la piscine et laissa tomber la Stèle de Zevgolatio dans l'eau, à l'endroit où je l'avais retrouvée.

Je fronçai les sourcils.

— Voyons, pourquoi avez-vous fait ça ?

Elle sourit.

— En réalité, cette affaire n'est pas terminée. Elle ne fait que commencer et Freddie est le voleur.

Je me frottai la joue.

— Mais, disposant de tout cet argent, pourquoi aurait-il...

— J'ai toujours soupçonné que Freddie était kleptomane.

Ses sourcils se rejoignent. Vous ne voyez donc pas qu'il a été d'une habileté tout à fait diabolique ?

— Non.

— Pour commencer, il a fait diversion en tombant exprès dans l'eau quasiment à côté de moi.

— Mais s'il ne sait pas nager, ne risquait-il pas de se noyer ?

— Allons donc ! Comment aurait-il pu se noyer avec tous ces gens au bord de la piscine, et il le savait, le bougre. Et pendant que je le sortais de l'eau et compatissais à ses efforts pour recouvrer son souffle, il en a profité pour s'emparer de mon pendentif et pour le faire tomber au fond de la piscine.

— Pourquoi aurait-il fait cela ?

— Parce que le garder sur lui était trop dangereux. Si les policiers le fouillaient, ils trouveraient le pendentif, sans aucun doute. Non, l'endroit idéal où dissimuler la Stèle de Zevgolatio, c'était au fond de trois mètres cinquante d'une eau bleue et ondoyante où elle était invisible. Et maintenant Freddie attend son heure... un beau jour, il reviendra sur le lieu de son crime, plongera dans la piscine, et récupérera son butin.

— Mais s'il ne sait pas nager, comment pourrait-il plonger dans...

— En cet instant je *sais* qu'il suit des cours de natation dans le plus grand secret. Je suis médium pour des choses de ce genre. Ce que nous devons faire, c'est rester vigilants. Sur le qui-vive. Nous devons surveiller Freddie et cette piscine chaque fois qu'ils seront proches l'un de l'autre. Nous devons pincer ce redoutable voleur de bijoux quand il aura la Stèle de Zevgolatio sur lui.

Jusqu'ici, Vivian m'a invité chez elle pour surveiller Freddie deux fois et trois autres fois où il a négligé de venir.

Je me demande s'il ne se doute pas de quelque chose ?

L'ÉTRANGLEUR DE MINUIT

Je m'apprêtais à monter dans mon automobile lorsque les faisceaux d'une demi-douzaine de torches électriques furent braqués sur ma personne et on me conseilla expressément de ne pas bouger, sinon ma tête volerait en morceaux. Un instant plus tard, au moins vingt hommes m'entouraient, la moitié portant un uniforme de policier.

Je compris que ce n'était guère le moment de discuter, néanmoins je posai une question.

— Messieurs, qu'est-ce que tout cela signifie ?

Aucun d'eux ne choisit de répondre. Au lieu de cela, je fus fouillé minutieusement, menotté, et entraîné à toute vitesse vers une voiture de patrouille garée un peu plus loin. Un instant plus tard, nous étions partis, toutes sirènes hurlantes, en dépit de quoi il nous fallut presque quinze minutes pour nous frayer un passage dans les embouteillages de l'heure de pointe avant d'arriver au commissariat central.

Là, je fus poussé et tiré à travers une meute de ce qui semblaient être des journalistes me criant des questions, emmené précipitamment vers un ascenseur, et finalement conduit dans une petite pièce à l'un des étages supérieurs.

Un individu en civil, énorme et le visage congestionné, qui avait été assis à mes côtés durant le trajet, lança un regard furieux aux autres.

— Comment se fait-il que je trouve tous ces journalistes

attendant en bas ? Je parie que l'un de vous, bande d'abrutis, a prévenu les journaux dix secondes après que nous l'avons agrafé !

Tout le monde évita son regard et il me sembla percevoir un anonyme traînement de pieds.

— Très bien, aboya-t-il. Maintenant, sortez tous d'ici et que quelqu'un trouve le sergent Wiggins et lui dise que nous avons capturé son Étrangleur de Minuit. S'il ne le sait pas déjà.

Il faisait un peu chaud dans la pièce, aussi cherchai-je dans la poche de mon pardessus pour prendre un mouchoir avec lequel me tamponner le front. Je ne trouvai pas de mouchoir, mais mes doigts se refermèrent sur une petite carte. Je la sortis et découvris que c'était la carte de visite d'un certain Clarence Darrow Theobault. Avocat. Droit criminel.

Il était clair que la foule massée dans le hall avait comporté au moins un avocat, lequel avait profité de la bousculade pour glisser sa carte dans ma poche.

L'homme énorme s'assit sur une chaise en face de moi.

— Je suis le capitaine McGillicutty. Des Homicides.

J'ôtai mon pardessus et m'assis.

— Je suppose que vous avez l'impression que je suis l'Étrangleur de Minuit ?

McGillicutty m'adressa un sourire pincé.

— Alors vous *avez* entendu parler de lui ?

— Bien sûr.

Et si j'avais bonne mémoire, l'Étrangleur de Minuit avait jusqu'ici fait sept victimes, toutes étant des hommes. Un professeur de sociologie, un chiropracteur, un dentiste, un chauffeur de car scolaire, un ouvrier taillandier, un égoutier, et un poseur de linoléum… leur âge allait de 46 à 54 ans.

En fait, l'appellation Étrangleur de Neuf Heures du Soir aurait été plus exacte, mais beaucoup moins accrocheuse. Apparemment, toutes les victimes avaient été agressées par l'étrangleur après avoir garé leur voiture pour la nuit dans leurs allées respectives, garages, ou passages couverts, les morts survenant entre huit heures et dix heures du soir. Et sur le front de chacune d'elles avaient été imprimés – apparemment avec un timbre de caoutchouc – les mots « Les pécheurs doivent payer ».

La porte s'ouvrit et un homme grand et mince dont l'expression dénotait un mal de tête pénétra dans la pièce.

McGillicutty me le présenta.

— Voici le sergent Wiggins.

Wiggins me regarda avec curiosité.

— Quelqu'un l'a informé de ses droits ?

McGuillicutty réfléchit un moment.

— À la réflexion, non. Avec toute cette agitation, nous avons oublié de le faire. (Il se tourna vers moi.) Vous avez le droit de garder le silence. Vous avez… (Il hésita.) Quelle est la suite, Wiggins ?

— C'est écrit sur cette petite carte en plastique, capitaine. Celle que nous sommes censés avoir toujours sur nous.

McGillicutty eut un sourire patient.

— Personnellement, je n'ai procédé à aucune arrestation depuis dix ans et j'ignore où se trouve ma satanée carte.

Wiggins lui tendit la sienne et McGillicutty lut les mots. Cela fait, il lui rendit la carte et dit :

— Alors, désirez-vous un avocat ?

— Je ne pense pas que ce sera nécessaire.

Wiggins montra les dents.

— Croyez-moi, ce sera nécessaire. (Ma situation semblait le réjouir au plus haut point.) Pouvons-nous faire quelque chose pour que vous soyez plus à l'aise ? Voulez-vous une cigarette ? Un café ? Puis-je suspendre votre pardessus ? Devons-nous faire apporter des sandwiches ?

Je refusai poliment la nourriture, le café, et la cigarette, mais je lui tendis mon pardessus, après avoir d'abord retiré la carte de Theobault de la poche.

— Messieurs, je ne suis pas votre Étrangleur de Minuit. Je m'appelle Henry Turnbuckle et je suis détective privé, j'ai une licence et j'exerce mon activité à Milwaukee, comme vous l'avez certainement constaté en examinant les papiers d'identité se trouvant dans mon portefeuille.

Wiggins cligna des yeux.

— Est-ce exact, capitaine ? C'est un détective privé ?

McGillicutty acquiesça de la tête.

— C'est ce que dit son portefeuille. Mais cela ne me garantit pas qu'il ne peut pas être l'Étrangleur de Minuit.

J'examinai la carte de Theobault une fois de plus.

— Je suis innocent et par conséquent je n'ai pas besoin d'une assistance judiciaire. Néanmoins, je suis très curieux de voir ce que je pourrais obtenir. Est-ce que je commettrais une erreur si je demandais à retenir les services d'un certain Clarence Darrow Theobault de votre ville ? Je crois qu'il est en bas en ce moment même.

McGillicutty se renfrogna en entendant prononcer ce nom.

— Très bien. Wiggins, voyez si Theobault est en bas. Et il est probablement en bas. C'est son genre d'affaire.

Wiggins revint dix minutes plus tard, accompagné d'un individu grand et voûté, dont les bras semblaient trop longs pour son corps.

Son énorme main enveloppa la mienne et me broya les doigts.

— Je m'appelle Theobault. Clarence Darrow Theobault. Peut-être avez-vous entendu parler de moi ? *J'espère* que vous n'avez rien dit à la police ? Et si vous l'avez fait, c'était incontestablement sous la contrainte.

— Jusqu'ici, j'ai eu seulement la possibilité de dire mon nom et ma profession.

Il se frotta les mains.

— Excellent. Très habile et très perspicace de votre part. (Il se tourna vers McGillicutty.) J'aimerais parler à mon client seul à seul.

Theobault les regarda quitter la pièce puis me considéra avec un sourire quelque peu cupide.

— Un instant, dis-je vivement. Je n'ai pas encore retenu

vos services officiellement. Entendons-nous bien, ceci est un entretien préliminaire et cela ne me coûtera pas un radis.

— Mais bien sûr, bien sûr, acquiesça Theobault. Sans engagement de votre part.

— Combien prenez-vous pour défendre un homme accusé de meurtre ?

Il gloussa.

— Cher monsieur, il n'y a pas d'honoraires fixes pour des affaires comme celle-là. Il est impossible de prévoir les frais que cela entraînera. Mes honoraires sont élastiques, mais il ne saurait être question d'argent dans un moment pareil. Votre vie est en jeu. Nous devons veiller à ce que vous ayez un procès équitable... et fort long, à tout le moins. À propos, quelle *est* votre profession ?

— Je suis détective privé.

Il eut un air de doute.

— Vous êtes le directeur d'une agence ? Ou l'un des associés principaux ?

— Non. Je n'ai même pas de secrétaire. Franchement, les affaires ne marchent pas très bien en ce moment. Je devrais peut-être invoquer l'indigence et demander à la cour de désigner un avocat d'office pour assurer ma défense ?

Il s'empressa de clore ce chapitre.

— Absurde, absurde. Tout n'est pas perdu. Cette affaire est beaucoup trop importante pour qu'elle soit confiée à quelque avocat novice. Nous trouverons un arrangement financier acceptable pour l'un et pour l'autre, j'en suis sûr. Bien, nous allons plaider non coupable en invoquant la folie.

— Mais je suis innocent. Et sain d'esprit.

— Oh, bien entendu. Bien entendu. (Il s'assit près de moi et baissa légèrement la voix.) Maintenant, je ne veux pas que vous disiez un seul mot à la presse, reporters ou journalistes travaillant pour des revues, et ne parlez dans le magnétophone de personne. Dites à ces gens de venir me voir d'abord. Je vais prendre vos affaires en main et nous demanderons l'exclusivité des droits. Pourquoi communiquer quoi que ce soit gratuitement ? Nous exigerons des royalties pour tout, et cela comprend les interviews, les enregistrements sur bande, la télévision, et le cinéma.

Je fronçai les sourcils.

— Je croyais qu'un meurtrier n'avait pas le droit de tirer profit de ses crimes.

Theobault eut un petit rire.

— Bien sûr qu'un meurtrier n'a pas le droit de tirer profit de son crime. Mais, après tout, il doit bien avoir de l'argent s'il veut être défendu par un avocat compétent et expérimenté, et ce n'est pas *vraiment* tirer profit de son crime, n'est-ce pas ? En outre, il y a toutes sortes de détails techniques à prendre en compte. Il est clair qu'un meurtrier *sain d'esprit* n'a pas le droit de tirer profit de son crime. Mais qu'en est-il pour un meurtrier *fou* ? Après tout, peut-il être tenu pour responsable si d'une façon ou d'une autre il reçoit un dollar ou deux ? C'est juste quelque chose qui lui est arrivé par hasard. Comme un don du ciel. Laissez-moi m'occuper de tout.

— Vous pensez que vous pourrez obtenir mon acquittement ?

Il fit une grimace.

— Cela ferait tomber à l'eau tout projet d'adaptation cinématographique et cela représenterait des profits en moins. Qui s'intéresse à un film sur la vie d'un innocent ?

On frappa à la porte et celle-ci fut ouverte. McGillicutty jeta un coup d'œil dans la pièce.

— Vous avez terminé, vous deux ?

Je hochai la tête.

— Oui, je pense.

Theobault me donna une tape sur l'épaule.

— Ne répondez à aucune question à moins que je vous fasse un signe de la tête.

McGillicutty et Wiggins firent entrer un troisième homme dans la pièce.

— Voici Oscar Vandermeir.

Oscar Vandermeir était un homme bedonnant et trapu avec de grands yeux bleu pâle. Il me dévisagea avec curiosité.

— Alors c'est lui, l'Étrangleur de Minuit?

McGillicutty opina du chef.

— Est-ce que vous l'aviez déjà vu?

Vandermeir s'approcha et me considéra d'un côté puis de l'autre.

— Ma foi, ce n'est pas l'un de mes clients. Mais peut-être qu'il portait la barbe. En fait, il n'a pas du tout le profil. La plupart de mes clients ont la cinquantaine et 99 % d'entre eux sont des hommes. Mais avec ce mouvement féministe, qui sait, ça va peut-être changer? Et d'habitude ce sont des célibataires, mais je suppose que j'ai un homme marié de temps à autre.

Theobault prit la parole.

— Qui est cet homme au juste et qu'a-t-il à voir avec les faits reprochés à mon client?

McGillicutty sourit.

— Mr Vandermeir est le propriétaire de la Librairie pour adultes Acmé. Peut-être en avez-vous entendu parler, hein, Turnbuckle?

Il se tourna vers Vandermeir.

— Très bien, Oscar, racontez-leur votre histoire.

— Ma foi, commença Vandermeir, je ne suis pas le genre de personne à aller trouver la police. D'habitude, c'est elle qui vient me trouver. Du moins, elle l'a fait un tas de fois. Mais les temps changent. (Il s'écarta du sujet pour s'abandonner à des souvenirs.) Autrefois, j'étais obligé de remplir mon magasin de ces livres d'occasion poussiéreux, vous savez, la littérature classique et tout le bazar. Je gardais la vraie camelote dans la pièce du fond. Et on ne savait jamais quel client était peut-être un flic. Je me faisais coffrer une demi-douzaine de fois par an et une fois mon établissement a été fermé pendant soixante jours. Mais les choses sont différentes maintenant. Plus honnêtes. Plus sophistiquées. Pas d'hypocrisie. (Ses yeux bleus eurent une expression pensive.) Sauf peut-être pour le mot adulte.

McGillicutty le ramena au présent.

— Continuez votre histoire.

Vandermeir acquiesça.

— En tout cas, je lis pas souvent les journaux. Tous ces caractères imprimés, c'est mauvais pour les yeux. Mais j'avais entendu des gens parler de l'Étrangleur de Minuit et alors, quand il a zigouillé son cinquième bonhomme, je me suis procuré un journal et qu'est-ce que je vois en première page, nom d'un chien, la photographie de l'un de mes meilleurs clients, même si je connaissais pas son nom jusqu'à ce que je le lise dans l'article. D'habitude, mes clients sont très discrets rapport à leur nom, à moins de vouloir être inscrits sur des listes d'envoi très confidentielles.

« Alors je me dis, ça alors, quelle coïncidence ! et rien de plus. Ensuite survient le sixième meurtre et je m'aperçois que je viens de perdre encore un bon client.

« Néanmoins, deux coïncidences ça suffit pas pour que j'aille trouver les flics. Alors j'attends le numéro sept. Et à coup sûr, encore une fois, c'est l'un de mes habitués, un type qui s'intéressait beaucoup à la flagellation pratiquée chez les Transylvaniens. Alors j'ai décidé que je devrais en parler aux flics, même s'ils n'ont jamais rien fait pour moi. Et ici, au commissariat, je regarde les photographies des autres victimes et je les reconnais toutes à part deux.

Je me frottai la joue.

— Pourquoi l'étrangleur tuerait-il cinq hommes qui étaient des habitués de votre librairie, et deux qui ne l'étaient pas ?

Vandermeir haussa les épaules.

— Je dis pas que ces deux-là étaient pas des habitués. Je dis seulement que je les ai pas reconnus. Beaucoup de mes clients se sentent obligés de porter des fausses barbes et de fausses moustaches et de s'affubler de grosses lunettes noires.

— Ah, oui, dis-je d'un air entendu. Apparemment, l'étrangleur a une dent contre les personnes qui fréquentent les librairies pour adultes et par conséquent les font prospérer. Il se sent justifié – peut-être même investi d'une mission divine – de débarrasser le monde du péché. Cette sorte particulière, en tout cas.

McGillicutty me lança un regard pénétrant.

— Pourquoi cet étrangleur n'a-t-il pas tué Vandermeir, tout simplement, et on n'en parlait plus ?

Je haussai les épaules.

— J'imagine qu'il gardait Vandermeir comme *plat de résistance*, disons.

McGillicutty croisa les bras.

— Nous faisions surveiller la boutique de Vandermeir depuis deux jours maintenant. Nous avons vu l'un de ses clients sortir de la boutique, et nous vous avons vu surgir d'un renfoncement de porte sombre et le suivre.

— C'était Homer Schleigel, déclarai-je.

— Et qui est Homer Schleigel ?

— Une fois par semaine, le jeudi, Homer Schleigel va faire une partie de bowling. Ou il le prétend. Seulement, la semaine dernière, il a oublié d'emporter sa boule de bowling. Lorsqu'il est rentré chez lui vers les onze heures ce soir-là, sa femme lui a demandé comment s'était passée la partie de bowling, comptant se moquer de lui parce qu'il avait oublié sa boule et supposant qu'il avait été obligé d'utiliser l'une des boules fournies au public par les salles de bowling. Il a dit bien, très bien, qu'il avait marqué 600 points, et qu'il faisait des merveilles avec cette vieille boule.

« Sa femme n'a rien dit mais elle a eu des doutes. Le lendemain, elle a appelé la Pizzeria Hanlon, qui était le nom brodé sur le dos de la chemise de bowling de son mari, et elle a appris que Homer avait quitté l'équipe de bowling quelque six mois auparavant. Elle l'aurait bien suivi le jeudi suivant – c'est-à-dire aujourd'hui – sauf que ce n'est pas un couple possédant deux voitures. Alors elle s'est adressée à moi pour que je découvre ce qu'il faisait.

Je me remémorai les allées et venues de Homer.

— Il a quitté Milwaukee à six heures trente. C'est à une

demi-heure en voiture de cette ville, au sud. Il a garé sa voiture sur le parking Apex. Ensuite il est allé à pied jusqu'au Tivoli, où il a vu *Œsophage encore plus profond**. Je crois savoir que c'est une suite. En sortant du cinéma, il s'est arrêté chez Mac's Malt Shop, où il a mangé une glace à la pistache. Ensuite il a recommencé à marcher dans un but bien précis, pour entrer finalement dans l'établissement de Vandermeir. Il a feuilleté un certain nombre de livres puis a fait quelques achats. Il est reparti vers le parking Apex et a récupéré sa voiture. Je m'apprêtais à faire la même chose avec mon véhicule afin de le suivre lorsque vos gars se sont jetés sur moi. Homer est probablement rentré à Milwaukee à l'heure actuelle.

Le sergent Wiggins avait écouté d'un air hostile.

— Je ne peux pas piffer les détectives privés !

Je soupirai.

— J'avais espéré me sortir de ce pétrin tout seul, mais je vois maintenant que j'ai besoin d'aide. En fait, je fais partie du département de police de Milwaukee. Je pense que cela devrait avoir un certain poids. Pour le moment, j'ai pris une année sabbatique et je prépare une licence. Mon sujet est la fonction du détective privé dans notre société et il m'a semblé que j'apprendrais des tas de choses sur cette profession en devenant détective privé moi-même.

McGillicutty se tourna vers le sergent Wiggins.

— Vérifiez cela.

Wiggins sortit de la pièce et McGillicutty dit à Vandermeir qu'il pouvait s'en aller.

Puis il revint vers moi.

— Vous avez beau être flic, cela ne signifie pas automatiquement que vous ne pouvez pas être l'étrangleur. Nous allons enquêter sur vous, croyez-moi !

Mon regard avait été attiré vers mon pardessus accroché à la patère. Je me souvenais parfaitement que j'avais cherché un mouchoir dans la poche droite, que je n'en avais pas

* Allusion au film pornographique *Gorge profonde* (*N. d. T.*).

trouvé, mais que j'avais trouvé à la place la carte de Theobault. Cette poche aurait dû être vide maintenant, et pourtant elle semblait présenter un léger renflement. Cela piqua quelque peu ma curiosité.

Je me levai et allai jusqu'à mon pardessus. Je glissai ma main dans la poche et elle se referma sur un objet. Je le sortis. C'était un petit timbre de caoutchouc. Je le testai sur le dos de ma main et distinguai les mots à peine visibles, « Les pécheurs doivent payer ».

— Tiens, dis-je à point nommé. Tiens, tiens !

Bien sûr, McGillicutty avait observé mon petit manège. De même que Theobault. Ce dernier se leva d'un bond.

— Turnbuckle, m'ordonna-t-il. Pas un mot de plus !

— La ferme ! dit McGillicutty, et je fus tout à fait de son avis.

McGillicutty et moi nous rassîmes, l'un en face de l'autre. McGillicuty commença à réfléchir, l'air sombre.

— Capitaine, dis-je, lorsque j'ai été arrêté, on m'a fouillé minutieusement, n'est-ce pas ?

Il en convint, à contrecœur.

— Je vous ai fouillé moi-même. Pas de timbre. (Il soupira.) L'étrangleur savait que nous surveillions la librairie. Bon sang, il nous avait probablement repérés... nous étions suffisamment nombreux dans le coin. Il a vu que nous vous arrêtions. Il a compris que si nous surveillions la boutique de Vandermeir, c'était probablement parce que nous avions trouvé le lien entre tous ces meurtres. Il s'est dit qu'il ferait mieux d'arrêter les frais. Il a également estimé que c'était une excellente occasion pour mettre un point final à cette affaire afin que nous ne recherchions plus l'étrangleur. Il est venu à toute allure au commissariat, a attendu au milieu de la foule, et lorsque vous êtes arrivé, profitant de la cohue, il a glissé le timbre dans votre poche. Exactement comme Theobault y a glissé sa carte.

McGillicutty regarda fixement Theobault.

Theobault rougit violemment.

— Je ne suis pas l'étrangleur. Tout ce que j'ai glissé dans la poche de Turnbuckle, c'était ma carte.

Néanmoins, il baissa les yeux vers ses énormes mains et parut s'efforcer de penser qu'elles étaient petites.

— Non, capitaine, dis-je. Theobault n'a pas glissé le timbre dans ma poche. Lorsque je suis entré dans cette pièce, j'ai cherché un mouchoir dans cette poche. Je n'ai pas trouvé de mouchoir, mais j'ai trouvé sa carte. Et *seulement* sa carte. Pas de timbre de caoutchouc.

McGillicutty fronça les sourcils.

— Vous voulez dire que le timbre a été dissimulé dans votre poche *après* que vous êtes entré dans cette pièce ?

— Exactement, capitaine.

Ses yeux s'étrécirent.

— Êtes-vous en train d'insinuer que c'est *moi* qui ai caché ce timbre dans votre poche ?

— Non. J'étais assis ici sur cette chaise et le pardessus a été exposé à mes regards en permanence. Je sais que vous ne vous en êtes pas approché.

— Vandermeir ? Il assassine ses propres clients parce qu'il culpabilise à propos de la façon dont il gagne son argent ?

— Non. Ce n'est pas Vandermeir non plus.

— Alors qui est-ce, bon sang ?

— Capitaine, le sergent Wiggins surveillait-il la boutique de Vandermeir avec vos hommes ?

— Non, ceci concernait strictement les Homicides.

— Wiggins ne fait pas partie de la brigade des Homicides ?

— Non, il est aux Mœurs. Mais naturellement il s'intéressait énormément à cette affaire et c'est pourquoi je l'ai envoyé chercher lorsque je vous ai amené ici.

— Capitaine, dis-je, la seule personne à avoir touché à mon pardessus après que je suis entré dans cette pièce, c'était le sergent Wiggins lorsqu'il l'a si aimablement accroché à cette patère.

McGillicutty ferma les yeux.

J'opinai du chef.

— Wiggins était ici au commissariat lorsque vous m'avez

amené et il a compris que c'était une occasion idéale pour me faire porter le chapeau et pour que l'affaire soit classée. Manifestement, il n'a pas eu la possibilité de glisser le timbre dans ma poche tandis qu'on me conduisait à travers la foule massée dans le hall. Ou, tout simplement, il n'avait pas le timbre sur lui. Mais le timbre ne devait pas se trouver très loin, parce que entre le moment où je suis arrivé au commissariat et le moment où il est entré dans cette pièce, cela m'étonnerait qu'il ait eu le temps de rentrer chez lui, de récupérer le timbre, et de revenir ici.

McGillicutty soupira.

— Il habite à l'autre bout du comté... cela représente au moins une heure de trajet, aller et retour. Et il a été atterré en apprenant les nouvelles lois sur la pornographie, plus permissives. Et il avait continuellement ces foutus maux de tête...

— Il espérait qu'on me fouillerait à nouveau, simple formalité, et qu'on trouverait le timbre. Ou peut-être même avait-il l'intention de suggérer lui-même une nouvelle fouille.

Je remis le timbre dans la poche de mon pardessus et l'accrochai de nouveau à la patère.

— Cependant, je parie que maintenant Wiggins va tenter de me faire *dé-porter le chapeau.*

Cela attira l'attention de McGillicutty.

— Hein ? Dé-porter le chapeau ?

— Oui. Parce que c'est une chose de faire accuser de meurtre un détective privé, mais c'est une chose très différente de faire de même avec un officier de police qui a le grade d'inspecteur et un dossier irréprochable. Trop de questions seraient posées, une enquête approfondie serait menée, et la vérité finirait probablement par se découvrir. Non, Wiggins est obligé de me disculper maintenant.

— Et comment s'y prendra-t-il ?

— Lorsqu'il reviendra et constatera que nous n'avons apparemment pas encore trouvé le timbre, il inventera un prétexte pour s'approcher de mon pardessus. Et il récupérera le timbre discrètement.

Wiggins revint quelque cinq minutes plus tard.

— C'est bien un flic, capitaine. Un inspecteur. (Wiggins se passa la langue sur les lèvres.) Bon, je pense qu'il ne nous reste plus qu'à lui rendre son pardessus et à le laisser partir. D'accord ? Nous nous sommes tous trompés.

Il se dirigea vers mon pardessus et, pendant peut-être deux ou trois secondes, son dos le cacha efficacement à nos regards.

Il se retourna et m'apporta mon pardessus.

McGillicutty et moi étudiâmes les contours du complet de Wiggins et arrivâmes probablement au soupçon identique que le petit renflement dans la poche droite de sa veste était maintenant formé par un timbre de caoutchouc.

— Wiggins, dit McGillicutty, quel est ce renflement dans la poche droite de votre veste ?

Wiggins ne baissa pas les yeux vers sa poche.

— Rien, capitaine. Rien du tout. Sans doute mon porteclés.

McGillicutty insista.

— Faites voir, Wiggins !

— Capitaine, dis-je. Quand on trouve un timbre de caoutchouc, en principe un tampon encreur n'est pas très loin, d'accord ? Vous ne pensez pas que si nous regardons dans son casier, ou peut-être dans sa voiture, nous trouverons probablement un tampon encreur et que si ce tampon encreur fait l'objet d'un examen minutieux en labo, nous pourrions même trouver sur ce tampon plusieurs empreintes très lisibles des mots « Les pécheurs doivent payer » ?

Wiggins perdit ses couleurs.

— Allez vous faire fiche ! Personne n'a le droit de fouiller ma voiture. (Puis il regarda fixement le pistolet que le capitaine McGillicutty avait braqué sur lui et il se ressaisit.) Je ne parlerai qu'en présence de mon avocat.

Theobault se leva et se frotta ses énormes mains.

— Si vous n'y voyez pas d'inconvénient, capitaine, j'aimerais parler à mon client seul à seul.

LES 23 SACS EN PAPIER MARRON

Sur le plancher à l'arrière de la voiture de la victime nous trouvâmes 23 petits sacs en papier marron, chacun contenant deux barres de savon de toilette. Les tickets de caisse indiquaient que les savons avaient été achetés dans 23 supermarchés différents.

— Eh bien, Ralph, fis-je joyeusement. Qu'en penses-tu ?

— Pour le moment, rien, Henry.

D'après le portefeuille de la victime, l'homme avait été James L. Flanagan, 58 ans, habitant à Big Cedar Falls, petite ville située à environ 110 kilomètres au nord de Milwaukee.

Flanagan avait été tué d'une balle en plein cœur alors qu'il était assis dans sa voiture devant le bungalow 33 du Motel Sunset. Son corps avait été découvert approximativement à 9 h 15 ce soir par un couple à qui on venait de donner le bungalow 34. Apparemment, personne n'avait assisté au meurtre ni entendu le coup de feu.

Quand Ralph et moi arrivâmes sur les lieux, plusieurs voitures de patrouille nous avaient précédés et on avait dressé des barrières de police afin d'éloigner les curieux.

Éparpillés dans la voiture près de Flanagan, nous ramassâmes plus de 400 dollars en billets, des billets de un, cinq et dix dollars. Les poches du pardessus de la victime contenaient presque dix dollars en pièces de monnaie.

— Cela ressemble à une attaque à main armée qui a mal tourné, dit Ralph. Flanagan a sorti son portefeuille de sa poche et ensuite soit il a décidé de résister, soit son agresseur a pensé qu'il allait le faire, et il a tiré. Du fait de l'impact de la balle, Flanagan a lâché les billets, lesquels se sont éparpillés autour de lui, et le malfaiteur n'a pas essayé de les récupérer. Il a estimé qu'il était plus prudent de mettre les voiles.

— Et comment expliques-tu les vingt-trois sacs contenant des savons ?

— Je ne me l'explique pas. Qu'est-ce qui te fait penser qu'ils ont un rapport avec le meurtre ?

— Ralph, dis-je d'un air sombre. Ils sont le fond du problème.

Nous avions pris la clé de motel étiquetée de Flanagan dans sa poche. Aussi déverrouillai-je la porte du bungalow 33 et nous entrâmes. C'était une chambre de motel typique, comportant les inévitables lits jumeaux, un téléviseur, plusieurs chaises, et deux tables de nuit.

Je commençai à chercher. Dans un tiroir de la commode je trouvai quelques caleçons, des chemises, des chaussettes et des mouchoirs.

— Ah, ha, dis-je.

— Ah, ha quoi ?

— Flanagan avait apporté des chemises et quelques autres affaires, mais cela m'étonnerait qu'il les ait mises dans un sac en papier. Alors où est sa valise ? Il n'y en avait pas dans sa voiture et il n'y en a pas dans cette chambre. Tout concorde.

— Qu'est-ce qui concorde ?

— L'homme qui a tué Flanagan a également volé sa valise. Après avoir abattu Flanagan, il a froidement glissé sa main à l'intérieur de la voiture et a pris la valise de Flanagan.

— Pourquoi aurait-il voulu voler la valise de Flanagan ?

— Parce qu'elle contenait encore quelque marchandise de grande valeur. Et je te parie que Flanagan gardait la valise près de lui tout le temps. Partout où il allait. À présent, Ralph, réfléchis intensément : pour quelle raison un homme achèterait-il quarante-six barres de la même marque de savon dans vingt-trois endroits différents ?

Ralph haussa les épaules.

— Peut-être voulait-il faire de la monnaie.

— Exactement.

Il me regarda fixement.

— Ralph, Flanagan voulait de l'argent légal en échange des faux billets de vingt dollars qu'il refilait. En d'autres termes, il achetait deux barres de savon, recevait environ dix-neuf dollars et demi en monnaie, puis se rendait au supermarché suivant et recommençait la même opération.

Ralph contempla le ciel.

— Henry, qu'est-ce qui te rend aussi certain que ces soi-disant faux billets étaient forcément des billets de vingt dollars ? Pourquoi pas des billets de cinq, ou de dix, ou de cent dollars ?

— Parce que, l'inflation étant ce qu'elle est, au jour d'aujourd'hui ce serait absurde de contrefaire des billets de cinq ou dix dollars. Si tu te lances dans la contrefaçon de billets de banque, tu as tout intérêt à fabriquer des billets de vingt dollars. Après tout, cela ne nécessite pas plus d'adresse ou de temps pour contrefaire un billet de vingt dollars qu'il n'en faut pour un billet de cinq ou de dix.

Ralph n'était toujours pas convaincu.

— Pourquoi n'aurait-il pas pu refiler des faux billets de cent dollars ?

— Parce que tu ne peux tout de même pas aller dans un supermarché et présenter un billet de cent dollars en paiement de deux barres de savon. On se souviendrait de toi et peut-être en mauvaise part. Mais qui se souvient de ton visage ou de ton billet de vingt dollars à la caisse des petits achats d'un supermarché ? Il est probable que la moitié des billets changés à cette caisse sont des billets de vingt dollars.

Ralph soupira.

— Possible.

— Ralph, dis-je, nous avons incontestablement affaire à un meurtre commandité par un syndicat.

— Quel syndicat ?

— N'importe quel syndicat. Il y en a forcément un derrière tout ça.

— Et comment arrives-tu à cette conclusion, Henry ?

— Parce que la contrefaçon n'est pas exactement une entreprise de père de famille. Il faut le graveur, les plaques, le papier, et le système de distribution. (Je hochai la tête d'un air entendu.) Oui, je soupçonne que Flanagan a essayé de doubler le syndicat d'une façon ou d'une autre. Alors le syndicat a lancé un contrat sur lui et a engagé un flingueur.

— Un contrat ? Un flingueur ?

— Ralph, c'est le jargon du milieu pour...

— Je sais, je sais.

Lorsque nous sortîmes de la chambre de motel, l'un des gars du labo vint vers nous.

— Nous avons relevé l'empreinte d'un pouce sur le rebord de la vitre de la voiture de Flanagan et elle ne correspond pas à celle de Flanagan.

Ralph me lança un regard.

— Tu as déjà entendu parler d'un flingueur qui laisse l'empreinte de son pouce sur la voiture de sa victime ?

— Ralph, dis-je patiemment, pourquoi l'empreinte seraitelle celle de notre flingueur ? Je parierais qu'elle appartient probablement à l'employé de la dernière station-service où Flanagan a fait le plein.

Nous commençâmes à marcher vers le bureau du gérant du motel.

— Ralph, je pense être en mesure de reconstituer intelligemment toute l'affaire. Flanagan travaillait pour le syndicat, il écoulait de la fausse monnaie. Périodiquement, il allait de ville en ville et écoulait les faux billets de vingt dollars, gardait une partie des bénéfices pour lui-même et donnait au syndicat ce qui revenait au syndicat. Cependant, il est devenu gourmand.

— Comment sais-tu qu'il est devenu gourmand ?

— Ralph, tout le monde sait que chaque fois que quelqu'un double le syndicat, habituellement c'est parce qu'il est poussé par la cupidité. Il a exigé une plus grosse part du gâteau. Ainsi donc, quand Flanagan a garé sa voiture ici après une journée fructueuse passée à écouler ses faux billets de vingt dollars, le flingueur l'attendait. Il a ordonné à Flanagan de sortir les faux billets qu'il avait peut-être encore dans son portefeuille et de les lui donner.

— Pourquoi aurait-il fait ça ?

— Parce que le syndicat ne voulait surtout pas que la police trouve des faux billets de vingt dollars sur Flanagan et se mette à tirer ses conclusions. Et après avoir flingué Flanagan, le tueur a calmement glissé sa main à l'intérieur de la voiture et a pris la valise de Flanagan. Sans aucun doute elle contenait encore des liasses de faux billets que Flanagan n'avait pas eu la possibilité de changer aujourd'hui.

— Henry, tu as remarqué la blessure ? Très peu de sang et la balle n'est même pas ressortie par son dos. Je te parie que le coroner trouvera une balle de calibre 22. Tu as déjà entendu parler d'un flingueur qui utilise un calibre 22 ?

Il me fallut deux pas pour trouver la seule explication logique.

— De même qu'un pêcheur expérimenté est fier de la légèreté, ou de la fiabilité, de sa ligne, ainsi notre flingueur est fier de la petitesse du calibre de l'arme qu'il utilise. Je ne serais pas du tout surpris que l'un de ces jours on trouve une balle de calibre 190 dans la carcasse d'une victime d'un syndicat.

Nous pénétrâmes dans le bureau du gérant du motel.

C'était un homme trapu et chauve qui avait manifestement bu quelques verres pour se donner du courage en attendant d'être interrogé.

— Que pouvez-vous nous dire au sujet de James L. Flanagan ? demandai-je.

Il cligna des yeux.

— Qui est Flanagan ?

Je souris.

— Ah, mais bien sûr ! Flanagan a utilisé un nom d'emprunt lorsqu'il s'est inscrit sur le registre de votre motel. Je veux parler du défunt.

— Il s'est inscrit sous le nom d'Albert Johnson ce matin vers les dix heures et je lui ai donné la clé.

J'opinai du chef.

— Est-ce qu'il descendait ici régulièrement ? Disons quelques jours chaque mois ou tous les deux mois ?

Le gérant haussa les épaules.

— Je saurais pas vous dire. Je suis ici depuis deux semaines seulement.

Je fronçai les sourcils d'un air pensif. Il donna plus de détails.

— Mais ça fait presque vingt ans que je travaille pour le syndicat.

Ralph parut se réveiller.

— Le syndicat ?

Le gérant hocha la tête.

— Les Propriétés Réunies. Il possède des centaines de ces motels dans tout le pays. J'étais le gérant d'un motel à St. Paul, mais je supportais plus le climat, et on m'a transféré ici.

Je pris Ralph à part et baissai la voix.

— Tu as entendu ce qu'il a dit, Ralph ? Il travaille pour le syndicat.

— Henry, c'est une autre sorte de syndicat.

J'eus un petit rire.

— Cette affaire me fait penser à *La Lettre volée* de Pœ.

— Tout te fait penser à *La Lettre volée*.

J'acquiesçai.

— Ralph, quel est le meilleur endroit pour dissimuler un syndicat ? Dans un syndicat, bien sûr. Nous venons de parler à notre flingueur. Il a été habilement placé ici par le syndicat dans le seul but de supprimer Flanagan. Tu veux parier avec moi que dans une semaine ou deux il sera transféré à nouveau ? Ralph, tu ne vois pas que notre flingueur nargue effrontément la police en déclarant qu'il fait partie du syndicat, pensant que nous supposerons qu'il entend par là les Propriétés Réunies.

Je revins vers le gérant et lui demandai finement :

— Pouvez-vous nous dire quelque chose au sujet de l'homme qui s'est inscrit sous le nom d'Albert Johnson ?

Il secoua la tête.

— Rien. Excepté qu'une femme a demandé à le voir cet après-midi.

Je fronçai les sourcils.

— Une femme ?

— Elle est arrivée vers quatre heures et demie et a demandé le numéro du bungalow de Johnson. Je le lui ai indiqué.

— Et ensuite, qu'a-t-elle fait ?

— Elle a regardé vers le Numéro 33 et je suppose qu'elle s'est dit qu'il n'était pas là parce que sa voiture n'était pas garée devant. Alors elle est remontée sur sa bicyclette et elle est repartie.

— Une bicyclette ? dit Ralph.

Je le cernai de près.

— Pouvez-vous décrire cette femme ?

— Elle avait dans les vingt-cinq, vingt-six ans, je dirais. Cheveux noirs. Yeux bleus. Taille moyenne. Portant des lunettes. Très jolie, mais le genre réservé.

— A-t-elle laissé son nom ? m'enquis-je.

— Non. Elle a juste demandé le numéro du bungalow de Johnson.

Je pris Ralph à part encore une fois.

— Je me suis trompé.

— Impossible.

Je hochai la tête.

— Je suis obligé de l'admettre. Mais j'assemblais un puzzle dont l'une des pièces ne s'emboîtait pas.

— Quelle pièce est-ce, Henry ?
— La balle de calibre 22.
— Mais tu disais…
Je levai une main.
— Je me trompais, Ralph, et je suis suffisamment adulte pour le reconnaître. Tu ne comprends donc pas, Ralph, nous n'avons pas affaire à un flingueur, mais à une *flingueuse*. Ou à une personne armée d'un flingue, si tu préfères. Le calibre 22 est une arme de femme. Ladite personne attendait dans l'obscurité que Flanagan rentre de sa journée de travail. Elle l'a dessoudé, a volé la valise, a sauté sur son vélo et a filé en pédalant de façon experte.
Ralph revint vers le gérant.
— Est-ce que vous avez de l'aspirine ?
Lorsque Ralph et moi revînmes au commissariat central, nous téléphonâmes au chef de la police de Big Cedar Falls. Nous découvrîmes que non seulement Flanagan était un membre très respecté de cette petite ville, mais qu'il en était également le maire, ainsi que le chef scout de la troupe 147. Il laissait une femme, mais pas d'enfants.
Le lendemain après-midi, lorsque Ralph et moi arrivâmes au commissariat – cette semaine, nous étions de service de quatre heures à minuit – le capitaine Masterson avait d'autres renseignements pour nous.
— Tous les deux mois environ, la région est inondée de faux billets de vingt dollars. Ils proviennent tous de la même plaque et cette plaque a été gravée par Jerry Stockton, l'un des meilleurs graveurs que ce pays ait jamais connus.
J'opinai du chef.
— Et personne ne sait où est Stockton ?
— Oh, nous savons parfaitement où il est. Dans sa tombe. Il est mort dans une prison fédérale il y a une quinzaine d'années. (Masterson se renversa dans son fauteuil.) Stockton avait déjà purgé une peine pour avoir fabriqué de faux billets de dix dollars à une époque où un billet de dix dollars représentait encore quelque chose. Lorsqu'il est sorti,

il a trouvé une bonne place dans une entreprise de gravure. Celle-là était légale. Mais un an plus tard, il a brusquement disparu. Il était toujours en liberté conditionnelle à ce moment, alors naturellement cela a éveillé l'intérêt du gouvernement, ainsi que sa méfiance. Soit Stockton avait gravé un nouveau jeu de plaques, soit il s'apprêtait à le faire.

« Et, bien sûr, de faux billets de vingt dollars ont commencé à faire leur apparition à Portland, Oregon, et dans les environs. Les experts ont reconnu le travail de Stockton – ils m'ont dit que chaque graveur avait son style particulier – alors les inspecteurs du Trésor ont mené leur enquête dans la région et deux mois plus tard ils l'agrafaient. Il se planquait dans une ferme juste à la périphérie de Portland. Ils ont également trouvé les plaques et environ trois millions de dollars en faux billets de vingt.

— Ah, dis-je. Mais, de toute évidence, il y avait plus de faux billets imprimés qu'on ne le pensait ?

— En effet. Cinq ans après l'arrestation de Stockton, ils ont brusquement commencé à apparaître dans le Midwest. Et cela a continué régulièrement durant ces vingt-cinq dernières années.

Ralph avait une question.

— Comment se fait-il que l'on ait réussi à agrafer Stockton au bout de deux mois, mais que personne n'ait été capable de mettre la main sur le passeur ici en vingt-cinq ans ?

— Parce que, en Oregon, les inspecteurs du Trésor savaient qui ils cherchaient. Ils sont allés là-bas avec un tas de photos de Stockton et ils les ont montrées un peu partout. C'était une simple question de temps avant que Stockton se fasse repérer. Ensuite il ne leur restait plus qu'à l'arrêter. Mais ici c'est différent. Nous ne savons pas qui est le passeur, ou les passeurs, ni à quoi ils ressemblent.

— Capitaine, dis-je, j'aimerais que le département m'autorise à aller à Big Cedar Falls et à parler à la veuve de James L. Flanagan.

— Henry, fit Masterson, vous avez une théorie des plus

intéressantes, mais de fait nous n'avons rien de concret qui nous permette d'établir un lien entre Flanagan et les faux billets de vingt dollars. Ne serait-ce qu'un seul billet. (Puis il soupira.) Vous ne serez pas obligé de faire tout ce trajet jusqu'à Big Cedar Falls. Sa veuve est arrivée dans notre ville aujourd'hui et elle attend que le coroner en ait terminé avec le corps de son mari afin de prendre les dispositions nécessaires pour le faire ramener à Big Cedar Falls où il sera enterré. (Il me tendit un bout de papier.) C'est l'endroit où elle séjourne. Mais soyez prudent, Henry. Flanagan était le maire de Big Cedar Falls et un chef scout. Personnellement, je ne pense pas qu'il avait quoi que ce soit à voir avec cette affaire de fausse monnaie.

Ralph et moi nous rendîmes au 414 East Cumberland, l'adresse indiquée sur le papier. Nous constatâmes que c'était un immeuble de deux étages situé à moins d'un kilomètre du motel où Flanagan avait été tué.

Dans le hall de l'immeuble, j'examinai les boîtes aux lettres. Le numéro 306 était identifié par un seul mot : Flanagan.

Je me frottai le menton.

— Il y a une chose qui me chiffonne, Henry, dit Ralph. Si Flanagan écoulait de faux billets de vingt dollars, pourquoi achetait-il uniquement des savons ? Pourquoi pas des cigarettes à un endroit, des stylos à bille à un autre, et ainsi de suite ?

— Il est probable que lorsqu'il s'est lancé dans cette activité illicite il y a vingt-cinq ans, c'est exactement ce qu'il a fait, Ralph. Mais il s'est très vite aperçu que prendre vingt-cinq décisions ou plus par jour, et ce pendant plusieurs jours d'affilée, risquait de devenir extrêmement fatigant. Aussi a-t-il décidé de s'en tenir à un seul article pour chacune de ses randonnées. Hier, c'était le savon. Aujourd'hui, s'il était toujours en vie, cela aurait peut-être été des boîtes de thon.

Au deuxième étage je frappai à la porte de l'appartement 306.

Elle fut ouverte par une femme d'une cinquantaine d'années au visage paisible et au doux regard.

— Mrs Flanagan ? demandai-je.

— Oui.

Ralph et moi montrâmes nos plaques.

— Nous sommes désolés de vous importuner en un moment pareil, dis-je. Cependant, nous aimerions vous poser quelques questions au sujet de votre mari.

Elle nous pria d'entrer. L'appartement était plutôt petit, les murs garnis d'étagères surchargées de livres.

— Mrs Flanagan, dis-je. Vous et votre mari êtes originaires de Big Cedar Falls ?

— Eh bien, oui et non. Je suis née à Big Cedar Falls, mais pas Jimmy. Il était originaire de l'Oregon. Mais je pense qu'il n'aimait pas beaucoup l'Oregon, parce qu'il n'en parlait pratiquement jamais.

— Votre mari était le maire de Big Cedar Falls ?

Elle acquiesça.

— Combien était-il payé pour ce travail ?

— Sept cents dollars par an. C'était un travail peu astreignant, excepté le 4 juillet*, car ce jour-là il devait prononcer un discours et superviser le feu d'artifice.

Je m'éclaircis la gorge.

— Alors manifestement votre mari ne gagnait pas de quoi vivre en étant le maire de Big Cedar Falls ?

— Il était voyageur de commerce. Courtier d'assurances, dans le secteur de l'industrie. Et il était certainement un très bon courtier parce qu'il n'était pas obligé de voyager beaucoup pour mener une vie confortable. En fait, il s'absentait seulement quelques jours par mois.

— Vous est-il arrivé de voir ces brochures, catalogues, ou autre documentation, qu'un courtier d'assurances emporte habituellement avec lui ?

— Ma foi, non. La vérité, c'est que je ne m'intéresse pas

* Fête nationale aux États-Unis (*N. d. T.*).

du tout au monde des affaires. Je sais que cela devrait me donner mauvaise conscience, mais je ne suis qu'une femme d'intérieur, je fais beaucoup de jardinage et je fais partie de toutes les associations de notre ville. Cette année, nous avons dénoncé avec vigueur les déprédations commises dans le jardin public.

On frappa discrètement à la porte.

— C'est probablement Deirdre, déclara Mrs Flanagan. Ceci est son appartement.

Elle alla ouvrir et je vis devant moi une jeune femme tenant un sac d'épicerie dans ses bras. Elle avait dans les vingt-cinq, vingt-six ans. Cheveux noirs. Yeux bleus. Taille moyenne. Portant des lunettes. Et très jolie, mais le genre réservé.

Hmmm, pensai-je.

Mrs Flanagan fit les présentations.

— Deirdre est ma nièce. La fille de mon frère. Alors qu'elle avait dix ans, mon frère et sa femme ont été tués dans un accident de voiture, et Deirdre est venue vivre avec nous. Deirdre est maître assistante à l'université ici, et elle prépare un doctorat en philosophie. Le sujet de sa thèse est les mots croisés, les mots fléchés, et autres jeux croisés littéraires, et leur effet sur l'ego.

Deirdre me regarda avec circonspection.

Je souris.

— Entrepôt public ?

— Étape, répondit-elle.

— Scarabée à ressort ?

— Élatère. Habituellement. Parfois géotrupe. Ou stercoraire.

Elle épela les deux derniers noms.

— Terres qui peuvent être labourées ?

— Arables.

Je hochai la tête avec approbation.

— Élémentaire, bien sûr. Mais connaissez-vous un mot en cinq lettres pour le tibia de l'aborigène de Nouvelle-Guinée ?

Un téléphone sonna dans la kitchenette et Deirdre alla répondre. Elle revint dans le séjour un instant plus tard.

— C'est un certain capitaine Masterson. Il aimerait parler à l'un ou à l'autre.

Ralph se dévoua et alla dans la kitchenette.

Mrs Flanagan m'avait observé.

— Ainsi vous êtes policier? En fait, Jimmy a été policier, lui aussi. Shérif adjoint, dans l'Oregon. Mais il n'en parlait jamais, excepté un soir, voilà quelques années, lorsqu'il est rentré à la maison après un pique-nique des Kiwanis*. Il avait bu quelques bières de trop et cela l'a rendu loquace. Mais il n'a plus jamais abordé ce sujet.

Je me tournai vers Deirdre.

— Est-ce que vous avez une bicyclette?

— Oui. Un vélo à dix vitesses.

— Lorsque votre oncle venait en ville, il descendait toujours au Motel Sunset?

— Oui. Mon appartement est trop exigu, aussi préférait-il toujours passer la nuit là-bas.

Mrs Flanagan renchérit.

— J'irai à l'hôtel pour cette nuit. Deirdre n'a qu'une chambre à coucher et elle avait proposé de dormir sur le canapé, mais il n'en est pas question.

Je m'adressai à Deirdre.

— Étiez-vous au Motel Sunset aux environs de quatre heures et demie hier après-midi?

— Oui. Je passais par là et je me suis dit que je pouvais en profiter pour lui faire une petite visite, s'il était rentré. Mais j'ai vu que sa voiture n'était pas là, alors je suis partie.

— Êtes-vous retournée au motel plus tard dans la soirée?

Elle cligna des yeux d'un air méfiant.

— Non.

Ralph revint dans le séjour.

* Club international d'hommes d'affaires, style Rotary (*N. d. T.*).

— Bien, ils l'ont arrêté.

Je fronçai les sourcils.

— Ils ont arrêté qui ?

Ralph se tourna vers Mrs Flanagan.

— Le gosse qui a tué votre mari. Un gosse de seize ans qui habite à proximité. Il s'était procuré un pistolet de calibre 22 et il a décidé de tenter un braquage au motel. Il a cru que votre mari s'apprêtait à se jeter sur lui pour le désarmer, alors il a tiré. Ensuite il a paniqué et s'est enfui.

— Ralph, dis-je, il s'agit certainement d'une erreur.

— Pas d'erreur possible. L'empreinte de son pouce correspond à celle relevée sur le rebord de la vitre de la voiture de Flanagan. C'est de cette façon qu'on a pu remonter jusqu'au gosse. Il a déjà fait l'objet de plusieurs condamnations et ses empreintes sont au fichier. Ils font les tests balistiques sur son arme en ce moment. Ah, j'oubliais, il a avoué.

— Est-ce qu'ils ont trouvé la valise ? demandai-je.

— Non, Henry. Ils n'ont trouvé aucune valise.

Je me tournai vers Mrs Flanagan.

— Lorsque votre mari est parti, il avait bien une valise, n'est-ce pas ?

Elle réfléchit un moment.

— Je ne m'en souviens vraiment pas. Jimmy était plutôt expéditif, en ce qui concernait les bagages. La plupart du temps, il se contentait de fourrer quelques sous-vêtements propres dans un sac en papier et c'était terminé.

Quand Ralph et moi arrivâmes à notre voiture de patrouille garée devant l'immeuble, je dis :

— Ralph, j'ai oublié mon calepin là-haut. J'en ai pour une minute.

Lorsque je frappai à nouveau à la porte 306, Deirdre vint ouvrir.

— Oh ?

Je lui fis signe de sortir sur le palier, refermai la porte de l'appartement, puis l'emmenai vers le bout du couloir.

— Laissez-moi vous raconter une histoire, dis-je. Il était une fois un jeune officier de police dans l'Oregon, stationné quelque part à proximité de Portland. Un jour, il a participé à une descente de police sur une ferme où un certain Jerry Stockton, un faux-monnayeur *extraordinairement* doué, fut capturé. On trouva également trois millions de dollars en fausse monnaie et les plaques sur lesquelles ils avaient été imprimés. Sur le moment, les autorités pensèrent que tout l'argent imprimé avait été confisqué. Elles se trompaient.

« D'une manière ou d'une autre, ce jeune officier de police avait découvert une cache contenant d'autres faux billets. Mais il ne les a pas remis à qui de droit. Au lieu de cela, il les a dissimulés. Ensuite il a attendu cinq autres années avant de donner sa démission. Il a quitté l'Oregon, a parcouru la moitié du pays, et a pris une nouvelle identité. Finalement, il s'est établi dans une petite ville du nom de Big Cedar Falls. Il s'est marié. Il n'avait pas d'enfants, mais au moins une nièce. Il est devenu maire de la ville. Mais, chaque mois, il s'absentait pendant quelques jours. Pour venir dans cette ville. Peut-être dans d'autres également. Et il écoulait les faux billets de vingt dollars.

Elle eut un sourire admiratif.

— Vous avez une imagination phénoménale.

J'en convins.

— Et il a fait tout ça à l'insu de sa femme.

— À son insu ?

— Oui. Parce que si elle avait été au courant, je ne pense pas qu'elle aurait donné tous ces renseignements sur son mari aussi spontanément et aussi librement. (Je lançai un regard sévère à Deirdre.) Mais ses activités scélérates étaient parfaitement connues de sa nièce.

— Qu'est-ce qui vous fait croire ça ?

— Parce que je soupçonne que sa nièce était beaucoup plus curieuse que sa tante. Et j'imagine que très tôt elle a commencé à se demander si son oncle était vraiment un courtier d'assurances. Comment se faisait-il qu'il soit chez lui aussi souvent ? Elle a probablement fureté et elle l'a espionné, à tel point qu'il a fini par tout lui raconter.

— Pourquoi pensez-vous qu'il lui a tout raconté ?

— Parce que hier après-midi à quatre heures et demie elle est arrivée au Motel Sunset et a demandé quel bungalow occupait son oncle.

Ses yeux se voilèrent à ce souvenir.

— Je ne vois pas ce que cela prouve.

Je souris.

— Lorsqu'elle a demandé le numéro du bungalow de son oncle, elle n'a pas demandé le numéro de *James Flanagan*, elle a demandé le numéro d'*Albert Johnson*.

— Oh, dit-elle.

J'opinai du chef.

— En d'autres termes, elle savait que son oncle s'était inscrit ici sous un nom d'emprunt. Et sachant cela, est-ce trop tiré par les cheveux de supposer qu'elle savait également *pourquoi* il utilisait un nom d'emprunt ?

Elle prit un ton de reproche :

— Pourquoi n'a-t-elle pas livré son oncle à la police dès qu'elle a appris qu'il écoulait de la fausse monnaie ?

— Oh, voyons. Si vous aviez un oncle qui vous a recueillie à la mort de vos parents, qui vous a nourrie, élevée, et a veillé à ce que vous receviez une bonne instruction, est-ce que vous le livreriez à la police ? Ce n'est pas comme un meurtre, vous savez.

Puis elle sourit.

— Elle ne reconnaît rien. Je crois savoir que quatre cents dollars environ en billets ont été trouvés près du corps de cet oncle. Je vous parierais qu'il n'y avait pas un seul faux billet de vingt dollars parmi eux.

— Exact. Mais je réalise maintenant que cet oncle avait juste fini de changer son quota de faux billets de vingt dollars pour la journée et dans ces conditions, bien sûr, il était peu probable qu'il en ait encore dans son portefeuille. Cependant, il en avait certainement d'autres quelque part près de lui. Je doute fort qu'il ait fait tout ce trajet jusqu'ici pour passer une seule journée à changer des faux billets de vingt dollars. Et ce sont ces autres faux billets de vingt dollars qui ont disparu.

— Vous ne le dites pas ?

Je le dis.

— Je crois que cette nièce est revenue au motel plus tard dans la soirée pour voir son oncle et qu'elle a découvert son corps. Elle savait qu'il avait d'autres faux billets avec lui et elle a compris que, si la police les trouvait, elle ferait le rapprochement avec cette affaire de fausse monnaie, et les activités de son oncle seraient étalées au grand jour. Cela signifierait la honte et le déshonneur pour sa tante bien-aimée qui vit dans une petite ville et qui souhaite y rester. Ou bien cette nièce était-elle en fait la complice de son oncle ?

— Plutôt un bénéficiaire, dirais-je. Jusqu'à ce qu'elle soit en mesure de gagner sa vie.

Je hochai la tête.

— Alors elle a pris les faux billets qu'il avait encore – ils se trouvaient probablement dans sa voiture – et elle est partie à vélo. Supposons que j'obtienne un mandat pour perquisitionner chez cette nièce ?

— Vous vous donneriez tout ce mal uniquement pour trouver ce qui sera probablement une serviette en cuir vide ?

Je me crispai. Mais bien sûr. Pas une valise. Une *serviette en cuir*.

— Il est probable que cet oncle n'avait pas apporté ici toute sa réserve de faux billets. Vous croyez que cette nièce sait où se trouvent les autres billets ?

— Peut-être.

— Et cette nièce est-elle disposée à coopérer pleinement avec la police et à dire tout ce qu'elle sait ?

— Non. Cela irait à l'encontre de ses intentions, vous ne pensez pas ?

— Très bien, dis-je d'un ton sévère. Puisque je ne dispose d'aucune preuve concrète, je suis obligé de laisser cette affaire en l'état. (Je la menaçai du doigt.) Toutefois, je dois avertir cette nièce que je resterai vigilant, en ce qui concerne la fausse monnaie. Si des faux billets de vingt dollars sont à nouveau écoulés, je reprendrai cette affaire et je la mènerai à son terme sans rémission.

— Compris, m'sieur.

Lorsque je montai dans la voiture, Ralph me demanda :

— Pourquoi as-tu mis autant de temps ?

— Nous avons discuté.

Ralph démarra et s'inséra dans la circulation.

— Eh bien, Henry, ce n'était pas une histoire de syndicat et Flanagan n'avait rien à voir avec cette affaire de faux billets de vingt dollars. Mais je ne comprends toujours pas pourquoi il avait ces vingt-trois sacs en papier contenant des savons à l'arrière de sa voiture.

J'eus un petit rire.

— Ralph, comme d'habitude, tu ne vois pas l'essentiel. Les savons n'étaient pas du tout l'élément important. C'était les tickets de caisse.

— Les tickets de caisse ?

— Tu as complètement oublié que Flanagan était un chef scout qui se dépensait sans compter pour ses petits protégés. Mrs Flanagan m'a appris que l'un d'eux, Baldwin Brettschneider, un garçon plein d'allant, faisait la collection de tickets de caisse comme d'autres personnes font la collection de timbres, de pièces de monnaie, ou de pochettes d'allumettes. Flanagan lui avait promis de prendre autant de tickets de caisse qu'il le pourrait durant son séjour ici. Baldwin a une collection très importante et il a l'intention de l'exposer au stand des passe-temps lors de la prochaine kermesse du comté.

Ralph conduisit un moment sans rien dire.

— Henry, je t'ai suivi jusqu'à « un garçon plein d'allant », mais ensuite je n'ai plus rien compris. Qu'est-ce que tu essaies de dissimuler ?

— Je te le dirai un jour, Ralph. Mais pas cette année.

À la fin de notre service, Ralph me déposa devant chez moi. Je me préparais un sandwich de minuit dans ma kitchenette lorsque le téléphone sonna.

— Turnbuckle ? demanda Deirdre. L'inspecteur Henry Turnbuckle ?

— Le seul et unique inscrit dans l'annuaire du téléphone, dis-je avec fierté.

Il y eut un silence momentané.

— Bon sang, Henry, quel *est* le mot en cinq lettres pour le tibia d'un aborigène de Nouvelle-Guinée ?

— J'ai oublié pour le moment. Mais je pourrais chercher. Est-ce que vous avez des ouvrages de référence dans votre appartement ?

— Des tas.

— Parfait. Je serai chez vous dans une demi-heure.

J'enfilai mon blouson orange et rabattis le capuchon. Au rez-de-chaussée, je vérifiai mon cataphote et ma lanterne. Puis j'ôtai la chaîne, enfourchai mon vélo et commençai à pédaler pour me rendre chez Deirdre.

IL Y A DES JOURS COMME ÇA

Je pris les formulaires appropriés et revins vers notre bureau.

— Quel est le nom de cette personne qui a disparu ?

— Helmuth Pringle, dit Mrs Watson. C'est mon frère et il vit avec mon mari et moi.

Mrs Watson avait dans les quarante-cinq ou quarante-six ans.

Ralph me regarda taper le nom sur la machine à écrire puis se dirigea vers l'un des téléphones sur un autre bureau.

— Depuis combien de temps votre frère a-t-il disparu ? m'enquis-je.

— Depuis hier soir vers les sept heures.

Il était maintenant dix heures du matin.

Elle continua :

— Helmuth est allé se promener comme il le fait toujours après dîner. Et d'habitude il rentre à la maison à huit heures. Mais huit heures ont sonné, ont passé, et il n'est pas rentré.

J'obtins les renseignements complémentaires, à savoir que Helmuth mesurait approximativement un mètre quatre-vingt-douze, avait des cheveux châtain clair, était âgé de 48 ans, et pesait dans les 85 kilos.

— Et lorsque votre frère n'est pas rentré à huit heures, vous avez commencé à vous inquiéter ?

— Eh bien, pas trop, sur le moment. De temps en temps,

il entre dans un bar pour boire quelques bières et il ne voit pas l'heure passer. Aussi je n'était pas trop inquiète lorsque je me suis couchée à dix heure trente. Helmuth avait une clé et il pourrait ouvrir la porte quand il rentrerait.

— Mais il n'est pas rentré ?

— Non. Ce matin, lorsque j'ai regardé dans sa chambre, j'ai vu que son lit n'avait même pas été défait. Alors je suis venue vous trouver.

Ralph revint vers notre bureau.

— J'ai appelé l'Hôpital Général du comté et ils n'ont aucun Helmuth Pringle. (Il expliqua à Mrs Watson :) C'est là où les gens sont habituellement transportés quand ils sont blessés à la suite d'un accident de voiture ou quelque chose de ce genre.

— Quel est son numéro de Sécurité sociale ? demandai-je.

Elle cligna des yeux.

— Pourquoi voulez-vous savoir cela ?

— Nous pourrions en avoir besoin. Des gens disparaissent, trouvent du travail ailleurs, mais d'habitude ils continuent d'utiliser leur propre nom et de payer leurs cotisations pour la Sécurité sociale. C'est pourquoi, naturellement, la Sécurité sociale a leur nouvelle adresse.

— Hum, fit-elle d'un air pensif, je ne crois pas que Helmuth ait jamais eu un numéro de Sécurité sociale.

Je fus quelque peu surpris.

— Au jour d'aujourd'hui, à peu près tout le monde a un numéro de Sécurité sociale. Quelle est sa profession ?

— Il est à la retraite, dit-elle vivement.

Je regardai le formulaire à nouveau. Ce devait être agréable d'être retraité à 48 ans.

— Avait-il quelque raison de partir ? Une dispute, peut-être ?

— Non. Il était tout à fait heureux avec nous. Et s'il avait eu envie d'aller quelque part, je suis sûre qu'il nous l'aurait dit avant de partir.

Je m'efforçai de la rassurer.

— Peut-être a-t-il été atteint d'amnésie. Une amnésie passagère. Mais dès qu'il se souviendra de regarder son permis de conduire, il saura qui il est et rentrera à la maison.

— Il n'a pas de permis de conduire. Il ne sait pas conduire.

— Allons, il a certainement des papiers d'identité dans son portefeuille. Des cartes de crédit ?

— Il n'avait pas confiance dans les cartes de crédit. Les siennes, du moins. (Elle hésita, comme si elle en avait dit un peu trop.) En fait, maintenant que j'y pense, je ne crois pas qu'il avait un portefeuille sur lui. D'habitude, il emportait juste un petit porte-monnaie vert où il mettait quelques billets de banque pliés et de la petite monnaie.

Ralph prit le téléphone, cette fois celui sur notre bureau, et appela à nouveau l'Hôpital Général.

Lorsqu'il raccrocha, il déclara :

— Aucune personne non identifiée n'a été transportée à l'Hôpital Général.

Mrs Watson s'éclaircit la voix.

— Euh, il est *très* possible qu'il ait eu sur lui le portefeuille de quelqu'un d'autre.

— Pourquoi aurait-il eu sur lui le portefeuille de quelqu'un d'autre ? voulut savoir Ralph.

Elle était manifestement dans ses petits souliers.

— Eh bien, le hasard a voulu qu'hier il trouve un portefeuille. Dans la rue. Et il m'avait dit qu'il avait l'intention de le rapporter à son propriétaire. Mais peut-être a-t-il oublié et dans ce cas il aurait toujours ce portefeuille sur lui.

— Est-ce que vous vous souvenez du nom du propriétaire du portefeuille ? demandai-je.

— Non. Helmuth ne me l'a pas montré. Il a juste dit qu'il l'avait trouvé.

Ralph et moi réfléchîmes à cela pendant trente secondes puis je pris le téléphone et appelai l'Hôpital Général encore une fois. Ralph décrocha l'autre téléphone pour écouter.

Lorsque j'eus l'hôpital, j'annonçai :
— Ici l'inspecteur Henry S. Turnbuckle du département de police de Milwaukee. Je voudrais savoir si un homme âgé de quarante-huit ans, cheveux châtains, taille un mètre quatre-vingt-douze, poids quatre-vingt-cinq kilos environ, a été admis chez vous hier soir après sept heures ?
Il s'ensuivit un silence pendant que l'employé consultait manifestement le registre des admissions. Puis il déclara :
— Nous avons quelqu'un qui répond à peu près à votre description. Sauf qu'il est âgé de quarante-neuf ans. Il a été transporté ici vers sept heures et demie. Mort à l'arrivée. Il avait été renversé par un chauffard qui a pris la fuite. Son nom était Albert Hennessey et il venait de Spoon Junction. C'est une petite ville à environ cent cinquante kilomètres au nord-ouest d'ici.
J'en avais entendu parler, bien sûr.
— Le corps est toujours chez vous ?
— Non. Nous l'avons gardé le temps nécessaire pour confirmer qu'il était mort puis nous l'avons remis à vos services. Cela regarde la police maintenant. Il devrait être arrivé chez vous, à la morgue, à l'heure actuelle.
J'appelai notre morgue au sous-sol et j'eus Harry Schleigel, l'employé de service. Je l'interrogeai au sujet du corps.
Il confirma le rapport de l'Hôpital Général.
— Albert Hennessey. Nous avons été le chercher hier soir vers les dix heures.
— Vous avez dressé une liste de ses objets personnels ?
— Bien sûr. Mouchoir, peigne, portefeuille, porte-monnaie.
— De quelle couleur est le porte-monnaie ?
— Ce n'est pas indiqué ici.
— Nous descendons tout de suite pour jeter un coup d'œil au corps.
— Il n'est plus ici.
— Pourquoi cela ?
— Sa nièce l'a fait prendre. Nous lui avions téléphoné

pour lui apprendre la mauvaise nouvelle et elle est tout de suite venue en voiture, a identifié le corps et a pris des dispositions pour qu'on vienne le prendre. L'établissement de pompes funèbres Mathewson.

J'étais pensif.

— Cet établissement se trouve ici en ville, n'est-ce pas ?

— Exact. Ils sont venus chercher le corps il y a une heure environ.

Je raccrochai et me tournai vers une Mrs Watson livide.

— Bien. Finalement, le corps n'est pas celui de votre frère. Je suis certain qu'il se porte comme un charme et qu'il rentrera dans quelques jours ou, au moins, vous fera savoir où il est. Est-ce que vous avez des photographies de votre frère ?

Elle sortit de son sac plusieurs instantanés et me les tendit.

Ralph et moi la regardâmes partir.

Ordinairement, dans un cas de personne disparue, nous laissons le temps régler le problème. Premièrement, disparaître n'est pas un crime en soi – du moins, en ce qui concerne la police. Et deuxièmement, la plupart des personnes disparues rentrent chez elles au bout de deux jours, et 95 % au bout d'une semaine. Les disparitions plus longues ou permanentes ne représentent qu'une minorité. Et un plus petit nombre encore intéresse directement la police.

— C'est bizarre, dis-je.

— Qu'est-ce qui est bizarre ? demanda Ralph comme de juste.

— Cette nièce s'est adressée à un établissement de pompes funèbres situé ici en ville.

— Qu'est-ce que cela a de bizarre ? Ils assureront probablement le transport du corps jusqu'à Spoon Junction.

— Mais est-ce que cela n'aurait pas été beaucoup plus simple et moins coûteux de demander à un entrepreneur de pompes funèbres de Spoon Junction de venir *ici* pour prendre le corps et le ramener à Spoon Junction ?

— C'est la même distance dans les deux sens, Henry, quel que soit celui qui se charge du transport.

— D'accord, mais si l'entreprise de pompes funèbres Mathewson transporte le corps là-bas, c'est probablement une autre entreprise de pompes funèbres qui sera chargée de l'enterrement lui-même, non ? Enfin, c'est certainement une question d'éthique. Tout simplement, une entreprise de pompes funèbres ne procède pas à une inhumation sur le territoire d'une autre entreprise de pompes funèbres. Ainsi donc, est-ce qu'il n'aurait pas été plus judicieux que l'entrepreneur de pompes funèbres de Spoon Junction se charge du transport du corps *et* de l'inhumation ?

Ralph se frotta la joue, sidéré par l'ingéniosité de mon raisonnement.

— Cette nièce était peut-être tellement bouleversée par la mort de son oncle qu'elle n'a pas réfléchi à cela.

— Possible. Mais je crois plutôt qu'un entrepreneur de pompes funèbres se conformant à l'éthique de sa profession lui aurait signalé qu'elle avait avantage à s'adresser à son croque-mort local, et jusqu'à nouvel ordre nous présumerons que tous les entrepreneurs de pompes funèbres se conforment à l'éthique de leur profession.

Je me levai.

— Descendons à la morgue.

Au sous-sol, Harry Schleigel était assis à son bureau.

J'allai droit au but.

— Êtes-vous certain que la nièce a identifié le corps comme étant celui de son oncle, Albert Hennessey ?

Il montra les papiers sur son bureau.

— D'après ces papiers, elle l'a fait. Mais je n'était pas de service lorsqu'elle est venue ici.

— Qui était de service ?

— Charley Thurston. Il travaille de minuit à huit heures du matin.

— Auriez-vous par hasard jeté un coup d'œil au corps quand les employés des pompes funèbres sont venus le chercher ?

— Bien sûr.

Je lui montrai les instantanés de Helmuth Pringle.

— Est-ce que vous reconnaissez cet homme ?

Harry hocha la tête.

— C'est le macchabée dont vous parlez. Albert Hennessey. De Spoon Junction.

J'eus un sourire de triomphe contenu.

— Ce n'était pas Albert Hennessey de Spoon Junction. C'était Helmuth Pringle de Milwaukee. Vous avez dit que Charley Thurston était de service de minuit à huit heures du matin ? Quel est son numéro de téléphone ?

Harry le chercha et je le composai.

Apparemment, Thurston dormait lorsque le téléphone avait sonné. Je lui résumai la situation.

— Eh bien, dit-il, j'ai téléphoné à la nièce un peu après minuit, lorsque j'ai pris mon service. Cela aurait dû être fait plus tôt, mais Clarence – il est de service de quatre heures de l'après-midi à minuit – n'aime pas beaucoup téléphoner aux gens pour leur dire que leurs êtres chers sont morts, alors il m'a refilé cette corvée.

— Qu'a dit la nièce lorsque vous lui avez appris que son oncle était mort ?

Il réfléchit un moment.

— Elle a dit, « Oh, non, c'est impossible ».

— Ah, ha, dis-je. Et quoi d'autre ?

— Je lui ai donné une description du corps et elle a dit qu'elle prenait sa voiture et venait tout de suite. Elle est arrivée ici vers deux heures et demie du matin.

— Elle a identifié le corps comme étant celui de son oncle ?

— Exact.

Je le laissai se rendormir et composai le numéro de l'entreprise de pompes funèbres Mathewson. Je déclinai mon identité et dis :

— Avez-vous un corps dans votre établissement qui vous a été présenté comme étant celui d'un certain Albert Hennessey ?

— Oui. Nous avons été chercher le défunt à votre morgue. La nièce du défunt, Alicia Hennessey, également de Spoon Junction, nous avait téléphoné et appris les circonstances. Lorsque mes employés sont arrivés ce matin à huit heures, je les ai envoyés prendre le corps.

— Cette nièce vous a-t-elle demandé de ramener le corps de son oncle à Spoon Junction?

— Non. Elle nous a demandé de l'incinérer.

Je fus atterré.

— Et vous l'avez fait?

— Nous ne procédons pas avec une telle hâte.

J'eus un sourire crispé.

— N'incinérez ce corps sous aucun prétexte. Ceci regarde désormais la police. La nièce en question vous a-t-elle donné une adresse où on pouvait la joindre? Un hôtel ou un motel dans les environs?

— Non, elle a dit qu'elle rentrait directement à Spoon Junction et qu'elle reviendrait plus tard pour prendre les cendres.

Ralph et moi prîmes l'ascenseur pour regagner la salle des inspecteurs.

— Ralph, dis-je, quand un homme trouve un portefeuille dans la rue et que les papiers d'identité indiquent que son propriétaire habite à quelque cent cinquante kilomètres de distance, il est peu probable qu'il ait l'intention de restituer personnellement ce portefeuille à son propriétaire. Surtout s'il ne sait pas conduire.

Nous nous rendîmes à la brigade des Vols et je montrai au sergent Withers, un vieux de la vieille – il est dans la police depuis 25 ans – les instantanés de Helmuth Pringle.

Withers le reconnut.

— C'est Helmuth la Main.

Je laissai Ralph demander:

— Helmuth la Main?

— L'un des meilleurs pickpockets de cette ville, déclara Withers. Il a fait ça toute sa vie et s'est fait pincer plusieurs fois.

Je hochai la tête d'un air entendu.

— Cela explique pourquoi il n'avait pas de numéro de Sécurité sociale. Je ne pense pas que sa profession soit reconnue par la Sécurité sociale.

Ralph et moi allâmes trouver le capitaine Masterson dans son bureau et je lui fis part de toutes les informations que nous avions recueillies jusqu'ici.

Masterson haussa les épaules.

— Elle s'est trompée lorsqu'elle a identifié le corps, voilà tout !

— Possible, dis-je. Néanmoins, j'aimerais approfondir cette affaire. Je sollicite l'autorisation de me rendre à Spoon Junction afin d'avoir un entretien avec Alicia Hennessey.

Il soupira.

— Qu'est-ce que vous mijotez encore, Henry ?

J'eus un sourire sévère.

— Je flaire un meurtre, capitaine. Un meurtre.

Il y eut un silence de circonstance tandis que Ralph et le capitaine Masterson me considéraient. Puis le visage de ce dernier devint un tantinet pensif.

— Entendu, Henry, prenez une voiture et faites votre petit voyage.

Lorsque nous le quittâmes, il réfléchissait toujours.

Ralph et moi nous rendîmes au garage de la police et prîmes une voiture. Ralph se mit au volant et nous partîmes pour Spoon Junction.

— Henry, dit Ralph, pourquoi Helmuth la Main avait-il gardé sur lui le portefeuille de sa victime ? Pourquoi n'a-t-il pas pris l'argent et jeté le portefeuille, tout simplement ?

— Ralph, nous vivons à l'ère des carnets de chèques et des cartes de crédit. Les gens ne portent plus des sommes en espèces importantes sur eux. Je serais tenté de dire que aujourd'hui la principale source de revenus d'un pickpocket provient non pas des espèces, mais des cartes de crédit qu'il trouve dans le portefeuille de sa victime. Il les utilise de façon prodigue pendant un jour ou deux puis il jette le portefeuille et son contenu. (Je regardai le paysage qui défilait puis j'eus un petit rire.) Les mots, les mots !

Ralph quitta la route des yeux un instant.

— Quels mots ?

— Les mots qu'emploient les gens, et quand, et pourquoi. Par exemple, lorsqu'on lui a annoncé la mort de son oncle, les premiers mots d'Alicia Hennessey ont été « Oh, non, c'est impossible ! ».

— Et alors ? Lorsque des gens reçoivent une nouvelle qu'ils n'ont pas envie de croire, ils disent des choses comme « Oh, non, c'est impossible », ou « Je n'en crois rien ! ».

— Tout à fait exact. Néanmoins, à la lumière d'autres choses, je suis convaincu que lorsque Alicia Hennessey a dit, « Oh, non, c'est impossible ! », elle ne réagissait pas à une mauvaise nouvelle, elle énonçait simplement un fait. Son oncle était bel et bien en vie, et elle le savait. Très probablement, au moment de l'appel téléphonique, il dormait paisiblement dans son lit.

— Alors pourquoi a-t-elle dit qu'elle venait tout de suite pour identifier le corps ?

— Parce qu'à cet instant a jailli dans son esprit l'un des projets criminels les plus implacables que nous ayons jamais rencontrés, Ralph. Alicia Hennessey savait qu'il s'agissait certainement d'une erreur. Et puis elle s'est rappelé que son oncle *était allé* à Milwaukee récemment et qu'on lui *avait* volé son portefeuille durant son séjour là-bas. Et lorsque l'employé de la morgue a entrepris de lui décrire le cadavre, elle a compris que cela correspondait à la description physique de son oncle. J'imagine que Helmuth la Main se faisait une règle de porter son attention sur les portefeuilles de personnes qui lui ressemblaient physiquement un tant soit peu, afin de pouvoir utiliser leurs cartes de crédit sans le moindre problème.

Ralph soupira.

— Et alors tu penses qu'elle a assassiné son oncle, a caché son corps, puis est venue identifier le cadavre dans notre morgue comme étant celui de son oncle ?

— Pas dans cet ordre, Ralph. Cela m'étonnerait qu'elle ait agi d'une manière aussi inconsidérée. Non, *d'abord* elle s'est demandé *si* elle pouvait commettre ce meurtre en toute impunité, et elle a décidé d'approfondir la question. Alors elle a quitté discrètement la maison, a pris sa voiture et est venue à Milwaukee, et elle a « identifié » le corps comme étant celui de son oncle. Et elle a découvert que c'était très facile de le faire incinérer ici, et personne ne se douterait jamais de rien. *Ensuite* elle est rentrée à Spoon Junction et elle a assassiné son oncle.

Ralph conduisit en silence un moment.

— Il y a une chose qui me chiffonne.

— Qu'est-ce que c'est ?

— Parfois tu as raison.

— Ralph, dis-je, ou bien *elle* a assassiné son oncle à son retour, ou bien c'est son complice qui l'a assassiné.

Ralph me lança un regard presque furieux.

— Quel complice ? Où as-tu trouvé ça ?

— Ralph, quand tu dois te débarrasser d'un corps pesant 85 kilos, est-ce que tu crois qu'une femme seule a la force de transporter ce corps depuis une chambre à coucher au premier étage jusqu'au jardin, encore moins de creuser la tombe ?

Pour quelque raison Ralph semblait sur le point d'exploser.

— Comment sais-tu que son oncle dormait dans une chambre au premier étage ?

— Parce qu'il est riche, ou à tout le moins fortuné. L'argent est habituellement le mobile pour tuer des oncles. Et étant riche et vivant dans une petite ville, il habitait sans aucun doute une maison cossue, plutôt que l'un de ces immeubles ordinaires, et les maisons cossues ont immanquablement leurs chambres à coucher au premier étage, excepté celles des domestiques, bien sûr.

Nous arrivâmes à Spoon Junction vers une heure de l'après-midi. Un panneau à l'entrée indiquait que cette ville comptait 3204 habitants. Nous trouvâmes l'hôtel de ville et déclinâmes nos identités respectives au chef de la police de Spoon Junction, un certain Gullickson.

Gullickson était un homme d'âge mûr, à la face rubiconde, et pesait dans les 120 kilos.

— Que puis-je faire pour vous ? s'enquit-il.

Ralph le lui apprit.

— Nous enquêtons sur la possible identification erronée d'un corps à Milwaukee par l'un de vos concitoyens. C'est une simple formalité, mais nous aimerions tirer cette affaire au clair.

Gullickson acquiesça aimablement.

— Qui a fait cette identification erronée ?

— Une certaine Miss Alicia Hennessey, répondit Ralph. Elle est venue à Milwaukee et a identifié le corps d'un homme écrasé par un chauffard comme étant celui de son oncle. Seulement, nous savons maintenant que ce n'est pas son oncle.

Gullickson réfléchit un moment.

— Pourquoi aurait-elle fait une chose pareille ?

Naturellement, je souris.

— Nous sommes ici pour le découvrir, chef. Pourriez-vous nous dire où habite Alicia Hennessey ?

— Je ferai mieux que ça. Je vais vous y conduire moi-même.

Ralph et moi montâmes dans sa voiture de patrouille et il démarra.

— Cette Miss Hennessey, dis-je. Est-ce qu'elle est fiancée ? Peut-être à un homme plutôt robuste ?

— Pas que je sache. Ma femme est au courant de tout ce qui se passe dans cette ville et elle me l'aurait dit. Pourquoi ?

— Miss Hennessey est-elle populaire ? A-t-elle beaucoup d'amis au corps d'athlète ?

Il haussa les épaules.

— D'après ma femme, elle est du genre casanier, comme qui dirait.

Gullickson tourna dans une rue résidentielle paisible et bordée d'ormes monumentaux. Une centaine de mètres plus loin, il se gara près du trottoir devant une imposante demeure de deux étages se dressant largement en retrait de la rue et comportant un parc de deux hectares environ tenu de façon irréprochable.

J'aperçus un jeune homme à la forte carrure : il était à genoux et prodiguait ses soins à un massif de roses.

— Qui est-ce ?

— Clarence Tuttle, dit Gullickson. C'est le jardinier et le régisseur. La propriété est suffisamment étendue pour que ce soit un travail à temps complet.

Je hochai la tête d'un air entendu.

— Tout cela me fait penser à *L'Amant de Lady Chatterley*.

Ralph parut surpris.

— D'habitude, les choses te font penser à *La Lettre volée*.

— Pas cette fois, Ralph. (J'observai d'un regard sévère le jeune homme agenouillé.) Un couple étrange, en vérité ! La lady et son amant. Si différents par leur nature, par leur situation sociale. Et pourtant ils étaient attirés l'un vers l'autre magnétiquement, irrésistiblement !

Gullickson regarda Tuttle, lui aussi.

— J'ai vu le film. J'ai entendu dire qu'on en avait fait un livre.

À présent, je promenai mes regards sur le domaine.

— Il y a une chose curieuse à propos des corps.

Gullickson haussa un sourcil.

— Quels corps ?

J'eus un sourire énigmatique, bien sûr.

— Je réfléchissais simplement que chaque fois qu'une personne désire se débarrasser d'un corps encombrant, presque invariablement elle l'enterre dans son jardin. Pour ainsi dire, dans certains cas. Probablement parce que ladite personne sait qu'elle peut l'enterrer sans courir le risque d'être aperçue au cours de l'acte ou d'être arrêtée pour violation de propriété. (Je mis fin habilement à cette rêverie.) À présent, entrons-nous pour voir Miss Hennessey ?

Gullickson hésita.

— Euh, passez devant, vous deux. Je vous rejoindrai plus tard.

Ralph et moi remontâmes la longue allée vers la porte d'entrée et sonnâmes. Lorsque je tournai la tête, je vis que Gullickson parlait à Clarence Tuttle.

Une domestique nous ouvrit. Ralph et moi montrâmes nos plaques, indiquâmes qui nous désirions voir, et elle nous conduisit dans un petit salon donnant sur la terrasse.

Au-dehors, j'aperçus Gullickson et Tuttle flânant apparemment dans le parc. Je fronçai les sourcils. En avais-je trop dit? Gullickson essayait-il de marcher sur mes plates-bandes, expression de circonstance?

Au bout de dix minutes, une jeune femme de vingt-cinq ou vingt-six ans entra dans la pièce. Elle avait des yeux d'un vert intense et ne semblait guère affligée par la perte de son oncle.

— Je suis désolée de vous avoir fait attendre, mais je rattrapais du sommeil.

J'allai droit au but.

— Miss Hennessey, étiez-vous, ou n'étiez-vous pas, à Milwaukee très tôt ce matin et avez-vous, ou n'avez-vous pas, identifié un corps humain à la morgue municipale de Milwaukee comme étant celui d'un certain Albert Hennessey, votre oncle?

Elle cligna des yeux.

— Vous êtes venus jusqu'ici uniquement à cause de cela?

— Veuillez répondre à ma question. Oui ou non.

— Oui.

J'eus un sourire pincé.

— Miss Hennessey, nous sommes venus ici pour vous dire que nous savons que le corps que vous avez soi-disant identifié n'est absolument pas celui de votre oncle.

Elle sembla m'étudier.

— Je suppose que je me suis trompée. La vérité, c'est que je n'ai pas regardé le corps.

— Le préposé à la morgue affirme le contraire.

— Eh bien, j'étais là-bas, c'est vrai, mais lorsque l'employé a sorti ce tiroir et a commencé à relever le drap pour découvrir le visage du mort, j'ai été incapable de regarder. J'ai fermé les yeux et j'ai juste dit, « Oui, c'est oncle Albert ».

— Pourquoi ?

— Parce qu'on m'avait déjà montré le portefeuille d'oncle Albert et le préposé à la morgue m'avait décrit le corps au téléphone, et je pensais que la police ne pouvait pas se tromper. Et en outre, c'était une simple formalité, non ?

— Si vous aviez fermé les yeux, ainsi que vous le prétendez, le préposé à la morgue s'en serait certainement aperçu et il m'aurait signalé ce fait.

— Il ignorait que j'avais fermé les yeux. Je portais des lunettes de soleil.

J'eus un petit rire.

— Vous portiez des lunettes de soleil dans la morgue au sous-sol de l'hôtel de ville à deux heures et demie du matin ?

— J'avais beaucoup pleuré et j'avais les yeux rougis, et je ne voulais pas qu'on me voie dans cet état. Alors j'ai mis ces lunettes de soleil juste avant de pénétrer dans le bâtiment.

Ralph accepta son explication.

— Cela me semble normal.

Par les portes-fenêtres je vis le chef Gullickson et Clarence Tuttle disparaître dans un angle mort entre le garage et un appentis.

Je me tournai vers Miss Hennessey.

— Mais pourquoi avez-vous pris des dispositions aussi précipitées pour faire incinérer le corps à Milwaukee ? Pourquoi n'avez-vous pas voulu qu'il soit ramené ici ?

— Parce que oncle Albert m'avait dit qu'il n'accordait aucune importance aux services funèbres, et de plus il désirait être incinéré et que ses cendres soient dispersées dans les eaux du lac Michigan. Et le lac Michigan se trouve là-bas, près de Milwaukee, comme vous le savez. Alors j'ai pensé qu'il était parfaitement inutile de faire transporter le corps jusqu'ici, puisque tout pouvait être fait sur place.

Je souris, pas le moins du monde décontenancé.

— Étant donné que le corps n'était pas celui de votre oncle, alors votre oncle est certainement encore en vie. Pourrais-je lui parler ? Ou bien a-t-il brusquement décidé de faire un long voyage et personne ne sait quand il reviendra ?

— Oh, non, dit-elle. Il est rentré de Milwaukee ce matin. En fait, c'est lui qui descend l'escalier en ce moment.

Je regardai par la porte ouverte du salon. J'aperçus un homme d'une cinquantaine d'années, pesant approximativement 85 kilos et mesurant dans les un mètre quatre-vingt-dix. Il semblait regarder d'un air renfrogné une revue de mots croisés qu'il tenait dans une main.

Je ne m'avouai pas vaincu aussi facilement.

— Combien d'oncles avez-vous au juste ?

— Un seul. (Elle se tourna vers lui quand il entra dans la pièce.) Mon oncle, ces deux policiers sont venus de Milwaukee pour éclaircir ce malentendu à la morgue.

Oncle Albert, si c'était lui, hocha la tête.

— J'étais allé là-bas pour affaires et on m'a volé mon portefeuille. D'une manière ou d'une autre, cet homme écrasé par un chauffard l'avait sur lui et la police a supposé qu'il était moi et a téléphoné à Alicia.

Alicia sourit.

— Franchement, quand oncle Albert est rentré ici à dix heures ce matin, j'ai cru que je voyais un fantôme.

Oncle Albert corrobora ses dires.

— Une fois Alicia remise de ses émotions, je lui ai fait boire un petit remontant et lui ai dit d'aller se coucher, et puis j'ai appelé la police de Milwaukee afin de redresser la situation. J'ai parlé à un certain capitaine Masterson et il m'a appris que vous aviez pris la route tous deux pour venir ici et débrouiller cette affaire. Il était manifestement trop tard pour qu'il puisse vous joindre.

Je regardai à nouveau par la porte-fenêtre. Le chef

Gullickson et Tuttle étaient réapparus. Gullickson passa les menottes à Tuttle.

Je fermai les yeux.

— L'un de vous connaîtrait-il par hasard un mot en huit lettres pour agent de change ? demanda oncle Albert.

— Cambiste, répondis-je automatiquement.

Il sentit qu'il tenait un bon filon.

— Un mot en quatre lettres pour voie cérébrale ?

— Iter. C'est également un chemin romain.

— Houlà ! s'exclama Alicia. J'admire vraiment un homme qui possède un tel vocabulaire pour les mots croisés !

— Henry est l'un des membres fondateurs de l'Association des Cruciverbistes du Wisconsin, intervint Ralph. En fait, il a été élu commissaire.

Je haussai les épaules.

— Probablement à cause de ma profession.

Gullickson et Tuttle franchirent une porte-fenêtre et pénétrèrent dans la pièce. Tuttle ne semblait guère apprécier l'attention dont il faisait l'objet, mais le chef était aux anges.

— Je sais où est le corps.

Je m'éclaircis la gorge.

— Chef, j'aimerais vous parler en particulier un moment.

— Le corps de qui ? demanda Alicia Hennessey.

— Celui de Mabel Tenninger, répondit Gullickson.

Je passai en revue ce que mes oreilles avaient entendu.

— Qui diable est Mabel Tenninger ?

— C'était la caissière en chef de la banque de notre ville, déclara Gullickson. La semaine dernière, elle a disparu. Ainsi que trente mille dollars de l'argent de la banque. Nous pensions qu'elle avait mis les voiles pour aller vivre sous d'autres cieux. Elle disait toujours qu'elle avait envie de voyager.

Le chef continuait d'arborer un sourire radieux.

— Lorsque l'inspecteur Turnbuckle ici présent a parlé de Lady Chatterley et d'amants étranges, je me suis soudain rappelé que j'avais vu Mabel et Clarence Tuttle marcher ensemble à deux reprises. Je n'y ai pas prêté attention à ce moment parce que Mabel avait passé la quarantaine et que Clarence a dans les vingt-cinq ans. J'ai pensé qu'ils allaient dans la même direction et qu'ils étaient juste polis l'un envers l'autre. Mais ensuite, quand l'inspecteur a parlé de gens qui enterraient des corps encombrants, cela m'a donné à réfléchir.

« J'ai posé quelques questions à Clarence et je n'ai pas obtenu des réponses très satisfaisantes. Alors nous nous sommes promenés dans le parc jusqu'à ce que je trouve un endroit entre le garage et l'appentis qui m'a paru très intime et idéal pour y creuser une tombe, si on en avait envie. J'ai également remarqué que trois des rosiers à cet endroit semblaient dépérir, comme si on les avait déterrés et que leurs racines n'aient pas encore repris. Lorsque j'ai dit à Clarence que j'allais prendre une pelle et creuser, il a estimé que cela ne servirait à rien de cacher la vérité plus longtemps. Il ressort qu'il avait une liaison avec Mabel et que celle-ci pensait qu'ils quitteraient la ville avec trente mille dollars. Mais Clarence avait d'autres projets. Il voulait uniquement l'argent.

Clarence Tuttle avait cet air de chien battu d'un scélérat pris en flagrant délit.

Le chef Gullickson posa une main sur mon épaule.

— Je n'aurais pas été à même d'élucider cette affaire sans l'aide de l'inspecteur Turnbuckle.

Il était clair qu'Alicia avait une très bonne mémoire. Elle ne se souvenait pas simplement de mon nom de famille.

— L'inspecteur Henry S. Turnbuckle ? Que signifie le S ?

— Sérénissime, dit Ralph.

Ce n'était pas vrai.

— Comment fait-on pour devenir membre de l'Association des Cruciverbistes du Wisconsin ? demanda Alicia.

Je regardai fixement par une autre porte-fenêtre.

— Il y a un formulaire de demande d'adhésion dans les dernières pages de la revue de votre oncle.

— Les Cruciverbistes du Wisconsin tiennent leur

convention annuelle à Sheboygan la semaine prochaine, annonça Ralph. Je pense qu'il faut prendre la route secondaire à l'est de cette ville.

La voix d'Alicia contenait une promesse.

— J'y serai.

Ralph et moi rentrâmes à Milwaukee et regagnâmes la salle des inspecteurs vers quatre heures et demie cet après-midi-là.

Le capitaine Masterson jeta un coup d'œil depuis son bureau, nous vit, et vint vers nous en souriant.

— Alors, Henry, vous avez fait du beau travail, encore une fois!

Pourquoi faisait-il si chaud dans la pièce?

Il se tourna vers Ralph.

— Lorsque Henry a dit qu'il flairait un meurtre, cela m'a amené à repenser à Helmuth la Main et à son décès. J'ai appelé le labo pour savoir où ils en étaient et les gars m'ont dit qu'ils avaient trouvé des traces de peinture vert vif sur ses vêtements, peinture provenant de la voiture qui l'avait écrasé. Alors j'ai appelé le service des immatriculations et je leur ai demandé de vérifier le dossier de Mrs Watson et de son mari. Et bien sûr, ce dernier possède une berline vert vif. Nous sommes allés chez eux et nous avons constaté que ces traces de peinture provenaient bien de sa voiture. Il ressort que Watson rentrait chez lui après avoir bu deux packs de six bières lorsqu'il a aperçu son beau-frère traverser la chaussée juste devant lui. Sur un coup de tête, il a appuyé sur l'accélérateur et il l'a écrasé. Helmuth avait souscrit à une police d'assurance-vie, une somme importante, et sa sœur, la femme de Watson, était la bénéficiaire.

Pour la seconde fois de la journée, je sentis une main se poser sur mon épaule.

— Sans votre remarque, Henry, je ne pense pas que nous aurions jamais découvert qui avait écrasé Helmuth.

Le téléphone sur mon bureau sonna. Je pris la communication.

— Inspecteur Henry S. Turnbuckle, dis-je. S comme dans sérénissime.

C'était une erreur de numéro.

Il y a des jours comme ça.

UNE PREUVE QUI NE MANQUE PAS DE PIQUANT

— Ah, ha, dis-je. Mais qu'est-ce que c'est ?

Je me baissai et ramassai le cure-dents par terre.

— Fais attention, Henry, dit Ralph. Tu pourrais bousiller des empreintes.

Il me taquinait, me doutai-je.

Ralph continua de sourire.

— Ou des marques de dents. Est-ce que tu sais le nombre de fois où des cambrioleurs se sont fait pincer parce qu'ils avaient laissé des marques de dents sur des pommes ?

J'examinai attentivement le cure-dents. Il n'y avait pas de marques de dents.

— Ralph, déclarai-je, ce cure-dents va envoyer notre assassin au gibet, ou à son équivalent moderne, à savoir douze ans et dix mois, avec une bonne conduite.

Le cure-dents avait été mis en évidence quand les gars du bureau du coroner avaient emporté le corps. Il s'était trouvé sous le genou gauche de la victime et n'était pas taché de sang.

— Je vois la scène avec une telle netteté, Ralph. L'assassin et sa victime s'affrontent du regard. Lorsque l'assassin frappe, ses lèvres se retroussent, de ce fait perdant le contrôle du cure-dents, et celui-ci tombe par terre à son insu.

Le nom de la victime était Victor Latimer, 58 ans, célibataire, et il avait été le propriétaire et le directeur de l'Hôtel Lakeview. Il avait reçu un seul coup de couteau, mais cela avait été suffisant pour provoquer sa mort immédiate. On n'avait pas touché à son portefeuille et il n'y avait pas d'empreintes sur l'arme du crime, un couteau à pain.

Son corps avait été découvert par la cuisinière de l'hôtel, une certaine Maggie Henderson, lorsqu'elle était entrée dans la cuisine pour prendre son service à cinq heures ce matin. Maintenant il était presque 6h 30.

— Henry, dit Ralph. Qu'est-ce qui te fait penser que ce cure-dents appartenait à l'assassin ? Pourquoi ne pourrait-il pas être celui de Latimer ? Pourquoi n'aurait-il pas pu tomber de *sa* bouche ?

J'eus un petit rire indulgent.

— Ralph, c'est une question d'observation et de déduction logique. Est-ce que tu as bien examiné le corps ?

— Naturellement.

— Et n'as-tu pas remarqué que la victime avait soit des dents parfaites, soit un jeu complet de prothèses dentaires ?

Ralph se souvint.

— À son âge c'était probablement un dentier.

— Excellent. Et n'est-il pas de fait, Ralph, que les gens qui portent un dentier *n'ont pas besoin* des services d'un cure-dents ?

Ralph fut impressionné par cette information.

— Henry, tu viens de m'ouvrir des horizons nouveaux.

Maggie Henderson était une femme plutôt corpulente qui, bien que très pâle, manifestement n'aimait pas rester les bras croisés, quelles que soient les circonstances. Ou bien c'était simplement sa façon de réagir à un choc. Pendant que les techniciens et les hommes du coroner s'affairaient, elle s'était retirée dans un coin tranquille de l'immense cuisine, avait préparé un cake aux raisins secs et à la cannelle, et l'avait mis dans l'un des fours.

Je m'approchai d'elle.

— Combien de clients avez-vous dans cet hôtel ?

— Vingt-huit. Mais je ne pense pas qu'on puisse appeler

cela un hôtel de nos jours. Nous ne nous adressons pas à une clientèle de passage. Nous avons principalement des personnes entre deux âges et des personnes âgées qui apprécient les commodités d'un hôtel. Toutes les chambres sont occupées sans interruption, et il y a des gens de l'extérieur qui attendent depuis des années qu'une chambre soit disponible, ce qui habituellement se produit seulement lorsque l'un de nos clients meurt.

L'Hôtel Lakeview était un bâtiment de trois étages situé dans un quartier plus ancien, semi-résidentiel, de la ville à proximité des falaises dominant le lac.

— Vous avez découvert le corps lorsque vous êtes entrée dans la cuisine ce matin ?

— Oui.

— À quelle heure étiez-vous partie hier soir ?

— Vers les huit heures. D'habitude il est aussi tard avant que tout soit nettoyé et rangé. Je m'occupe de la plus grande partie de la cuisine ici, mais je ne fais pas le service ni la plonge.

Je me livrai à un rapide calcul.

— Vous faites des journées de quinze heures ?

— J'ai deux heures de repos après le petit déjeuner et le déjeuner.

Cela faisait néanmoins une longue journée.

— Hier soir, après huit heures, je suppose qu'il n'y avait pas de corps étendu sur le carrelage lorsque vous êtes partie et êtes rentrée chez vous ?

— J'ai une chambre au troisième étage. Il faut que je sois ici très tôt le matin pour mettre les choses en route.

D'après une première estimation du coroner, la mort de Latimer remontait à plusieurs heures. L'opinion du coroner était que la mort était survenue avant dix heures du soir.

— Lorsque vous avez vu le corps, avez-vous touché à quelque chose ?

— Je n'ai touché à rien. J'ai juste appelé la police.

— Depuis combien de temps travaillez-vous pour Mr Latimer ?

— Vingt-deux ans.

Ralph avait parcouru les lieux du regard.

— Qui héritera de l'hôtel maintenant que Latimer est mort ?

Elle réfléchit un moment.

— Je pense que ce devrait être son frère. Il est le seul proche parent encore en vie que Mr Latimer avait.

— Et où est ce frère en ce moment ?

— À la pension de famille d'à côté.

Je haussai un sourcil.

— La pension de famille d'à côté ? Pourquoi ne loge-t-il pas ici ?

Maggie hésita.

— Aucune chambre n'était disponible.

Il y avait manifestement une autre raison. J'eus un sourire pincé.

— Y a-t-il une autre raison ?

— Mr Latimer et son frère ne s'entendaient pas très bien.

— Ah, dis-je, percevant immédiatement l'anomalie. S'ils ne s'entendaient pas très bien, comment se fait-il que ce frère mystérieux ait choisi de s'installer juste à côté ?

Elle haussa les épaules.

— Je ne sais pas.

— Mr Latimer habitait-il dans cet hôtel ?

— Il avait un appartement au deuxième étage.

— Pourquoi serait-il descendu pour venir dans la cuisine après huit heures du soir ?

— Il aimait s'assurer que tout était en ordre.

J'entrepris de reconstituer le crime.

— Latimer est venu ici après huit heures du soir. Soit l'assassin se trouvait déjà dans la cuisine, soit il est entré plus tard. Un étranger ? Un cambrioleur ? Non, je ne pense pas. Il y aurait certainement eu des traces d'une lutte si cela avait été le cas. Mais il n'y en a pas. Non, Latimer a vu quelqu'un qu'il connaissait. Ils ont eu une violente altercation. L'assassin s'est emparé d'un couteau et l'a frappé. Ensuite il a tranquillement essuyé ses empreintes sur le manche de l'arme et il est parti. Oui, je suis convaincu que Latimer a été tué par quelqu'un qu'il connaissait. Et il y a de fortes chances pour que notre assassin soit quelqu'un demeurant dans cet hôtel.

Ralph avait appuyé son regard sur Maggie.

Je le pris à part et chuchotai :

— Non, Ralph. J'ai déjà vérifié cela. Elle porte un dentier.

Maggie considéra le contour tracé à la craie et le sang sur le carrelage.

— Est-ce que je peux nettoyer tout ça maintenant ?

Bien sûr, les clients de l'hôtel avaient été réveillés par le bruit de notre arrivée, et la plupart d'entre eux s'étaient habillés et étaient descendus au rez-de-chaussée, pour se rassembler dans le hall.

Ralph et moi sortîmes de la cuisine et promenâmes nos regards sur eux.

— Ralph, dis-je, il y a cure-dents et cure-dents.

— C'est très profond, Henry.

— Pas profond, Ralph. Précis. Fondamentalement, il y a deux sortes de cure-dents en bois. Il y a les cure-dents plats et légèrement flexibles, pointus à une extrémité et arrondis à l'autre extrémité. Et il y a les cure-dents plus rigides qui se terminent en pointe acérée aux deux extrémités. Le cure-dents de notre assassin appartient à la première catégorie... plus conservatrice, plus traditionnelle. J'en déduis que notre assassin est un homme entre deux âges ou au-delà.

— J'aurais fait la même déduction, Henry.

Je fus quelque peu étonné.

— Vraiment ?

— Les seuls suspects que nous avons sont d'âge mûr ou plus vieux.

Hum, *c'était* une façon de restreindre le champ de nos investigations, mais je trouvais que la mienne était plus cérébrale. Je scrutai à nouveau les clients rassemblés dans le hall. Mon attention se focalisa sur un individu en particulier.

— Ralph, notre assassin se trouve en ce moment parmi ces gens dans le hall et je sais qui c'est.

Ralph parcourut les clients du regard.

— Je ne vois personne avec un cure-dents à la bouche.

Je souris charitablement.

— Ralph, ce serait trop facile. Nous devons nous rappeler que les fanatiques de cure-dents ne les ont pas forcément à la bouche vingt-quatre heures sur vingt-quatre. (Je faillis me frotter les mains.) Ralph, qu'est-ce qui accompagne un cure-dents ?

— Des dents naturelles ?

— Hormis cela, Ralph.

— Je donne ma langue au chat.

— D'autres *cure-dents*, Ralph. Est-ce que tu t'imagines un utilisateur invétéré de cure-dents s'aventurant dans le monde extérieur muni *d'un seul* cure-dents ? Non, bien sûr. Les cure-dents s'éraillent, ils se cassent, ils tombent des lèvres par inadvertance et se perdent sous les pieds. Non, l'utilisateur de cure-dents en bois est obligé d'en avoir constamment une *réserve* sur lui.

— Tu veux dire que nous allons fouiller tous ces gens et que celui qui aura un stock de cure-dents sur lui est l'assassin ?

— Non, Ralph. Ce serait plutôt fastidieux, à tout le moins, et peut-être anticonstitutionnel. Toutefois, nous pouvons procéder par élimination afin de réduire d'autant le nombre de nos suspects. À présent, réfléchis, Ralph, que savons-nous concernant les utilisateurs de cure-dents jusqu'ici ?

— Pas grand-chose.

— Ralph, dans cette dernière partie de notre vingtième siècle, est-ce fréquent, probable, ou même imaginable, de trouver une *femme* utilisant des cure-dents ?

— Pourquoi pas ?

— À une table dans des restaurants bon marché, peut-être. Mais tu te représentes une femme portant sur elle une réserve de cure-dents en bois, sans parler du fait d'en avoir un entre les lèvres au moment même du meurtre ? De plus, il n'y avait aucune trace de rouge à lèvres sur notre cure-dents. Et au jour d'aujourd'hui à peu près toutes les femmes se mettent au moins du rouge à lèvres.

Ralph se dérida quelque peu.

— Bon, nous éliminons les femmes et les hommes qui portent un dentier. Cela devrait réduire la liste d'autant, en effet. Et ensuite, que faisons-nous ? Nous examinons la bouche de ces gens et nous mettons à part les hommes qui ont toujours leurs dents à eux ?

— Ce ne sera pas nécessaire, Ralph. En fait, je suis en mesure de désigner notre assassin dès à présent.

Ralph cligna des yeux.

— Tu sais lequel d'entre eux a assassiné Latimer ?

— Bien sûr.

— Lequel est-ce ?

— Ralph, dis-je, supposons que tu sois un utilisateur de cure-dents et que tu viennes de chiper une dizaine de cure-dents. Où les mettrais-tu sur toi ?

— Dans ma poche ?

— Oui, mais laquelle ?

— C'est important ?

— Oui. Est-ce que tu les mettrais dans la poche-revolver de ton pantalon ? Certainement pas. Ils ne reposeraient pas docilement dans un endroit aussi spacieux. Leur direction sombrerait dans l'anarchie et s'asseoir deviendrait une aventure périlleuse. Dans les poches de devant ? Non. On risquerait une blessure encore plus traumatisante. Dans une poche de veston ? À nouveau, non. On pourrait facilement se piquer le bout des doigts. Non, Ralph. Réfléchis encore. Quel est le dépôt *idéal* pour une poignée de cure-dents ?

— Je donne ma langue au chat.

— Le *gilet*, Ralph. Tu n'as pas l'impression que le gilet

a été quasiment inventé pour les cure-dents ? Ses poches sont suffisamment étroites pour que les cure-dents ne puissent pas émigrer de façon désordonnée. Ils attendent là bien gentiment, disposés côte à côte, accessibles en toute sécurité.

Ralph parcourut nos suspects du regard.

— Combien d'entre eux portent un gilet ?

— Un seul. Cet homme grand et costaud dans le coin... celui au sourire éclatant.

Ralph et moi allâmes chercher l'individu en question et l'emmenâmes dans un petit salon.

— Votre nom, je vous prie ? demandai-je.

— Horace Latimer.

— Hm, dis-je d'un air pensif.

Latimer hocha la tête.

— Je suis le frère du défunt. J'ai une chambre à côté. Et naturellement, quand j'ai vu et entendu les voitures de police se pointer, je suis venu voir ce qui se passait.

Horace Latimer ne ressemblait que fort peu à son défunt frère, en partie, supposai-je, parce que sa physionomie était une véritable carte hypsométrique de dissipation. Il était évident que son teint couperosé n'était pas le signe d'une santé florissante.

— Comment vous entendiez-vous, vous et votre frère ?

— Comme chien et chat.

— Vous faites preuve d'une grande franchise.

— Pourquoi mentir ? Vous l'auriez appris de toute façon. Nous ne nous entendions pas du tout. En fait, lorsque nous nous sommes parlé la semaine dernière, c'était la première fois depuis vingt ans.

— Vous lui avez parlé la semaine dernière ? Pourquoi ?

— J'étais fauché. J'avais perdu mon boulot et j'étais venu lui demander de me prêter un peu d'argent.

— Et il vous en a prêté ?

— Il m'a donné cinquante billets et il m'a dit de disparaître pendant vingt autres années. Il ne m'a même pas hébergé pour la nuit.

— Vous avez perdu votre boulot? Quel genre de boulot était-ce?

— J'étais homme d'équipage sur les bateaux du lac.

— Mais plus maintenant?

— J'ai eu une petite altercation avec un second lieutenant et accidentellement je lui ai entaillé le bras.

— Vous n'aviez pas vu votre frère depuis vingt ans et il ne vous a pas reçu à bras ouverts? Alors pourquoi avez-vous pris une chambre dans la pension de famille d'à côté? Il y a certainement des centaines d'autres endroits où vous auriez pu passer la nuit?

— Quand j'ai quitté Vic, je suis entré dans un bar à proximité pour boire un verre. J'ai appris qu'ils avaient besoin d'un second barman, alors j'ai accepté la place. Je tenais un bar en hiver lorsque les bateaux sont pris dans les glaces, et j'avais une licence. Je n'ai pas de voiture et je n'aime pas gaspiller de l'argent en tickets de bus, aussi, quand on m'a parlé de cette pension de famille, j'ai décidé de prendre une chambre là-bas.

— Avez-vous jamais eu affaire à la police?

Il eut un sourire sournois.

— Deux ou trois fois.

— Quelque chose de grave?

— Il y a deux ans, un ami à moi a été tué d'un coup de couteau.

— Et on vous a soupçonné?

— Ils m'ont arrêté, mais j'avais un alibi en béton. J'étais avec ma petite amie Elsie quand Jake a été tué. Elle était prête à le certifier sous serment au tribunal.

— Où étiez-vous la nuit dernière? Vous teniez le bar?

— Non, je suis de jour. J'étais couché.

Naturellement, je demandai:

— Seul?

Il m'adressa un sourire or et argent.

— Non. J'étais avec Elsie.

Je me passai la langue sur mes dents.

— J'ai l'impression que j'ai un grain de sésame coincé entre les dents. Vous n'auriez pas par hasard un cure-dents sur vous ?

Il en sortit un de la poche de son gilet.

— Offert par la maison.

Je pris Ralph à part.

— Cet homme est tout à fait grossier, cynique, et impudent. Ne le quitte pas des yeux. Je reviens tout de suite.

— Où vas-tu ?

— Je retourne dans la cuisine. J'ai laissé notre autre cure-dents sur un comptoir. Je vais les comparer et cela ne me surprendrait pas du tout s'ils provenaient du même arbre, peut-être même de la même branche.

Dans la cuisine je récupérai le cure-dents de l'assassin et les examinai tous deux à la lumière. À l'œil nu ils auraient pu être des clones.

Maggie Henderson m'observait, probablement étonnée par la complexité de l'esprit d'un fin limier. Renonçant apparemment à comprendre, elle se dirigea vers le grand four et ouvrit la porte. Elle considéra d'un œil critique le cake aux raisins secs et à la cannelle, puis glissa la main dans la poche de sa blouse blanche. Elle en sortit un cure-dents et l'enfonça dans le cake. Elle le retira, examina ses contours propres, et dit, « Cuit à point ».

Je regardai sa blouse. Il semblait y avoir un petit trou dans l'une des poches. L'extrémité de plusieurs cure-dents en dépassait. Bientôt l'un d'eux, ou plusieurs, se faufileraient hors du trou et tomberaient par terre.

Je fermai les yeux.

Lorsque je les rouvris, Maggie avait sorti le cake du four et le posait sur un plan de travail en bois pour qu'il refroidisse.

Elle soupira.

— J'ai réfléchi à tout ça et je pense que je ferais aussi bien d'avouer. J'ai tué Victor. Enfin, à quoi cela servirait-il d'essayer de le nier, de toute façon ? Vous autres de la police avez tous ces techniciens et ces laboratoires, et vous trouvez toujours toutes sortes d'indices. Alors je préfère avouer maintenant, décharger ma conscience, et que toute cette affaire soit terminée.

J'égalai et surpassai son soupir.

— Entendu. Pourquoi l'avez-vous tué ?

— Il m'a dit qu'il allait épouser une fille qu'il avait connue au cours de la convention des hôteliers à Sheboygan. Elle était serveuse dans un bar-discothèque topless.

— Pourquoi le fait qu'il allait l'épouser vous a-t-il bouleversée à ce point ?

Elle me lança un regard placide.

— J'ai travaillé ici comme cuisinière pendant vingt-deux ans, mais je n'étais pas seulement cela.

Je réfléchis un instant puis je rougis.

— Vous voulez dire que vous et lui...

Elle acquiesça de la tête.

— Bien sûr, tout le monde à l'hôtel le sait, c'est pourquoi je ferais aussi bien d'admettre cela également. Vous ne pouvez pas garder une chose pareille secrète pendant vingt-deux ans. Peut-être même pas pendant vingt-deux jours. Officiellement, j'ai une chambre au troisième étage, mais la dernière fois que je l'ai utilisée, c'était en 1966.

Elle se versa du café dans une tasse.

— Hier soir, je lavais des plats que l'employé avait oublié de laver, quand Victor est entré dans la cuisine. Il avait bu quelques verres, comme il le fait toujours lorsqu'il veut se donner du courage pour quelque chose, et ensuite il a tout déballé et a dit qu'il allait épouser cette fille parce qu'il était fou d'elle.

J'opinai du chef.

— Et alors, dans un accès de folle jalousie, vous avez saisi le couteau à pain et vous l'avez frappé ?

— Pas exactement. Je veux dire, ces vingt-deux années n'ont pas été si merveilleuses que ça. Non, je crois qu'en fait je l'ai tué parce qu'il voulait que je quitte l'hôtel. Il ne tenait pas à ce que je reste dans les parages, même en tant que simple cuisinière, parce qu'il s'imaginait qu'elle apprendrait pour nous deux, et que cela la bouleverserait.

Je compatis.

— Vingt-deux ans? Et il n'a jamais été question de mariage?

— Il m'avait dit qu'il m'épouserait si je tombais enceinte. Dix années ont passé et un soir, alors qu'il avait bu un peu trop de cognac, il a laissé échapper par mégarde qu'il s'était fait faire une vasectomie, des années avant de m'engager.

— Vous auriez dû le quitter immédiatement.

— Je sais. Mais au bout de dix ans, vous vous habituez à une situation. De plus, ça me plaisait de travailler ici. Les clients étaient si gentils et amicaux. Jamais ils ne me montraient du doigt ou riaient sous cape. Alors je suis restée.

Je mis du sucre dans le café qu'elle m'avait versé.

— Et puis, au bout de douze autres années de fidélité, bien que marquées par la tristesse, il a soudain souhaité se débarrasser de vous. Vous avez saisi un couteau, l'avez tué, avez essuyé vos empreintes sur le…

— Je n'ai pas du tout pensé aux empreintes. Il se trouve que je portais des gants en caoutchouc parce que je lavais des plats.

Son mouchoir absorba la traînée d'une larme.

— À vrai dire, je ne m'en fais pas tellement pour moi-même. Je suis prête à recevoir mon châtiment. Mais je ne pourrai plus aider Wendy.

— Wendy? Qui est Wendy?

— Ma nièce. La fille de ma sœur. Ma sœur est veuve. Son mari est mort à la naissance de Wendy. Il avait le cœur sur la main, le genre d'homme qui estimait que c'était de son devoir d'assister à l'accouchement. Il est mort de saisissement.

Maggie soupira.

— Et ma sœur s'est retrouvée toute seule avec le bébé. Ou bien elle devait chercher du travail et négliger l'enfant, ou bien elle devait demander une aide auprès des services sociaux et s'efforcer de joindre péniblement les deux bouts. Alors je lui ai conseillé de s'adresser aux services sociaux, et je lui donnerais de l'argent pour qu'elle ait un niveau de vie plus élevé. J'aurais pu venir vivre avec elle, mais à cette époque je n'étais pas au courant pour la vasectomie de Victor et j'espérais toujours qu'il m'épouserait.

Elle secoua la tête tristement.

— Wendy a très bien travaillé à l'école et maintenant elle est étudiante en médecine, en première année. Elle compte se spécialiser.

— Ah, oui. Gynécologie ?

— Non. Maladies masculines. Wendy a toujours été un petit démon plein d'allant. Elle m'a confié qu'un jour elle trouverait un remède pour l'euphorie. Mais son rêve est terminé maintenant, parce qu'elle avait besoin de mon aide financière pour terminer ses études, et je ne pourrai plus le faire désormais.

Je réfléchis. Une femme foncièrement bonne qui avait été cruellement trompée allait être envoyée en prison et cet hôtel allait tomber entre les mains d'un homme qui avait sans aucun doute commis un meurtre dans le passé.

— Maggie, dis-je, est-ce que vous réalisez que vous étiez la concubine de Victor Latimer ?

Elle parut surprise.

— Vraiment ? Je pensais que j'étais seulement sa...

Je levai une main.

— Non, vous étiez sa concubine. La loi est très claire sur ce point. Et ayant été sa concubine, vous êtes maintenant la veuve de votre concubin. Et qui plus est, le droit à l'héritage d'une veuve d'un concubin a une priorité absolue sur le droit à l'héritage d'un frère séparé du défunt.

Elle réfléchit à cela.

— Mais j'ai tué Victor. Je sais qu'une criminelle n'est pas censée tirer profit de son crime.

— Ce n'est que trop vrai, hélas ! Ainsi donc le frère de Victor héritera de l'hôtel. Les espoirs et les rêves de Wendy de faire une carrière médicale seront brisés. Au mieux, elle pourra devenir infirmière diplômée. Et pendant que vous serez enfermée à Taycheedah, le frère de Victor fumera des cigares à cinq dollars et fera des avances à la nouvelle cuisinière.

Elle était malheureuse, mais résignée.

— Ma foi, c'est dans l'ordre des choses.

Je finis de boire mon café.

— Maintenant je vais vous lire vos droits, ce que j'ai oublié de faire jusqu'ici. Ensuite je vous emmènerai au commissariat central. Vos aveux seront enregistrés et transcrits par un sténographe, puis on vous demandera de signer les cinq exemplaires. C'est une chance pour nous que vous ayez avoué. En fait, nous n'avons pas le moindre début de preuve matérielle permettant de vous inculper.

Elle se leva.

— Ne vous inquiétez pas. Je coopérerai.

— Hm, fis-je. C'est ce que vous dites maintenant. Mais que se passera-t-il, une fois que vous serez au commissariat ? Il est probable que vous vous rétracterez. Vous affirmerez que l'on vous a rudoyée pour que vous fassiez des aveux complets. Ou, encore pire, vous pourriez même aller jusqu'à soutenir que vous n'avez jamais fait le moindre aveu à quiconque, pour commencer ! Vous pourriez décider de rester tranquillement assise, de ne pas secouer la barque, et de vous débarrasser de vos cure-dents, sachant que personne n'est vraiment en mesure de prouver que vous avez tué Victor Latimer.

Je consultai ma montre.

— Bien, allons au commissariat et enregistrons ces aveux avant que vous ne vous ravisiez.

Elle me regarda fixement pendant cinq secondes.

— Quels aveux ?

— Vous voyez ! dis-je. Je *savais* que cela se produirait.

Je bus une autre tasse de café et mangeai deux tranches de cake aux raisins secs et à la cannelle avant de rejoindre Ralph.

— Qu'est-ce qui t'a retenu aussi longtemps ? demanda-t-il.

— Ralph, il ne t'est jamais venu à l'esprit qu'un cure-dents ressemblait bigrement à un autre cure-dents ?

Il en convint.

— Henry, j'admire vraiment ton intelligence. De temps en temps. C'était tout à fait remarquable la façon dont tu as ramassé ce petit cure-dents et trouvé les réponses exactes, nous conduisant ainsi à l'assassin.

— Eh bien, il est fort possible que j'aie pu…

— Remarquable, Henry. Ainsi donc je sais maintenant et tu sais que Horace Latimer a assassiné son frère. Probablement pour hériter de l'hôtel. Mais, Henry, nous sommes obligés de regarder les choses en face. Quelles preuves irréfutables avons-nous vraiment contre lui ? Supposons que nous allions trouver le capitaine avec ces cure-dents et nos conclusions. Il refusera de nous écouter et nous chassera de son bureau. Peut-être même s'étranglera-t-il de rire. Tu tiens à ce qu'une chose pareille nous arrive, Henry ?

Je fronçai les sourcils. Euphorie ?

Ralph posa une main sur mon épaule.

— Henry, je pense que toi et moi ferions mieux de garder ça pour nous. Concernant les cure-dents, je veux dire. Au moins jusqu'à ce que nous trouvions des preuves irréfutables. (Un certain pessimisme assombrit son front.) Cependant, cette fois, quelque chose me dit que nous ne parviendrons pas à envoyer notre assassin en prison.

Ce n'était que trop vrai.

LA SPÉCIALITÉ DU CHEF

Les gars des empreintes et l'équipe médicale étaient toujours occupés dans le séjour, aussi fis-je à nouveau le tour de l'appartement. Dans la chambre à coucher je réexaminai le coffret à bijoux vide sur la coiffeuse et le sac à main délesté de son contenu.

L'assassin-cambrioleur avait laissé trois chèques de règlement de salaire non encaissés, libellés au nom de Linda Baumgartner par l'entreprise de plomberie Zander.

J'allai dans la kitchenette et jetai un coup d'œil dans le réfrigérateur. Je regardais le contenu des placards lorsque Ralph me rejoignit.

— Henry, ils ont emporté le corps. Tu peux venir dans le séjour, la voie est libre.

Je lui lançai un regard glacial.

— Ralph, j'ai déjà vu des cadavres. Je ne me suis jamais dérobé à mon devoir oculaire. Je n'en fais pas mes délices, c'est tout.

La victime avait été une certaine Linda Baumgartner, âgée de 24 ans. Apparemment, elle avait été mortellement frappée à la tête avec une tirelire, un petit cochon en porcelaine, remplie de dollars Susan B. Anthony*. Le choc avait brisé la

* Susan Brownell Anthony (1820-1906), chef de file du mouvement pour le droit de vote pour les femmes, dont l'effigie orne les pièces de un dollar, pièces très peu mises en circulation et donc recherchées par les collectionneurs (*N. d. T.*).

tirelire et les pièces de monnaie s'étaient éparpillées dans le séjour.

Le corps de Miss Baumgartner avait été vêtu d'un corsage blanc, d'un pantalon noir, et de mules. À côté de son corps, nous avions trouvé une bouteille en plastique de lessive en poudre, presque pleine, et un doseur en pyrex.

— Eh bien, Henry, fit Ralph. Qu'en penses-tu ?

— Ralph, permets-moi de reconstituer le crime, d'une pizza à l'autre, pour ainsi dire. Il était approximativement huit heures et demie du soir et Miss Baumgartner a ressenti des tiraillements d'estomac. Elle a téléphoné chez Herrmann, le Roi de la Pizza, et a commandé l'une de ses compositions.

« Sachant que les pizzas sont rarement livrées sur-le-champ, elle a estimé qu'elle avait largement le temps de porter une corbeille de linge sale à la buanderie au sous-sol. Elle a pris l'ascenseur avec sa corbeille, le linge à blanchir, la bouteille de lessive en poudre, et le doseur.

« Pendant qu'elle était partie, notre cambrioleur est apparu. J'imagine que son *modus operandi* est de sonner à la porte des appartements. Si quelqu'un vient ouvrir, il s'excuse, probablement en prétextant qu'il s'est trompé d'appartement. Cependant, si personne ne répond, il en déduit assez justement qu'il n'y a personne dans l'appartement. Alors il sort son trousseau de clés universelles et s'introduit illégalement dans ledit appartement. Si c'est un homme qui recherche des objets que l'on peut emporter facilement – c'est-à-dire, espèces et bijoux, dédaignant des objets plus lourds et plus volumineux tels que téléviseurs, machines à écrire, et fours à micro-ondes – un cambrioleur expérimenté peut « visiter » tout un appartement en quelques minutes.

« Pendant ce temps, dans la buanderie au sous-sol, Miss Baumgartner a mis son linge dans la machine à laver, a mesuré et versé la lessive, et a introduit les pièces de monnaie nécessaires pour permettre au cycle de lavage de la machine de commencer. Ensuite elle est remontée vers son appartement situé au troisième étage, emportant la bouteille de lessive et le doseur, mais laissant sur place la corbeille en plastique déglinguée et tombant en morceaux.

— Un instant, Henry. Qu'est-ce qui te rend si sûr que cette corbeille à linge, que tu n'as pas vue, est déglinguée, en morceaux, et en plastique ?

Je souris.

— Ralph, en cette ère de la molécule malléable, des corbeilles à linge *en osier* sont très difficiles à trouver. Des articles rares. En voie de disparition. Quand on possède un tel trésor, déglingué ou non, on ne laisse pas un article aussi précieux dans une buanderie accessible à tous, où elle risquerait d'être volée en l'absence de son propriétaire. Et si cette corbeille à linge était encore neuve, bien qu'en plastique, on la remporterait également dans son appartement pour le même motif. Mais, étant donné qu'il n'y a pas de corbeille à linge répondant à cette description dans cet appartement, nous devons en conclure que la corbeille à linge de Miss Baumgartner était usée, déglinguée, et que le plastique tombait en morceaux. C'était une corvée de l'emporter à l'appartement pour la redescendre ensuite, aussi l'a-t-elle tout simplement laissée là-bas. Si quelqu'un la volait, quelle importance ?

— C'est tout à fait remarquable, Henry.

J'en convins.

— Et alors, en regagnant son appartement, elle a surpris le cambrioleur, peut-être en train de fourrer la tirelire dans son sac à fermeture à glissière. Paniqué, il a frappé Miss Baumgartner avec cet objet, la tirelire, et est sorti en trombe de l'appartement, de ce fait bousculant et renversant presque l'employé qui était venu livrer la pizza.

Ralph et moi retournâmes dans le séjour. Les gars des empreintes étaient toujours là, mais je doutais fort qu'ils puissent trouver quoi que ce soit, puisque, d'après la description du témoin oculaire, notre cambrioleur portait des gants.

La pizza en question, toujours dans son emballage, un carton gardant la chaleur, était posée maintenant sur une desserte. Le livreur de pizzas, vêtu d'une tenue blanche et coiffé d'un calot des plus seyants, ouvrait de grands yeux et était sans aucun doute impressionné par les méthodes scientifiques de la police.

Je m'efforçai de le mettre à son aise.

— Quel genre de pizza est-ce ?

Il jeta un regard vers l'objet en question.

— La spécialité du chef. Saucisse, poivrons, olives, champignons, oignons, anchois. Le grand jeu.

Je réfléchis un moment. Y avait-il quelque chose d'important dans cela, et si oui, quoi ?

— Pouvez-vous nous raconter à nouveau ce qui s'est passé ? demandai-je. Je sais très bien que vous l'avez déjà fait plusieurs fois, mais nous autres policiers aimons à réexaminer une déposition inlassablement, prêts à déceler la moindre anomalie.

Il haussa les épaules.

— Bien sûr. En fait, il n'y a pas grand-chose à raconter. Je sortais de l'ascenseur avec la pizza quand ce type est sorti en courant de l'appartement, en laissant la porte ouverte. Il m'a bousculé et a failli me renverser, puis il a dégringolé l'escalier de secours. M'est avis que, après ce qu'il venait de faire, il n'avait pas envie d'attendre un truc aussi lent qu'un ascenseur.

Je l'admis.

— Bon, j'ai vu cette dame étendue par terre et tout ce sang. Alors je me suis précipité au rez-de-chaussée, à l'appartement du gardien, et je leur ai dit qu'un meurtre avait été commis.

Le gardien et sa femme nous avaient été présentés comme Mr et Mrs Franklin. Il était petit, chauve, et avait des yeux d'un bleu délavé. Elle avait une mâchoire énergique, dépassait son mari de plusieurs centimètres, était plus trapue, et il était clair qu'elle serait leur porte-parole.

Je me tournai à nouveau vers le livreur.

— Et une fois encore, pourriez-vous nous décrire cet homme ?

— Il était de taille moyenne et de poids moyen. Il avait beaucoup de cheveux, un nez proéminent, et une grosse moustache. Il tenait à la main un sac à fermeture à glissière et il portait des gants. J'ai remarqué les gants parce que c'est l'été et qui porte des gants en été?

— Vous avez un œil perçant, mon ami, dis-je.

Il rougit un peu.

— Je songe à m'engager dans la police. Je vais pas faire ça toute ma vie... livrer des pizzas.

Le mot était prononcé à nouveau. Pizza. Je réfléchis. Ah, mais bien sûr! Je remmenai Ralph dans la cuisine et je baissai la voix.

— Ralph, cette affaire est plus compliquée qu'il n'y paraît.

— Vraiment?

J'ouvris la porte du réfrigérateur.

— Ralph, qu'est-ce que tu vois là-dedans?

Il me regarda d'abord, puis scruta le contenu du frigo.

— Un pot de mayonnaise, une moitié de tête de laitue, trois radis sur une soucoupe, une douzaine d'œufs, de la margarine, quatre oranges, une botte de céleri.

J'ouvris le freezer.

— Et là-dedans?

— Deux boîtes de jus d'orange concentré surgelé, un paquet de choux-fleurs surgelés, un paquet de fraises surgelées...

Je levai une main pour lui dire d'arrêter.

— Ralph, qu'est-ce que tu *ne vois pas* soit dans le réfrigérateur proprement dit soit dans le freezer?

Il regarda à nouveau.

— Ce que je ne vois pas?

Je lui donnai une nouvelle chance en ouvrant l'un des placards.

— Que remarques-tu là-dedans?

Il soupira.

— Deux boîtes de coulis, coulis de framboises et coulis de myrtilles. Deux grosses boîtes de jus de tomate. Deux boîtes d'ananas en tranches, et environ une douzaine de boîtes de soupe.

— Ah, mais quelles sortes de soupe ?

Il vérifia.

— Velouté de champignons, crème d'asperges, soupe aux pois cassés.

Je souris.

— Pourquoi n'y a-t-il pas de poule au vermicelle ?

Il regarda fixement les boîtes.

— D'accord, Henry, pourquoi n'y a-t-il pas de poule au vermicelle ?

— Parce qu'il y a de la poule dedans.

Ralph attendit, un tantinet crispé.

— Ralph, tu n'as donc pas remarqué qu'il n'y a pas la moindre *viande* dans le réfrigérateur ? Pas de charcuterie, pas de steaks, pas de côtelettes d'agneau, pas de hamburgers. Et parmi cet assortiment de boîtes de conserve, il n'y a pas une seule boîte qui héberge un morceau de viande. Et je te mets au défi de trouver un placard de cuisine typiquement américain fier de posséder une douzaine de boîtes de soupe qui ne comporte pas au moins une boîte de poule au vermicelle.

Ralph ne voyait toujours pas où je voulais en venir.

— Ralph, la victime de notre assassin, Miss Baumgartner, est, ou plus exactement, était *végétarienne*.

Ralph eut l'air sceptique.

— J'ai vu un carton d'œufs dans le réfrigérateur. Je croyais que les végétariens ne mangeaient pas d'œufs.

— Ralph, la plupart des gens considèrent le végétarisme comme un monolithe. Pourtant, il n'en est rien. Il y a ces végétariens qui mangent des produits laitiers et il y a ceux qui n'en mangent pas. Il y a ceux qui consomment du poisson, et ceux qui n'en consomment pas. Et il y a ceux qui mangent des œufs et ceux qui n'en mangent pas.

— Mince alors ! dit Ralph.

Je hochai la tête d'un air entendu.

— J'ai un oncle qui est un puriste. Il a un tel respect pour la vie qu'il ne mangera même pas une feuille de laitue à moins qu'elle ne soit morte de mort naturelle.

— Bon, d'accord, dit Ralph, la victime était végétarienne. Mais qu'est-ce que cela a à voir avec le meurtre ?

— Ralph, dis-je d'un air sombre, c'est le point capital de notre affaire. Pourquoi une végétarienne commanderait-elle une pizza contenant de la viande, à savoir une saucisse ?

— Je donne ma langue au chat. Pourquoi ?

— La réponse est qu'elle *ne le ferait pas*.

— Alors qui a commandé cette satanée pizza ?

— Son meurtrier, Ralph. Et c'est la seule erreur qu'il a commise. Ou bien il *ne savait pas*, ou bien on *ne lui avait pas dit*, que sa victime était végétarienne, et cela causera sa perte.

Ces derniers temps, Ralph avait pris l'habitude de fermer les yeux pendant plusieurs secondes d'affilée.

— Henry, pourquoi diable le meurtrier aurait-il voulu commander une pizza ?

— Afin d'établir *l'heure* du meurtre. Tu ne trouves pas que c'est une coïncidence troublante, le fait que notre meurtrier soit sorti en courant de l'appartement à l'instant même où l'employé arrivait pour livrer la pizza en question ? Et sa physionomie décrite par le témoin – cheveux épais, nez proéminent, et grosse moustache – ne crie-t-elle pas le *déguisement* ?

J'attendis que Ralph ait assimilé cela puis je continuai :

— Ralph, notre meurtrier a tué Miss Baumgartner puis, sans se presser, il a entrepris de tout chambouler dans l'appartement pour donner l'impression que cela avait été l'œuvre d'un cambrioleur pris sur le fait. Cette mise en scène terminée, il a commandé une pizza par téléphone. Il a attendu derrière la porte d'entrée légèrement entrebâillée jusqu'à ce qu'il voie le livreur de pizzas sortir de l'ascenseur et s'approcher dans le corridor. Alors il est sorti en trombe de l'appartement, laissant intentionnellement la porte ouverte derrière lui, et de façon théâtrale a bousculé le livreur afin d'attirer son attention.

— Pourquoi ce meurtrier se serait-il donné tout ce mal ?

— Afin d'établir l'heure du meurtre.

— Tu l'as déjà dit, Henry. Pourquoi aurait-il voulu établir l'heure du meurtre ?

— Parce que c'était un tueur *à gages*.

— Oh, Seigneur ! dit Ralph.

— Ralph, n'as-tu pas remarqué que notre assassin-cambrioleur avait laissé trois chèques de règlement de salaire de Miss Baumgartner qu'elle *n'avait pas* encaissés ?

— Pourquoi pas ? Ils n'avaient aucune valeur pour lui. Comment aurait-il pu les encaisser ?

— Ralph, dis-je, regarde autour de toi. C'est un appartement plutôt spacieux dans un quartier bourgeois relativement cossu. Tu crois vraiment qu'une femme gagnant apparemment tout juste au-dessus du salaire minimum avait *les moyens* d'habiter un appartement pareil ? Non seulement cela, mais elle pouvait se permettre de ne pas encaisser sur-le-champ ses chèques de règlement de salaire et d'attendre qu'ils se soient accumulés suffisamment pour que cela vaille la peine de les porter à la banque ?

— D'accord, Henry. Donc quelqu'un payait son loyer et davantage. Mais quel rapport cela a-t-il avec le meurtre ?

— C'est toujours la même histoire, Ralph. Je ne connais pas, pour le moment, le mobile exact. Peut-être s'était-il lassé d'elle et il était sur le point de la larguer, mais elle ne voulait pas être larguée. Ou elle avait peut-être l'intention de le faire chanter. Ou elle le faisait chanter depuis le début. Mais quelle que soit la raison, il a estimé que le moment était venu de se débarrasser d'elle. Définitivement. Et alors il a engagé un tueur professionnel pour faire le boulot.

Nous retournâmes dans le séjour et je m'approchai du gardien et de sa femme. Je me présentai.

— Inspecteur Henry Turnbuckle, du département de police de Milwaukee. (Je baissai la voix afin d'atténuer le choc.) Madame, savez-vous que la victime de ce meurtre, cette Miss Baumgartner, était une femme *entretenue* ?

Mrs Franklin croisa sur sa poitrine ses bras plutôt épais.

— Cher monsieur, la moitié des femmes habitant dans cet immeuble sont des femmes entretenues. Et je pourrais également vous montrer quelques hommes.

— Madame, dis-je, quelque peu surpris, depuis combien de temps Miss Baumgartner occupait-elle cet appartement ?

— Environ deux ans.

— Que pouvez-vous me dire à son sujet?

Elle haussa les épaules.

— Elle était du genre très amical. Chaque fois qu'elle m'entendait passer l'aspirateur dans le corridor, elle ouvrait sa porte et sortait pour me parler. Avant, elle était très seule et mourait d'envie d'avoir quelqu'un à qui parler.

Je retins un mot.

— Avant?

Mrs Franklin hocha la tête.

— Elle venait même frapper à notre porte, inventant un prétexte ou un autre, uniquement pour bavarder un moment. Finalement, je lui ai dit, et pourquoi ne chercheriez-vous pas du travail ? Et elle a répondu qu'elle n'avait pas besoin de travailler parce qu'elle était à l'abri du besoin. Et j'ai dit que je ne pensais pas à un travail pour l'argent, mais cela lui permettrait de sortir et de rencontrer des gens, au lieu de rester cloîtrée dans son appartement toute la journée à attendre les week-ends. Alors elle a trouvé cette place à l'entreprise de plomberie Zander. Elle était secrétaire à mi-temps. Elle disait que le salaire était minable, mais que les gens avec qui elle travaillait étaient très sympathiques.

Mrs Franklin essuya une petite larme.

— Je pense que j'ai été sans doute la dernière personne à la voir en vie… excepté l'assassin, bien sûr. Elle est descendue pour me demander de la monnaie – des *quarters** pour

* Pièce de 25 *cents* (*N. d. T.*).

la machine à laver – et nous avons bavardé un peu. Je lui ai dit qu'elle devrait s'acheter une nouvelle corbeille à linge parce que la sienne tombait en morceaux et elle a répondu qu'elle voulait absolument une corbeille en osier, et pas en plastique, mais qu'elles étaient difficiles à trouver et qu'elles coûtaient les yeux de la tête. Ensuite elle est allée au sous-sol et c'est la dernière fois que je l'ai vue vivante.

— Madame, dis-je, au cours de ces conversations avec vous, elle a peut-être mentionné le nom de son bienfaiteur? Ou de ses bienfaiteurs?

Elle acquiesça de la tête.

— Son nom était Smith.

— Ah, fis-je. Et peut-être a-t-elle mentionné un prénom?

— Elle l'appelait Johnny.

Je me frottai les mains.

— Bien, nous faisons des progrès.

Ralph ferma les yeux à nouveau.

— Madame, dis-je, durant ces deux années passées ici, a-t-elle mentionné d'autres noms? Y avait-il quelqu'un d'autre en dehors de John Smith?

— C'était une fille sérieuse. Il n'y avait que Johnny.

— Et à quoi ressemblait ce Johnny Smith?

— Il était plutôt d'âge mûr, disons. Enfin, en bonne forme et tout, mais la cinquantaine et les tempes grisonnantes. Toujours bien habillé et il avait une grosse voiture.

— Eh bien, Ralph, dis-je. Nous avons notre homme. L'instigateur du meurtre.

Ralph soupira.

— John Smith?

J'eus un petit rire.

— Ralph, tu vis à une autre époque, à une autre décennie. En ces temps plus sophistiqués, personne ne *songerait* même à prendre un nom tel que John Smith comme nom d'emprunt. C'est démodé, tout simplement. Par conséquent, je pense que nous devons tenir comme établi le fait que John Smith *est bien* le nom de notre homme.

Ralph se frotta la nuque, encore une nouvelle habitude.

— Ralph, si notre Miss Baumgartner connaissait intimement John Smith et avait eu des doutes sur son nom, est-ce qu'elle n'aurait pas fait preuve au moins d'une certaine curiosité ? Durant ces deux années, est-ce qu'elle ne se serait pas arrangée pour jeter un coup d'œil sur son permis de conduire ? Lorsqu'il dormait, bien entendu. Et assurément, découvrant sa vérité identité, est-ce qu'elle n'aurait pas laissé échapper cette information – ou peut-être le nom lui-même – au cours de ses nombreuses conversations avec Mrs Franklin ? Ou bien n'aurait-elle pas laissé entendre à mots couverts qu'elle savait parfaitement que John Smith n'était pas son vrai nom ?

Ralph se frotta la nuque. Il chercha et trouva le volume des pages blanches de l'annuaire du téléphone. Il le feuilleta jusqu'aux Smith, concentrant son attention sur les John. Il parut compter puis leva les yeux.

— Trente-six John Smith. Cela va être un sacré travail pour essayer de le trouver.

J'eus un sourire indulgent.

— Ralph, tu ne réfléchis pas. Miss Baumgartner était une femme entretenue. Et entretenir une maîtresse peut être beaucoup plus coûteux que d'entretenir une épouse, tu ne crois pas ?

Ralph haussa les épaules.

— Je ne saurais dire. Alors je regarde les adresses indiquées après les John Smith et j'élimine tous ceux qui habitent des quartiers minables ?

— Ceci est la méthode négative, Ralph. De plus, on ne peut pas espérer connaître tous les noms de rue dans les quartiers minables d'une ville de cette importance. Non, Ralph, cherche les *bonnes* adresses, ou plus précisément, ces adresses qui se trouvent dans nos banlieues plus *résidentielles*.

Ralph suivit la colonne de l'index.

— West Allis ? Non. Greenfield ? Non. Bay View ? Non. (Il s'immobilisa et leva les yeux.) Fox Point ?

— *Voilà!* m'exclamai-je de façon pertinente.

Je m'assis près du téléphone.

— Je crois que je vais passer à ce John Smith un coup de fil préliminaire, à titre d'essai. Sans aucun doute, c'est un maître d'hôtel qui répondra.

— Un maître d'hôtel?

— Certainement, Ralph. Les gens qui demeurent à Fox Point ont les moyens d'avoir un maître d'hôtel.

— Est-ce que les maîtres d'hôtel ne font pas des journées de huit heures? Il est presque dix heures du soir.

— Il sera de service, à cause de la soirée.

— Quelle soirée?

— Ralph, si tu commandites un meurtre et que tu veuilles un alibi absolument en béton pour l'heure de la mort de la victime, quelle meilleure façon pourrais-tu choisir, sinon de donner une soirée chez toi? Des douzaines, peut-être des centaines, de personnes seront prêtes à attester que tu n'as quitté la maison à aucun moment. (Je composai le numéro.) Une soirée, ou bien, si notre homme regarde à la dépense, une partie de cartes. Une partie de cartes intime avec un trio de concitoyens parfaitement honorables. Ce devrait être une partie de bridge.

Le téléphone à l'autre bout de la ligne sonna. Je tenais l'écouteur à plusieurs centimètres de mon oreille afin que Ralph puisse avoir connaissance de la conversation.

Une femme répondit.

Je fronçai les sourcils.

— Qu'est-il arrivé au maître d'hôtel?

— Quel maître d'hôtel?

— Ah, vous êtes l'intendante?

— Quelle intendante?

— Madame, dis-je, je *suis bien* à Fox Point, n'est-ce pas?

— Exact, fiston.

J'eus un petit rire.

— Comment se passe la soirée?

— Quelle soirée?

Je ne me décourageai pas pour autant.

— Très bien. Où en est la partie de cartes ? Qui gagne ?

— Quelle partie de cartes ?

— Madame, dis-je d'un ton cassant, que *fait* au juste Mr Smith en ce moment ?

— Il dort.

Je clignai des yeux.

— De si bonne heure ? Seul ?

— Bien sûr qu'il est seul. Un homme âgé de 92 ans ! Qui espériez-vous trouver dans son lit ? Raquel Welch ?

— Qui est à l'appareil ? m'enquis-je.

— Belinda. Sa fille. Écoutez, fiston, s'il s'agit d'un appel obscène, videz votre sac. J'ai beau avoir 68 ans, je n'ai rien contre les détails croustillants.

Je raccrochai.

— Ralph, il y a quelque chose qui cloche.

— Qui cloche ?

— Quelque chose d'anormal.

Le livreur de pizzas se dandina d'un pied sur l'autre.

— Dites donc, est-ce que je peux livrer la pizza maintenant ?

Je me raidis.

— Livrer la pizza ?

Il hocha la tête.

— À l'appartement 469. Vous suivez le corridor, vous tournez à droite, et c'est tout au fond. Des habitués.

Je ressentis un grand vide en moi.

— Un instant, mon vieux. Êtes-vous en train de dire que votre misérable pizza trop riche en viande n'était pas destinée à cet appartement ?

— Tout à fait. Comme je l'ai dit, je sortais de l'ascenseur quand cet homme est sorti d'ici en courant et a laissé la porte ouverte. Alors, naturellement, j'étais obligé de voir le corps et dans un moment pareil vous oubliez complètement votre livraison. (Il considéra le carton d'un air sceptique.) D'un autre côté, elle est probablement froide maintenant et ils n'en voudront pas. Enfin, que pouvez-vous faire d'une pizza froide ?

Je fus tenté de le lui dire.

Au lieu de cela, Ralph et moi l'emmenâmes au commissariat central où nous lui fîmes examiner les photographies du sommier jusqu'à ce qu'il reconnaisse un certain Arnold McNab… un homme aux cheveux épais, au nez proéminent, et à la moustache en brosse. Nous lançâmes immédiatement un avis de recherche.

McNab, cambrioleur souvent arrêté, fut à nouveau appréhendé trois jours plus tard lorsqu'un prêteur sur gages vigilant téléphona à la police comme McNab tentait de mettre en gage les bijoux de Miss Baumgartner.

McNab avait été trouvé en possession des bijoux et avait été identifié par le livreur de pizzas, aussi choisit-il de faire des aveux complets.

Il invoqua la légitime défense, affirmant qu'elle s'était jetée sur lui en brandissant la bouteille de lessive en poudre que, dans l'agitation du moment, il avait prise pour une matraque de couleur verte.

Ralph et moi le conduisîmes dans une cellule puis nous sortîmes du commissariat. Nous n'étions plus de service.

— Ralph, dis-je, je viens de me rendre compte que j'ai fait preuve d'une incroyable étroitesse d'esprit. Pourquoi limiter mes recherches pour retrouver ce John Smith à la seule agglomération de Milwaukee ? Après tout, il se présentait uniquement les week-ends et par conséquent il pouvait très bien venir de Madison, de Kenosha, ou même de Sheboygan.

— Henry, dit Ralph, peu importe qui et où il est. John Smith n'était pour rien dans ce meurtre. N'y pense plus.

Ses yeux semblèrent dépourvus de toute malice.

— Henry, allons manger une pizza. Je t'invite.

Je refusai catégoriquement. Néanmoins, nous entrâmes dans un bar où je bus deux sherrys bien tassés et m'efforçai d'oublier.

MEURTRES EN SÉRIE

— Ralph, dis-je, au cours de ces cinq derniers mois, quatre femmes sont mortes de mort violente. Je suis convaincu qu'elles ont été assassinées par le même homme.

— Henry, chaque fois que nous avons eu affaire à un tueur en série, est-ce qu'il n'a pas toujours eu la prévenance de nous envoyer des lettres soit avant les meurtres, soit après ? Nous n'avons reçu aucune lettre.

— Et il est probable que nous n'en recevrons pas, Ralph. La toute dernière chose au monde que cet homme désire, c'est que nous sachions qu'il opère dans la région.

— Qui étaient ces quatre femmes ? demanda Ralph.

J'ouvris une volumineuse enveloppe marron et en sortis les photocopies des coupures de journaux.

— Dans l'ordre chronologique, il y a cinq mois, une certaine Mrs Elizabeth Thompson a été tuée par balles dans sa demeure de Fox Point. La police là-bas a conclu qu'elle avait été tuée par un intrus, peut-être un cambrioleur. Un mois plus tard, une certaine Mrs Elaine Whitecliff, de Grafton, a été battue à mort dans sa chambre à coucher. À nouveau, les autorités ont supposé que c'était l'acte d'un intrus. Il y a six semaines, une certaine Mrs Emily Kearney a trouvé la mort alors qu'elle se promenait dans sa propriété. Elle a été étranglée. Et il y a trois jours, une certaine Mrs Marianne Trestle a été tuée à coups de couteau alors qu'elle était assise sous sa tonnelle et lisait *Maisons et Jardins*.

— Quel est le lien entre elles ?

— Ralph, c'est seulement après que ce dernier meurtre a été commis que j'ai commencé à soupçonner que quelque chose n'allait pas du tout. Je ne découpe jamais les articles de journaux – excepté une recette de cuisine de temps à autre – aussi, afin de me rafraîchir la mémoire, je suis allé aux archives du *Journal*, j'ai relu les comptes rendus des meurtres, et j'en ai fait faire des photocopies.

Ralph attendit patiemment.

— Chacune des victimes était mariée et dans chaque cas le mari avait un alibi parfait pour l'heure du meurtre. Thompson prononçait un discours à l'occasion d'un banquet, Whitecliff jouait au bridge avec ses associés, Kearney était à une réunion de son conseil d'administration, et Trestle se trouvait sur le terrain de golf de son country-club, une partie à deux contre deux, l'un des golfeurs étant un juge fédéral. Les articles des journaux mentionnaient ces faits parce que, je suppose, tout le monde soupçonne automatiquement le mari lorsque sa femme est assassinée, et on voulait mettre fin à ce genre de supputations sans délai.

Ralph haussa les épaules.

— Bon, ils avaient un alibi. Qu'y a-t-il d'anormal à cela ?

— Mais *quatre* meurtres de quatre femmes *riches*, et *quatre* maris qui ont des alibis parfaits ? (J'eus un petit rire entendu.) Cela fait un peu trop de coïncidences à avaler.

— Et alors tu penses qu'elles ont toutes été assassinées par un dingue qui a une dent contre les femmes riches ?

— Pas tout à fait, Ralph. Non, quatre meurtres de quatre femmes riches dont les maris avaient des alibis parfaits indiquent une seule et même chose. Un tueur *à gages*. Un assassin professionnel.

Ralph montra peu d'empressement à m'accompagner jusqu'au bureau du capitaine Johnson.

Le capitaine écouta mon histoire, lut les photocopies des articles, puis leva les yeux au plafond.

— Henry, n'avez-vous pas remarqué que chacune des victimes a été tuée dans une banlieue ? En d'autres termes, c'est en dehors de notre juridiction. Ce n'est pas notre secteur.

— Mais capitaine, protestai-je respectueusement, nous ne pouvons tout de même pas méconnaître ces faits. Nous ne pouvons permettre que les choses en restent là.

— Et je ne le permettrai pas, Henry. Je vais passer quelques coups de fil au département de police concerné et leur dire de s'en occuper. Mais c'est tout ce que je ferai, Henry. Comme je l'ai dit, ce n'est pas notre secteur.

Ralph et moi consacrâmes notre journée à des affaires plus locales. À la fin de notre service, cependant, j'avais pris une décision.

— Ralph, il m'est tout à fait impossible de ne pas me mêler de ces meurtres. Est-ce que tu réalises à quel point il est difficile d'amener *deux* départements de police suburbains à travailler de concert, sans parler de *quatre* ? Ce qu'il faut pour cette affaire, c'est un seul cerveau, une intelligence centrale pour assembler toutes les pièces.

— Henry, le capitaine a dit non.

— Je vais m'en occuper durant mes heures de loisirs, Ralph, et cela ne coûtera pas un sou à la brigade. Demain, c'est mon jour de repos.

Lorsque je rentrai chez moi, je farfouillai dans mon tiroir aux recettes jusqu'à ce que je trouve la coupure de journal où figurait celle du ragoût de corned-beef en cocotte, et je préparai mon dîner. Après avoir mangé et fait la vaisselle, je mis les Quatuors à cordes de Beethoven sur mon électrophone et m'installai confortablement dans mon fauteuil. Je bourrai et allumai ma pipe en écume, puis j'entrepris de réfléchir intensément.

Enquêter sur ces meurtres d'une manière ouverte était exclu. Ma présence étrangère éveillerait certainement l'hostilité de la police suburbaine. Non, je devais rester en dehors de la filière professionnelle. Je devais élucider ces meurtres en procédant en grande partie par déduction, une déduction logique et implacable – méthode qui ne m'intimidait pas le moins du monde.

Quatre hommes avaient engagé quelqu'un afin qu'il élimine leurs épouses respective, pour une raison ou pour une autre. Était-il possible que ces quatre hommes aient engagé quatre tueurs *différents* ? Possible, oui. Probable, non. Jusqu'à preuve du contraire. J'allais mener mon enquête en supposant qu'ils avaient tous engagé le même homme.

Si je désirais engager quelqu'un pour qu'il tue ma femme – si j'en avais une – comment m'y prendrais-je ? Comment trouverais-je *n'importe qui* pour la tuer, sans parler d'un tueur professionnel ? Assurément, on ne pouvait pas se renseigner à droite et à gauche et demander aux gens s'ils étaient des tueurs professionnels ou s'ils en connaissaient un qui soit disponible.

Non, n'était-il pas plus vraisemblable – ou envisageable, à tout le moins – que ce soit le tueur professionnel qui faisait le démarchage ? Qui trouvait ses clients ?

Si j'étais un tueur professionnel, je serais très probablement amené à voyager énormément, n'est-ce pas ? Outre le danger que cela représentait de rester dans une région trop longtemps, il y avait également la probabilité d'épuiser rapidement le filon dans ladite région.

Oui, je serais obligé de voyager. Peut-être un an dans un État et ensuite déménager pour aller dans un autre État. Mais comment trouverais-je mes clients ? Des clients aisés, bien sûr. Non pas que les pauvres et la classe moyenne soient exempts de l'envie de tuer leurs épouses, mais on devait aller là où se trouvait l'argent.

Comment s'y prenait-on pour proposer un meurtre aux riches ? Est-ce qu'on faisait irruption dans leurs bureaux ou leurs salles de conférences pour leur demander s'ils désiraient que leurs épouses soient supprimées ? Bien sûr que non.

Non, on devait probablement faire leur connaissance dans des circonstances plus détendues et plus intimes. En prenant un verre, peut-être. Ou même plusieurs verres. Où cela se passerait-il ? Comment un tueur professionnel peut-il faire la connaissance de quatre personnes différentes qui souhaitent la mort de leurs épouses respectives ?

Je considérai à nouveau les coupures de journaux et je pensai que j'avais la réponse. Trestle faisait une partie de golf au Raddison Country Club au moment où sa femme avait été assassinée. Quel meilleur endroit pour frayer avec les riches qu'un country-club ? Particulièrement au dix-neuvième trou*.

Les quatre maris concernés seraient-ils par hasard membres du *même* country-club ? Cela valait la peine de vérifier.

Je cherchai dans les pages jaunes de l'annuaire du téléphone, trouvai la liste des country-clubs, puis composai le numéro. Une voix neutre, probablement celle d'un employé, répondit.

— Raddison Country Club.

— Je viens d'arriver en ville, dis-je. Je suis censé retrouver James Whitecliff à son country-club. Mais malheureusement Jimmy a oublié de me dire de *quel* country-club il est membre et c'est pourquoi je téléphone un peu partout. Comptez-vous un James Whitecliff parmi vos membres ?

— Oui, monsieur. Dois-je l'appeler par haut-parleur ?

— Ne prenez pas cette peine, merci. Je serai chez vous dans un petit moment. Oh, à propos, pendant que j'y suis, je crois qu'un autre de mes amis est également membre de votre country-club. Franklin Kearney ?

— En effet, monsieur. Je viens de le voir se diriger vers le bar.

— Merci, dis-je, et je raccrochai.

Bien, bien, ainsi Trestle, Whitecliff, et Kearney étaient membres du même club. Je me dis que dès à présent je pouvais supposer que c'était également le cas pour Thompson, mais je vérifierais cela demain.

Je dormis très bien cette nuit-là, et le lendemain matin,

* Le bar (*N. d. T.*).

après le petit déjeuner, je quittai mon appartement et pris ma voiture.

Je mis quarante minutes pour arriver au Raddison Country Club. Un petit écriteau, presque discret, à l'entrée me remit en mémoire que c'était un country-club privé, mais il n'y avait pas de grilles ni de gardien pour m'empêcher d'entrer. Je remontai l'allée jusqu'au bâtiment principal, me garai sur un parking agréablement ombragé, et entrai dans le bâtiment *via* le bar.

Je m'adressai au barman, un homme de petite taille et d'un certain âge.

— Pourriez-vous me dire où je puis trouver le secrétaire du club ?

— Mr Tarleton ? Je ne l'ai pas vu depuis deux jours.

— Oh, dis-je, pris de court.

Il me considéra un moment.

— Vous voulez le voir à propos d'une affaire concernant le club ?

— Euh, oui.

— Dans ce cas, vous feriez mieux de voir O'Higgins. Mr Tarleton est membre du club et il a le titre de secrétaire, mais c'est O'Higgins qui fait tout le boulot. Il est payé pour ça. Comme moi. Son bureau se trouve au niveau inférieur, tournez à droite, là où vous êtes entré.

Je rebroussai chemin et fis comme on m'avait dit, suivant un couloir étroit et mal éclairé jusqu'à la porte où était indiqué *Secrétaire*.

Je trouvai un bureau exigu et encombré, ainsi qu'un homme de haute taille à l'expression quelque peu soucieuse.

— Oui, monsieur, que puis-je faire pour vous ?

— Pouvez-vous me dire si un certain Mr Mathew Thompson est membre de ce club ?

Il réfléchit un moment, se demandant si ce renseignement était ultra-confidentiel ou non, puis il hocha la tête.

— Oui, monsieur. C'est exact.

Cela liait le quatuor.

— C'est un club très fermé, n'est-ce pas ?

Son regard exprima une soudaine inquiétude.

— En *aucune* façon, monsieur. Nous avons deux Juifs, un musulman, deux Noirs, et un…

Je levai une main.

— Je voulais dire fermé par le *nombre*.

Il fut soulagé.

— Oui, monsieur. Le nombre de nos membres est strictement limité à trois cents. Eux et leurs familles, bien entendu.

— Et lorsqu'une vacance survient, vous acceptez un nouveau membre ?

— Oui, monsieur. Lorsque quelqu'un meurt, ou quitte la région, ou simplement démissionne, bien que très peu de personnes aient jamais fait quelque chose d'aussi radical.

— Et comment choisissez-vous les nouveaux membres ? En consultant les demandes d'admission en attente ?

— Euh, pas tout à fait, monsieur. Le nouveau membre doit être recommandé par au moins trois membres. Ensuite il a un entretien avec le comité des admissions et une décision est prise.

Là, je me heurtais à un obstacle de taille. Comment diable un tueur professionnel pouvait-il obtenir trois recommandations pour entrer dans un club très fermé ?

Je réfléchis tandis que O'Higgins m'observait, son appréhension réapparaissant. Et puis je trouvai la réponse. Mais bien sûr ! L'un des précédents clients de notre tueur, disons à Philadelphie, avait sans doute été persuadé d'écrire une lettre à quelqu'un qu'il connaissait bien, disons dans la région de Milwaukee, déclarant à peu de chose près, un excellent ami à moi vient s'établir dans votre région, et je vous serais très reconnaissant de le faire admettre au sein de votre club, dans la mesure du possible.

Et cet ami dans la région de Milwaukee avait obtenu l'accord de deux autres membres et ils avaient entrepris de recommander le tueur auprès du comité des admissions. Peu importait que l'un des trois hommes fût un client éventuel ou non. L'important, c'est que maintenant le tueur était prêt à ouvrir boutique dans une nouvelle région.

— Pourrais-je voir la liste des membres de votre club? Je m'intéresse principalement aux membres qui ont été admis ici au cours de l'année passée.

O'Higgins se montra circonspect.

— Monsieur, qui *êtes*-vous au juste?

J'avais espéré qu'il ne poserait pas cette question, mais puisqu'il l'avait fait, je lui montrai la plaque dans mon portefeuille. Je la remis dans ma poche avant qu'il puisse regarder suffisamment près pour distinguer *Département de police de Milwaukee*.

— Inspecteur Henry Turnbuckle, annonçai-je, réalisant trop tard qu'il aurait été sans doute plus prudent d'utiliser un nom d'emprunt.

O'Higgins alla jusqu'à un casier métallique et en rapporta un dossier. Il en sortit une liste et me la montra.

— Au cours de l'année passée, il n'y a eu que quatre nouveaux membres.

Je lus les noms, qui ne me disaient absolument rien.

— Pourriez-vous me décrire en une ou deux phrases chacune de ces personnes?

— Eh bien, Livingston est l'un des Livingston de Sheboygan. Ils fabriquent des accessoires de salles de bains. Neilson appartient à l'une des plus vieilles familles de Fox Point. Yarrow est avocat à Grafton et conseiller en investissements. Et Netterly vient juste de s'installer ici, il est originaire de Saint Louis. Je ne sais rien sur lui, mais trois de nos membres l'avaient chaudement recommandé. Il passe beaucoup de temps ici au club. Je suppose qu'il aime rencontrer des gens.

J'eus un sourire pincé.

— On ne saurait mieux dire.

Je le quittai, retournai au bar et pris un tabouret.

— Un verre de sherry, s'il vous plaît.

Le barman me lança un regard soupçonneux puis entreprit d'ouvrir des portes de placard. Au bout d'un moment il revint avec une bouteille.

— On ne nous demande plus beaucoup ce truc. Même les femmes.

Tout en sirotant mon sherry, je contemplai le miroir derrière le comptoir, lequel en retour me fournit une vue des tables dans la salle. À cette heure matinale il n'y avait qu'une demi-douzaine d'autres personnes dans le bar.

Je fis signe au barman.

— Sauriez-vous par hasard si Mr Netterly est ici ce matin ?

Il montra la salle du doigt.

— C'est lui là-bas, à la table devant la baie vitrée.

Netterly était un individu à la forte carrure, entre deux âges. Assis seul à sa table, il avait l'air de s'ennuyer.

Je pris mon verre et allai jusqu'à la baie vitrée près de lui, puis je contemplai la vue au-dehors. Je soupirai profondément. Deux fois.

— Vous avez un problème, mon vieux ? demanda Netterly. (Il me montra une chaise.) Asseyez-vous donc. Je déteste boire seul.

Je me présentai sous le nom d'Edward Carson et nous échangeâmes prudemment des banalités pendant environ cinq minutes, nous jaugeant réciproquement, pour ainsi dire. Puis, après un autre soupir, j'en arrivai au fait.

— C'est ma femme.

— Votre femme ?

— Elle batifole avec un autre homme. Je ne sais pas qui c'est, mais je sais qu'il existe. Et je suspecte qu'il y en a peut-être plusieurs.

Il compatit à mon sort.

— Vous n'avez pas envisagé le divorce ?

J'eus un rire amer.

— Le divorce ? Elle me prendrait tout ce que je possède. Lorsque j'ai fait sa connaissance, je l'ai pratiquement tirée du ruisseau. Ma famille m'avait déconseillé de l'épouser. Tout le monde me l'avait déconseillé, mais je ne les ai pas écoutés. Maintenant qu'il est trop tard, je comprends mon erreur. Je ferais à peu près n'importe quoi pour être débarrassé d'elle. Parfois il me vient des idées complètement folles, comme d'acheter un pistolet et de lui faire sauter la cervelle.

— Ma foi, cela ne résoudrait pas votre problème. À moins que vous ne désiriez aller en prison.

Je finis mon verre d'un trait, stoïquement.

— Vous ne connaîtriez pas par hasard quelqu'un que je pourrais engager pour tuer ma femme ?

Il cligna des yeux de façon perceptible.

— Vous parlez sérieusement ?

— Et comment ! Assez pour donner cinquante mille dollars à celui qui fera le boulot.

Je laissai quelques secondes s'écouler puis je me levai.

— Je suis certain qu'il doit bien y avoir quelqu'un quelque part disposé à faire ce boulot et je suis décidé à le trouver.

Netterly leva une main.

— Hé, ne partez pas, mon vieux. Et si nous discutions de ceci ? Prenez donc un autre verre de ce que vous buvez.

Le barman répondit à son geste de la main et nous apporta une nouvelle tournée.

Netterly sirota son bourbon.

— Ce n'est pas une plaisanterie ? Vous songez vraiment à engager quelqu'un pour tuer votre femme ?

— Tout à fait.

— Ce ne sont pas des propos dus à l'alcool ?

— Non.

— Et vous seriez prêt à donner cinquante mille dollars ?

— En espèces.

Il se frotta la joue et continua de me regarder fixement.

— Eh bien, je connais *peut-être* quelqu'un qui se chargerait de ce boulot.

— Qui ? demandai-je avec circonspection.

Il se compromit.

— Moi.

Il était clair que je ne pouvais pas l'arrêter sur-le-champ. Je n'avais aucune preuve véritable qu'il venait d'accepter ma proposition. Ce serait ma parole contre la sienne. Il me fallait donc une preuve.

— Hélas, je n'ai pas une telle somme sur moi !

— C'est bien normal.

— Mais je peux aller chercher l'argent. Retrouvons-nous ici à deux heures cet après-midi.

Il sourit.

— Je vous attendrai.

Je rentrai au commissariat central où je réquisitionnai un petit magnétophone qui se logeait commodément dans la poche de poitrine intérieure de ma veste. Le micro était habilement dissimulé dans un badge discret de l'Ordre Bienfaisant et Protecteur des Elks*, fixé à mon revers gauche.

Je découpai des journaux aux dimensions de billets de banque jusqu'à ce que j'aie une pile d'une dizaine de centimètres de haut. J'enveloppai le tout dans du papier marron, et je scotchai le paquet.

Je retrouvai Netterly à deux heures de l'après-midi au Raddison Country Club. Il y avait un peu plus de monde dans le bar maintenant et nous prîmes place dans un box d'angle.

— À propos, dis-je en regardant d'un air désapprobateur ma montre à affichage digital, avez-vous l'heure exacte ?

Il jeta un regard à sa propre montre.

— Il est exactement deux heures.

Je fis semblant de régler ma montre.

— Et nous sommes le 15 septembre, n'est-ce pas ?

Il hocha la tête.

— Le 15 septembre 1981.

* Association de bienfaisance très connue aux États-Unis *(N. d.* T.).

J'en terminai avec ma montre.

— Bien, venons-en à notre affaire. Vous ne vous êtes pas ravisé, au moins ? Vous êtes toujours d'accord pour tuer ma femme ?

— Oui.

— Et vous voulez cinquante mille dollars pour faire ce boulot ?

— Oui, cinquante mille dollars.

Je posai le paquet sur la table.

— J'ai une très mauvaise mémoire des noms. Vous avez bien dit que votre nom est Clarence Netterly ?

— C'est exact. Je m'appelle Clarence Netterly.

Il prit le paquet et le soupesa.

Je souris.

— Et maintenant, moi, que vous connaissez sous le nom d'Edward Carson, je vous donne à deux heures de l'après-midi, ce 15 septembre 1981, cinquante mille dollars pour que vous assassiniez ma femme.

— On ne saurait être plus concis, mon vieux.

Je sortis mon portefeuille de ma poche, m'apprêtant à lui montrer ma plaque et à procéder à son arrestation.

Netterly sembla faire signe à deux hommes assis à une table voisine de notre box. Ils se levèrent en même temps et s'approchèrent.

— Mr Edward Carson, déclara l'un d'eux, vous êtes en état d'arrestation pour avoir cherché à commanditer le meurtre de votre femme.

Il se prépara à me lire mes droits. Je l'interrompis immédiatement et pointai un index accusateur sur Netterly.

— Voici votre homme. Le *commandité* est l'homme que vous recherchez.

Netterly déboutonna sa veste, laissant apparaître un magnétophone très semblable au mien. Apparemment, son micro était habilement dissimulé dans un badge discret du Rotary International Club, fixé à son revers gauche.

Il me lança un regard de reproche.

— J'ai pensé que je devais accepter votre proposition avant que vous ne filiez et trouviez quelqu'un qui tuerait vraiment votre femme. Je me suis dit que c'était la seule façon de vous en empêcher. J'ai enregistré toute notre conversation.

Je commençais à être incommodé par la chaleur.

— Messieurs, dis-je, nous sommes tous victimes d'un quiproquo. Je n'ai pas de femme et je ne m'appelle pas Edward Carson. En fait, il se trouve que je suis inspecteur de police, du département de police de Milwaukee.

Les deux policiers en civil examinèrent ma plaque et l'un d'eux haussa les épaules.

— D'accord, vous avez une plaque de police dans un portefeuille. Cela ne signifie pas nécessairement que vous êtes ce Henry Turnbuckle. Vous auriez pu voler ce portefeuille.

Des curieux commençaient à s'attrouper autour de nous. Je m'éclaircis la gorge.

— Écoutez, je suis sûr que nous pouvons arranger cette affaire dans un lieu plus intime.

Nous nous rendîmes tous les quatre dans un petit salon où j'appris que je venais de faire la connaissance du sergent Morrison et de l'officier de police O'Reilly.

Morrison me regarda avec froideur.

— Vous êtes dans le pétrin, monsieur, même si vous êtes ce Henry Turnbuckle. Pourquoi opérez-vous dans notre secteur ? La ville de Milwaukee n'est pas assez grande pour vous ou bien pensez-vous que nous ne faisons pas notre travail ?

— Au contraire, m'empressai-je de dire. Je trouve que votre département fait un travail magnifique. Cela a toujours été le cas et cela ne changera pas. Très professionnel.

Tandis que je réfléchissais à la façon d'expliquer ma présence sur leur territoire sans les froisser, O'Reilly quitta la pièce. Il revint peu après.

— J'ai appelé le département de police de Milwaukee. Un certain capitaine Johnson vient tout de suite pour voir s'il peut vous identifier.

Je fermai les yeux.

— Allons, ce n'était *pas du tout* nécessaire. Le capitaine est un homme *très occupé*. Nous aurions pu débrouiller tout ça entre nous.

Le capitaine Johnson fit son apparition vingt minutes plus tard. Il tourna lentement autour de ma chaise trois ou quatre fois puis fit un pas en arrière pour me dévisager.

— Oui, dit-il au bout de trente secondes d'examen minutieux. C'est bien Henry, pas de doute. J'en mettrais ma main au feu.

Franchement, je ne savais pas pourquoi il lui avait fallu autant de temps pour m'identifier.

Il sourit.

— Alors, Henry, on s'est fourré dans le pétrin ?

Je fus autorisé à m'en aller après avoir promis au capitaine Johnson de me présenter à son bureau le lendemain matin à la première heure pour qu'il me notifie la sanction disciplinaire appropriée.

Sur le trajet du retour j'achetai une bouteille de sherry. C'était la seconde cette année.

Le soir, j'étais plongé dans des mots croisés géants lorsque Ralph sonna à ma porte.

Il arborait un sourire radieux.

— Henry, tu as bien travaillé, une fois de plus ! Tu nous as conduits droit au meurtrier. Il est maintenant en détention préventive.

Je clignai des yeux puis recouvrai mon aplomb.

— Ah, ha ! Je m'en doutais ! Netterly est bien le tueur. Mais il avait flairé le piège, alors il a eu l'idée de ce stratagème très astucieux pour dépister les limiers de la justice.

— Non, Henry. L'assassin n'est pas Netterly.

Pas Netterly ? Alors, si ce n'était pas Netterly, qui diable cela pouvait-il être ? Je me frappai le front. Mais bien sûr ! *O'Higgins* ! Le secrétaire en fonction du club. *Il* était à même de connaître tous les membres du club et leurs problèmes. J'eus un petit rire.

— Sans façon, je me risquerai à dire que le nom de l'assassin est *O'Higgins.*

— Non, Henry. Ce n'est pas O'Higgins non plus. Lionel Casterbridge.

— Lionel Casterbridge ?

Ralph aimait faire traîner les choses en longueur.

— Après que tu as quitté le country-club, le capitaine Johnson s'est dit qu'il ferait aussi bien d'aller au bar et de prendre un petit verre vite fait. Il a reconnu le barman et s'est souvenu qu'en principe il était toujours en liberté sur parole. Et quand tu es en liberté sur parole, le dernier boulot au monde que tu as le droit de faire, c'est celui de barman. Alors Johnson s'est présenté. Le barman a blêmi, s'est mis à trembler, et a donné l'impression qu'il allait ficher le camp ou tomber dans les pommes. Bref, il a réagi de façon excessive. Alors Johnson a pensé qu'il avait peut-être déniché beaucoup plus qu'une simple violation de parole. Il a pris l'homme à part et à commencer à lui poser des questions. Le barman n'était pas du genre à tenir le coup. Il s'est emmêlé les pinceaux, a laissé échapper plusieurs choses, et finalement il a craqué et a vidé son saç.

Je compris aussitôt la situation.

— Et le nom du barman est Lionel Casterbridge ?

— Non, Henry. Charley Stevens.

Je dominai magnifiquement mon irritation.

— Alors qui diable est ce Lionel Casterbridge ?

— Stevens et lui partageaient la même cellule à Waupon et ils ont été libérés sur parole à peu près au même moment. Lorsque Stevens a trouvé ce boulot de barman, il s'est mis à écouter les clients du bar, et il a eu une idée lumineuse. Les gens disent aux barmen plus de choses qu'ils ne le feraient avec un psychiatre. Il a simplement recueilli des informations et les a transmises à Casterbridge, lequel s'est chargé des contacts personnels, a négocié les accords, et a exécuté les meurtres. Ils partageaient les bénéfices moitié-moitié.

Ralph sourit.

— Le capitaine a dit que ce n'était pas la peine de te présenter à son bureau demain matin. Tout est pardonné.

J'allai à la fenêtre et contemplai les étoiles lugubres dans la nuit lugubre.

— Henry, dit Ralph, tu devrais sortir davantage. Voir des gens. Vivre le Livre de la Vie.

— Ralph, on ne peut pas vivre le Livre de la Vie. On a à peine le temps de lire la Table des Matières, encore moins de parcourir l'Index. De plus, j'avais un oncle qui est mort de délectation. C'est une horrible façon de mourir.

Néanmoins, je me versai un autre verre de sherry.

LA DERNIÈRE CIGARETTE

Je regardai le mégot de cigarette coincé dans l'encoche du cendrier.

— La victime a allumé une cigarette, a tiré une ou deux bouffées, et a posé la cigarette. Quelques instants plus tard, elle a été tuée. Cependant, la cigarette a continué de se consumer, comme le font toutes les cigarettes, jusqu'à ce qu'elle atteigne l'endroit où elle avait été posée, et alors elle s'est éteinte. Tu noteras que la cendre de cigarette est tombée du mégot en un seul morceau. Elle ne forme pas plusieurs petits tas comme cela se serait normalement produit si la victime avait continué de fumer en tapotant sa cigarette.

— Voilà qui est parfait, Henry, dit Ralph, mais qu'est-ce que cela à avoir avec le meurtre ?

— Peut-être tout, répondis-je, puis je bouclai prudemment la boucle. Peut-être rien.

La victime avait été Jefferson O'Leary. Sa nièce et ses deux frères, ses héritiers, se trouvaient dans sa demeure au moment du meurtre et étaient par conséquent les suspects logiques.

Apparemment, O'Leary avait été tué à un certain moment après le déjeuner – la dernière fois où il avait été vu en vie. Aucun des suspects ne reconnaissait avoir entendu le coup de feu, ce qui, dans le cas de deux d'entre eux au moins, était vraisemblable, car le cabinet de travail de Jefferson était situé dans une aile séparée de la maison et pratiquement insonorisé. Aucun des suspects, comme ils l'affirmaient à nouveau, n'avait su qu'il était mort jusqu'à ce que le corps ait été découvert par l'un des domestiques à qui l'on avait demandé d'aller chercher Jefferson, celui-ci négligeant de venir pour le dîner.

L'arme du crime, un pistolet d'exercice, avait été trouvée par terre près d'une douille. Il n'y avait pas d'empreintes ni sur l'une ni sur l'autre.

Il semblait évident que l'assassin avait pris le pistolet sur le râtelier ornant l'un des murs, avait ouvert un tiroir pour chercher des balles – le tiroir était toujours ouvert et une boîte contenant des balles avait été renversée –, avait introduit une seule balle dans la chambre de l'arme, puis avait tiré sur O'Leary. Cela fait, il avait essuyé le pistolet pour effacer ses empreintes, avait retiré la douille de la chambre, et l'avait également essuyée.

Je considérai le cendrier à nouveau puis j'allai jusqu'à la corbeille à papier. Elle ne contenait absolument rien.

— Ah, ha! dis-je d'un air entendu. Très intéressant! Comment a-t-il allumé sa cigarette?

De toute évidence, cela désarçonna Ralph.

— Très bien, Henry, comment a-t-il allumé sa cigarette?

— Ralph, nous avons fouillé les poches de la victime. Pas de briquet. Pas de pochette d'allumettes. Et il n'y a pas de boîte d'allumettes sur le bureau. Pas même une allumette consumée soit dans le cendrier soit dans la corbeille à papier.

Je souris triomphalement.

— Cela ne peut signifier qu'une chose, Ralph. O'Leary ne se servait pas d'un briquet. Ou tout simplement il ne l'avait pas sur lui. Et s'il était un utilisateur habituel d'allumettes plates, il en était momentanément démuni. Par conséquent, l'assassin a obligeamment donné du feu à sa victime, en se servant de son propre briquet. Il a laissé O'Leary tirer une ou deux bouffées et poser sa cigarette dans le cendrier. Ensuite il l'a tué.

Ralph se frotta la joue.

— La cigarette était peut-être celle de l'assassin. Il l'a allumée, a été absorbé par le meurtre, et a oublié de la reprendre lorsqu'il est parti.

— Non, Ralph. Tu noteras que le bout filtre de la cigarette est tourné vers la victime, comme il devait l'être normalement lorsque O'Leary a posé la cigarette dans le cendrier près de lui.

— Henry, déclara Ralph avec admiration, tu peux déduire plus de choses de rien du tout que quiconque que je connaisse. Mais que fais-tu de la cigarette ?

Je clignai des yeux.

— La cigarette ! Quelle cigarette ?

— Où a-t-il eu la cigarette, Henry ? Nous n'avons pas trouvé d'étui à cigarettes sur son corps ou dans la pièce. Ni de paquet de cigarettes nulle part. Pas même un paquet vide. (Ralph continua implacablement.) Or donc, j'en déduis que l'assassin a non seulement donné du feu à sa victime, mais lui a également donné une cigarette. Tout ce que nous avons à faire maintenant, c'est découvrir lequel de nos suspects fume des Dromadaires à bout filtre, et nous tiendrons notre assassin.

J'eus un petit rire indulgent.

— Voyons, Ralph, les affaires de meurtre ne sont pas aussi simples.

À ce moment, l'un des techniciens du département m'apporta l'information que des grains de poudre avaient été trouvés sur les mains de *tous* nos principaux suspects.

Je fronçai les sourcils d'un air pensif.

— Ralph, je flaire une entente délictueuse.

Il était clair que le moment était venu d'interroger les suspects à fond. Ceux-ci étaient Amanda O'Leary, âgée de 26 ans, portant des lunettes fantaisie aux verres colorés derrière lesquels se cachaient des yeux vert-violet, et ses frères, Eldred

O'Leary, jeune homme barbu et maître assistant à l'université, et Hercules O'Leary, capitaine d'aviation, actuellement en permission.

Nous dirigeâmes nos pas vers le salon où ils attendaient. Je les observai.

— On vient de m'apprendre que vous aviez tous les trois des grains de poudre sur les mains. (Je souris d'un air entendu.) Une coïncidence incroyable. Et je ne crois pas aux coïncidences.

— Pourquoi cela ? demanda Amanda O'Leary d'un ton candide. Eu égard à tous les éons passés et à tous les éons à venir, n'est-ce pas une coïncidence incroyable qu'il se trouve que ce soit aujourd'hui et que nous soyons ici ?

J'eus le pressentiment que cette jeune femme allait probablement me causer des difficultés.

— Quelqu'un peut-il m'expliquer cette coïncidence ?

— Eh bien, dit-elle, si nous sommes à même d'accepter le principe qu'en réalité il n'y a jamais eu de passé et qu'il n'y aura pas de futur, alors...

Je levai vivement une main.

— Je voulais parler des grains de *poudre*.

— Oh, ça, fit Amanda. Oncle Jefferson était un passionné des armes à feu et il avait fait aménager un stand de tir au sous-sol. Nous étions tous là-bas ce matin et nous avons tiré à tour de rôle. Ce qui explique les grains de poudre.

— Ah, dis-je. Un stratagème très astucieux. L'assassin, comprenant qu'il serait l'un des suspects avec un nombre restreint de suspects, a décidé de diminuer les chances d'être démasqué en s'arrangeant pour que vous *tous* ayez également des grains de poudre accusateurs sur les mains. Alors, qui a « proposé » que vous alliez tous au sous-sol pour tirer sur des cibles ?

— En fait, c'est oncle Jefferson, déclara Eldred. Il insistait toujours pour que nous l'accompagnions au stand de tir. Je n'y suis jamais allé de mon plein gré. Je déteste les armes à feu.

Je fus pris de court… momentanément.

— Et alors l'un de vous, sachant que vous aviez *tous* des grains de poudre sur les mains, a décidé de tirer parti de ce fait et de tuer votre oncle.

— C'est possible, admit Amanda, mais il ne vous est pas venu à l'esprit que peut-être *aucun* de nous n'avait commis le meurtre ?

Je la considérai attentivement.

— D'un autre côté, tout en admettant qu'un seul de vous trois a pu commettre le meurtre lui-même, ceci pourrait très bien être une entente délictueuse à laquelle vous avez tous pris part à un degré ou à un autre, y compris l'acte de mettre des grains de poudre sur vos mains afin de déconcerter la police.

— C'est absurde ! s'exclama Amanda. Si c'était le cas, nous aurions certainement veillé à avoir tous les trois des alibis nous innocentant mutuellement pour l'heure du meurtre, quelle que soit cette heure. Mais aucun de nous n'a un alibi. Nous nous sommes promenés dans la maison et dans la propriété tout l'après-midi et j'imagine que n'importe lequel d'entre nous aurait pu entrer furtivement dans le cabinet de travail et tuer oncle Jeff.

Je demeurai imperturbable et continuai.

— Je suppose que vous logez tous dans cette maison ?

— Seulement moi, répondit Amanda. Eldred a un appartement à proximité de l'université. Et Hercules est dans l'aviation. Il est arrivé ce matin. Disons que c'était un genre de réunion de famille.

Hercules O'Leary hocha la tête.

— Je suis stationné à l'étranger. C'est ma première permission depuis dix-huit mois.

— À propos, dis-je habilement, lequel de vous trois fume des Dromadaires à bout filtre ?

Après un instant de réflexion, Eldred O'Leary déclara :

— Moi. Mais je devrais arrêter, à vrai dire.

J'eus un sourire sévère.

— Il est trop tard. (Je faillis me frotter les mains.) Je suis arrivé à la conclusion que, juste avant de tuer votre oncle Jefferson, l'assassin lui a donné l'une de ses cigarettes et, de fait, lui a également donné du feu. (Je dardai sur Eldred O'Leary un regard officiel.) Et il se trouve, monsieur, que cette cigarette était une Dromadaire à bout filtre.

Un silence de mort règna pendant quelques instants, puis Hercules fit claquer ses doigts.

— Sapristi ! je viens de me rappeler. Certes, les Dromadaires à bout filtre ne sont pas *ma* marque de cigarettes, mais lorsque je suis arrivé ici ce matin, je me suis aperçu que j'étais à court de mes cigarettes préférées, alors Eldred, très obligeamment, m'a donné l'un de ses paquets.

Eldred cligna des yeux.

— Vraiment ?

— Bien sûr, dit Amanda d'un ton ferme. À vrai dire, moi aussi, pure coïncidence, j'étais à court de ma marque de cigarettes et je t'ai emprunté un paquet de Dromadaires à bout filtre ce matin. Tu ne te rappelles pas ? (Elle se tourna vers moi et me fit un splendide sourire.) Comme vous le voyez, n'importe lequel de nous trois aurait pu donner à oncle Jeff cette dernière cigarette.

Elle s'interrompit, comme si une idée lui venait à l'esprit, puis elle fronça les sourcils.

— Hé, un instant ! Pourquoi parlons-nous de cigarettes ? Oncle Jeff ne fumait plus. Il avait arrêté il y a quatre mois de cela.

— Mademoiselle, dis-je, il est possible que, en raison de la tension nerveuse du moment, il ait brusquement recommencé. Cependant, cela est à côté de la question. Et la question est… *qui* lui a procuré cette cigarette ? Il n'avait pas de paquet de cigarettes sur lui et il n'y en avait pas dans la pièce… Donc j'en déduis à coup sûr que la cigarette lui a été donnée *forcément* par son assassin. Il n'y a pas d'autre possibilité.

Je continuai de réfléchir sur cet aspect de l'affaire tandis qu'ils m'observaient avec respect. Et puis je trouvai la réponse.

— Mais bien sûr ! Il a essayé de nous *dire* quelque chose.

— Nous dire quoi ? demanda Amanda fort à propos.

— Il a essayé de nous dire *l'identité* de son assassin. Il nous a dit que son assassin était un homme qui ne savait pas qu'il avait arrêté de fumer.

Je braquai mon regard revêtu d'autorité sur Hercules O'Leary, le capitaine d'aviation.

— Vous, monsieur, étiez stationné à l'étranger. Vous êtes arrivé ici seulement ce matin. Il est clair que vous n'étiez pas au courant que votre oncle avait arrêté de fumer. Par conséquent, lorsqu'il a compris que vous étiez sur le point, ou seriez peut-être tenté, de lui faire du mal jusqu'au point de le tuer, il vous a demandé un cigarette, que vous lui avez donnée magnanimement, en songeant que c'était une dernière requête parfaitement légitime. Vous lui avez donné du feu et il a laissé la cigarette dans le cendrier afin que nous la trouvions… une preuve capitale indiquant sans l'ombre d'un doute que son assassin était quelqu'un qui ne savait pas qu'il avait arrêté de fumer.

À cet instant, Eldred intervint.

— Je viens de me rendre compte que moi non plus je ne savais pas que oncle Jeff avait arrêté de fumer. Je n'étais pas venu ici depuis plus de quatre mois. Je me sens affreusement fautif à cet égard, mais je n'en ai vraiment pas eu le temps, avec mes cours et la préparation de mon doctorat.

— C'est très gentil de ta part, Eldred, reconnut Hercules, mais ce n'était pas nécessaire. En fait, je *savais* que oncle Jefferson avait arrêté de fumer. Il me l'avait dit dans plusieurs des lettres qu'il m'a envoyées. J'ai ces lettres dans ma valise.

Je me tournai vers Eldred, prenant un ton sévère.

— Vos paroles imprudentes viennent de vous condamner à la potence, ou du moins à un emprisonnement à vie, soit douze ans et trois mois, habituellement. En effet, vous avez admis publiquement que vous êtes la seule personne ici qui ignorait que votre oncle Jefferson avait arrêté de fumer.

Eldred se lissa la barbe, cherchant l'inspiration.

— À la réflexion, bien que je ne sois pas venu dans cette maison depuis plus de quatre mois, *j'ai eu* de nombreuses conversations téléphoniques avec oncle Jeff. Et il m'a *souvent* dit qu'il avait arrêté de fumer. Cependant, le souvenir de cela a été temporairement occulté dans mon esprit aujourd'hui en raison du meurtre d'oncle Jeff et de mon sentiment de culpabilité à propos de ma propre incapacité de faire de même. Mais oui, maintenant je me souviens parfaitement que oncle Jeff m'avait dit qu'il avait arrêté de fumer.

Amanda confirma ses dires immédiatement.

— J'étais *là* quand oncle Jeff a passé ces appels téléphoniques. Il *a dit* à Eldred qu'il avait arrêté de fumer et il a suggéré à Eldred de faire de même.

J'allai jusqu'à la fenêtre et levai les yeux vers la voûte céleste.

— Ralph, pourquoi restes-tu planté là à ne rien faire ?

— Tout bien réfléchi, dit Amanda, je *connais* une autre personne qui fume des Dromadaires à bout filtre. Wilbur Tuttle.

Je n'avais absolument pas l'intention de lui demander qui diable était Wilbur Tuttle.

Néanmoins, elle continua.

— Wilbur est le conseiller financier d'oncle Jeff, son avocat, et ce genre de choses. Oncle Jeff commençait à avoir des doutes à son sujet. Il suspectait Wilbur de puiser dans le capital des O'Leary.

Hercules O'Leary se mit de la partie.

— Mais oui ! Oncle Jeff et Wilbur ont eu une discussion animée dans le cabinet de travail d'oncle Jeff cet après-midi. Et oncle Jeff a menacé d'avertir les autorités. Qu'en pensez-vous ?

Je continuai de regarder fixement le ciel.

— Alors Wilbur a paniqué, s'est emparé de l'un des

pistolets d'exercice sur le râtelier et a tué oncle Jeff ? suggéra Amanda.

La belle histoire ! Quelles preuves avaient-ils ? Aucune ! Eldred mit son grain de sel.

— Wilbur est probablement arrivé en voiture, a contourné la maison et s'est garé près de la porte du cabinet de travail. Il a plu ce matin et il y a des flaques de boue sur cette allée. Je parierais qu'il y a des traces de pneus de sa voiture un peu partout. Si quelqu'un comparait ces traces avec les sculptures des pneus de sa voiture, cela ne me surprendrait pas du tout qu'elles soient identiques.

Hercules fut de son avis.

— Et je vous parie que Wilbur a des grains de poudre sur ses mains. Et il n'a même pas de stand de tir dans son sous-sol.

— Sa demeure se trouve à environ huit cents mètres d'ici, au bas de la route, ajouta Amanda. Je peux vous indiquer son adresse.

— Très bien, Henry, dit Ralph. Allons là-bas pour poser quelques questions à Wilbur.

Wilbur Tuttle n'était pas chez lui lorsque nous arrivâmes à sa résidence.

Accompagné de son avocat – et muni d'un sac de voyage – il s'était présenté au commissariat central quelque vingt minutes plus tôt.

Selon ses dires, Jefferson O'Leary et lui s'étaient violemment disputés. Tuttle avait perdu la tête, s'était emparé d'un pistolet sur le râtelier, et avait introduit une balle dans la chambre. Quant au motif de leur dispute, il préférait – sur le conseil de son avocat – ne pas le révéler pour le moment.

La cigarette maintenant. Au cours de la discussion, Tuttle avait pris une cigarette dans son paquet et avait posé le paquet sur le bureau tandis qu'il l'allumait. Il n'avait pas proposé de cigarette à O'Leary parce qu'il savait que O'Leary avait arrêté de fumer. De plus, le moment ne semblait guère approprié pour faire assaut de politesse.

Cependant, il apparaissait que O'Leary avait été suffisamment énervé ou irrité pour qu'il décide, eu égard aux circonstances, de rompre son jeûne de nicotine. Il avait pioché une cigarette dans le paquet de Tuttle et ce dernier, par nécessité – puisque O'Leary n'avait pas d'allumettes ou de briquet – lui avait donné du feu. Et cette cigarette avait été posée dans le cendrier environ une minute plus tard lorsque la discussion s'était envenimée et que Tuttle avait saisi et chargé le pistolet.

Tuttle affirmait qu'il avait introduit la balle dans la chambre uniquement pour faire peur à O'Leary. Le coup de feu était parti accidentellement. Lui et son avocat n'avaient aucun doute à ce sujet.

Après son acte, Tuttle avait soigneusement effacé ses empreintes sur le pistolet et la douille, puis, sa propre cigarette toujours au bec, était sorti précipitamment pour repartir en voiture. Il soutenait que pas une seule seconde il n'avait envisagé de tenter de s'en tirer à bon compte. Il désirait simplement un peu de temps pour *réfléchir*, et également pour trouver un bon avocat. L'avocat de Tuttle approuvait avec enthousiasme la sagesse de cette décision.

Ce soir-là, j'étais chez moi, occupé à avaler les deux derniers comprimés se trouvant dans mon bocal de vitamines C lorsque le téléphone sonna. C'était Amanda.

— Finalement, vos déductions à propos de l'assassin allumant la cigarette d'oncle Jeff étaient tout à fait exactes. Sans ce fait capital, bien que minuscule, qui sait, le meurtre d'oncle Jeff n'aurait peut-être *jamais* été élucidé.

— Vos éloges arrivent trop tard, dis-je. Je viens d'avaler les comprimés. Tout ce qu'il y avait dans le flacon.

Je raccrochai.

Le téléphone se remit à sonner immédiatement.

Je restai là à sourire d'un air affecté, j'en ai bien peur.

J'allais le laisser sonner pendant trois minutes puis je répondrais.

Le téléphone cessa de sonner au bout d'une minute.

Il me vint une idée affreuse. Et si elle envoyait une ambulance ?

Je m'emparai de l'annuaire du téléphone… et découvris que la résidence des O'Leary n'y figurait pas. Nom d'un chien, pensai-je, *tout* va donc de travers aujourd'hui ?

Je restai assis, enclin à transpirer, tendant l'oreille, prêt à déceler la sirène d'une ambulance.

Il n'en vint aucune.

Au lieu de cela, Amanda sonna à ma porte onze minutes plus tard, tout à fait hors d'haleine et mortellement inquiète.

Je lui présentai des excuses immédiatement, et lorsqu'elle eut retrouvé son sang-froid – et sa bonne humeur – nous bûmes tous deux un verre de sherry.

Un peu plus tard dans la soirée, entre autres, nous regardâmes un film policier à la télévision.

Je me livrai à certaines déductions et déclarai avec assurance que l'oncle de la victime était l'assassin.

Ce n'était pas l'oncle et je me versai un autre sherry. Un double.

LA SOLUTION À DEUX POUR CENT

Les enquêteurs de la brigade des incendies criminels arrivèrent à la conclusion que l'incendie avait été d'origine suspecte.

Le lieutenant Morrison nous fit venir dans son bureau, Ralph et moi, et nous apprit les faits.

— C'était une maison en bois à un étage. D'après les voisins, le feu s'est déclaré approximativement à neuf heures et demie la nuit dernière. Nous sommes arrivés là-bas moins de cinq minutes après que l'alerte eut été donnée, mais la maison était déjà la proie des flammes. Il nous a semblé que le feu avait pris presque simultanément en trois endroits différents dans la maison. Je dirai que c'était le travail d'un amateur. Un professionnel n'aurait pas été aussi maladroit.

— Ah, dis-je. Et qui était le propriétaire de la maison ?

— Les Wentworth, James et Pamela.

Je compris la situation immédiatement.

— Mari et femme, bien sûr.

— Non. Frère et sœur. Ils avaient acheté la maison il y a juste trois semaines.

J'eus un petit rire entendu.

— Je suppose qu'ils l'avaient fait assurer ? Particulièrement contre l'incendie ?

Le lieutenant Morrison hocha la tête.

— Mais je pense qu'ils auront des difficultés pour toucher l'argent de l'assurance.

— Et où étaient ces Wentworth lorsque l'incendie a éclaté ?

— Ils prétendent qu'ils étaient allés au cinéma avec leurs parents. Pour voir *Tootsie*. Nous n'avons trouvé personne pour confirmer cela. Excepté les membres de la famille, bien sûr.

Je réfléchis.

— Il est possible qu'ils disent l'absolue vérité. Après tout, ils auraient pu engager quelqu'un pour commettre leur incendie criminel.

Ralph mit son grain de sel.

— Henry, s'ils avaient engagé quelqu'un pour faire leur sale boulot, est-ce qu'ils n'auraient pas préparé un alibi plus solide ? En passant la soirée avec quelqu'un qui était extérieur à la famille ? Et est-ce qu'ils n'auraient pas engagé un professionnel, plutôt qu'un amateur qui a salopé le travail ?

— Idéalement, oui, Ralph. Mais en ce bas monde nous sommes tous soumis à des considérations pratiques. Très probablement, ils ne savaient pas *où* engager un incendiaire professionnel. (Je réfléchis plus avant.) En fait, je pense qu'ils n'ont même pas réussi à trouver un amateur disposé à faire ce travail. De là cet alibi pitoyable. Donc ils ont été obligés de faire le travail eux-mêmes. Ont-ils quelque explication concernant l'incendie ?

— Ils disent que c'est certainement l'œuvre d'un pyromane.

— Les quatre Wentworth étaient-ils les seuls occupants de la maison ?

— Seulement James et Pamela Wentworth. Leurs parents ont leur propre maison située à environ trois kilomètres d'ici. En fait, James et Pamela restaurent des maisons. Ils achètent une vieille baraque, s'y installent, et entreprennent de la retaper. Lorsqu'ils ont terminé, ils vendent la maison, en achètent une autre, et recommencent la même chose.

— Auraient-ils par hasard perdu d'autres maisons du fait d'un incendie ?

— Pas à notre connaissance. Ils restaurent des maisons depuis environ trois ans.

— Et où pouvons-nous les trouver maintenant ?

— Chez leurs parents.

Après avoir noté l'adresse des parents, Ralph et moi nous rendîmes à leur résidence. C'était une maison sans étage assez grande, dans l'une des banlieues au nord de la ville.

Une jeune femme aux cheveux noirs et aux yeux violets répondit à notre coup de sonnette et nous laissa entrer seulement après que nous eûmes montré nos plaques et décliné nos identités respectives.

— Mon frère n'est pas là, il essaie de trouver une autre maison, déclara-t-elle. Et mes parents font du jogging. Cette année encore, ils se sont inscrits pour le Marathon de Boston.

— Mademoiselle, dis-je, je ne vous cacherai pas que vous êtes l'un des principaux suspects dans une affaire d'incendie criminel.

Elle l'admit.

— C'est ce que m'a dit le chef du service incendie.

— Je crois savoir que la maison qui a brûlé était assurée ?

— Bien sûr. Sans cela, nous n'aurions pas obtenu l'hypothèque.

— L'hypothèque ?

Elle nous expliqua.

— Jimmy et moi ne faisons pas ce métier, retaper de vieilles baraques, depuis assez longtemps pour être en mesure de poser sur la table des liasses de billets et d'acheter une bâtisse comptant. Ce qui signifie que nous effectuons le premier versement minimum et que nous prenons une hypothèque pour payer le reste. Dans le cas présent, nous nous sommes adressés à la Marine State Bank. En d'autres termes, puisque la maison était assurée, le détenteur de l'hypothèque va s'adresser à la compagnie d'assurances et toucher la plus grande partie de l'argent. En fait, nous perdons beaucoup plus que notre premier versement, parce que nous avons également perdu notre scie circulaire, notre perceuse, notre presse, et une quantité d'outils à moteur portatifs, dans l'incendie, sans parler des matériaux de construction que nous avions déjà achetés et entreposés dans la maison. Rien de tout cela n'était assuré. Donc nous perdons un sacré paquet. À votre avis, pourquoi aurions-nous mis le feu à la maison ? Qu'est-ce que cela nous rapporterait ?

Rien du tout, pensai-je, mais je n'avais pas l'habitude de renoncer aussi facilement.

— Ainsi votre frère et vous restaurez des maisons ?

— Je suis ravie que vous ayez deviné. En fait, j'ai une licence d'anglais, mais de nos jours les places sont rares pour des professeurs d'anglais. Alors je me suis lancée dans la restauration de maisons avec mon frère. Notre père était entrepreneur de bâtiment et il nous parlait sans cesse de chantiers de construction. La transition était facile.

Ralph sembla se réveiller.

— Le Marathon de Boston ?

Elle hocha la tête.

— Maman est arrivée 281e l'année dernière. Papa a abandonné au bout de quinze cents mètres, il avait un point de côté.

Je ne la laissai pas détourner la conversation et poursuivis obstinément.

— Votre frère et vous faites tout le travail de restauration vous-mêmes ?

— La plus grande partie. Cependant, les règlements municipaux exigent que nous fassions appel à des ouvriers qualifiés pour la plomberie et l'installation électrique.

— Les travaux étaient bien avancés ?

— Pas tellement. Mais nous pensions que nous aurions tout terminé dans trois mois environ.

J'eus un sourire entendu.

— Lorsqu'on achète une vieille maison pour la retaper, il y a toujours des surprises inattendues, n'est-ce pas ? Des surprises *coûteuses* ? Des surprises que l'on n'avait pas prévues lors de l'acquisition du bâtiment ? D'importants défauts de construction, par exemple ?

— Il y a toujours des surprises, même lorsque vous connaissez votre partie.

— Et ne pourrait-on pas découvrir brusquement que si l'on effectue *toute* la restauration nécessaire, on pourrait perdre de l'argent au bout du compte ? Peut-être beaucoup d'argent ?

Elle me fit un charmant sourire.

— Et alors, comprenant que nous serions lessivés si nous poursuivions les travaux de restauration, nous avons estimé qu'il serait plus logique, financièrement, de mettre le feu à la maison et de tenter au moins de nous tirer d'affaire sans gain ni perte, grâce à l'argent de l'assurance ? Vous oubliez les outils que nous avons perdus.

— Mademoiselle, dis-je, pour le moment il ne m'a été présenté aucune preuve solide, ou fondue, qu'il y *avait* des outils dans la maison, encore moins des matériaux de construction.

Je commençai à marcher de long en large.

— Qu'est-ce qu'il fait ? demanda Pamela à Ralph.

— Des déductions, répondit Ralph. Il déduit comme un enragé et trouve quatre-vingt-dix-huit pour cent de la solution et puis il trébuche toujours sur les deux derniers pour cent.

Pas toujours.

— Ralph, dis-je, mis à part les troubles psychotiques, quel est habituellement le mobile dans une affaire d'incendie criminel ?

— L'argent, déclara Ralph.

J'approuvai de la tête.

— À présent, pourquoi un homme, une femme, ou les deux, peut-être de connivence avec leurs parents, mettraient-ils le feu à une maison, détruisant leurs outils et leurs matériaux de construction par la même occasion ?

— Je donne ma langue au chat, dit Pamela. Pourquoi ?

— Pour *plus* d'argent qu'ils n'en perdraient, bien sûr. Peut-être beaucoup plus d'argent. Suffisamment pour que cela en vaille la peine, y compris le risque de se faire arrêter pour incendie criminel.

Pamela sourit à nouveau.

— Prouvez-le.

Je repris ma déambulation tandis que je m'efforçais d'assembler les pièces du puzzle.

— Lorsque Henry était au lycée, dit Ralph, il a reconstitué un dinosaure à partir d'un seul os.

En fait, il s'agissait d'un ptérodactyle de Sheboygan.

— Bon sang ! m'exclamai-je. Ralph, lorsque des gens retapent de vieilles baraques, invariablement ils abattent des murs, font sauter des cloisons, et se livrent à diverses autres démolitions, n'est-ce pas ?

Ralph en convint.

Je m'attaquai de biais à la solution évidente de cette affaire.

— Miss Wentworth, quand vous avez acheté cette maison, avez-vous expulsé ou évincé le propriétaire ou le locataire ?

— Non. La maison était inoccupée depuis un mois lorsque nous en avons fait l'acquisition.

— Aha, dis-je. Alors n'est-il pas vrai que lorsque votre frère et vous avez commencé les travaux, vous avez trouvé quelque chose de grande valeur ? Peut-être derrière une cloison ou un mur. Quelque chose qui valait la peine de s'abaisser à commettre un incendie criminel.

— D'accord, dit Pamela. Qu'avons-nous trouvé ?

— Pour commencer, nous supposerons que c'était de l'argent.

— Très bien, nous avons trouvé de l'argent. Pourquoi ne l'avons-nous pas pris, tout simplement ? Pourquoi avoir mis le feu à la maison ?

— Parce que l'argent ne vous appartenait pas.

— Mince alors ! *À qui* appartenait-il ?

— Certainement pas à la dernière personne à avoir occupé les lieux, parce qu'elle l'aurait emporté en partant, bien entendu. Non, l'argent avait été caché derrière ce mur ou cette cloison par un autre individu… quelqu'un qui n'était pas en mesure de le réclamer lorsque vous avez acheté la maison.

— Cela n'explique toujours pas pourquoi nous n'avons pas tout simplement empoché l'argent. Je déteste me répéter, mais pourquoi incendier cette foutue baraque ?

J'eus un sourire pincé.

— Parce que vous avez compris que ce serait risqué – même dangereux – de vous contenter de prendre l'argent. La maison devait être détruite afin que celui qui avait caché l'argent à cet endroit suppose qu'il avait été consumé au cours d'un malencontreux incendie. (Je concentrai le tir.) Donc j'en déduis que l'argent devait être identifiable d'une façon ou d'une autre. En d'autres termes, simplement en le regardant, on saurait à qui il appartenait vraiment.

— Et quel aurait été ce moyen d'identification, selon vous ? s'enquit Pamela d'un ton acerbe.

— Je pense que les liasses de billets de banque étaient identifiables grâce à l'inscription imprimée sur les bandes de papier les maintenant ensemble. Peut-être le nom d'une banque. Et je suis également certain que c'était de l'argent *volé*. Bien sûr, vous avez tout de suite compris ce fait lorsque vous avez vu l'argent, et vous saviez que celui qui l'avait volé reviendrait un jour pour récupérer son butin mal acquis et, ne le trouvant pas, découvrirait facilement qui avait restauré la maison et partirait à votre recherche, pas très bien disposé à votre égard.

Pamela soupira.

— Et pourquoi le voleur aurait-il caché l'argent dans notre maison, hein ?

— Ce n'était pas votre maison lorsqu'il l'a caché. Et il n'avait pas le choix. Il ne voulait surtout pas que l'on trouve l'argent sur lui ou dans son appartement – alors il l'a caché dans cette maison inoccupée en attendant le moment où il pourrait le récupérer sans aucun risque pour sa personne ou pour sa liberté.

Pamela leva les yeux au plafond.

— J'aurais sacrément aimé voir ce dinosaure. Je parierais que cela ressemblait plutôt à un ptérodactyle.

Quelqu'un avait dû le lui dire.

— Ralph, dis-je, remonte dans le temps par la pensée. Jusqu'à la période de trente jours ou un peu plus quand cette maison était totalement inoccupée.

Ralph s'exécuta.

— Alors ?

— Tu te rappelles certainement que durant cette période un hold-up a été commis à la Cream City Second National Bank et qu'un homme armé a dérobé quelque soixante mille dollars. Il a réussi à s'enfuir – cependant, la caméra de surveillance de la banque avait filmé consciencieusement son visage, et l'homme a été identifié. Il s'agissait d'un repris de justice avec un casier judiciaire long comme le bras, y compris des hold-up de banques et des agressions à main armée. C'était dans tous les journaux et je suis sûr que tous ceux se trouvant dans cette pièce ont lu les articles sur ce hold-up.

Je continuai implacablement.

— *Toutefois*, on n'a pas retrouvé les soixante mille dollars, et l'auteur du hold-up, un certain Elwood McCluskey, a refusé de révéler où se trouvait l'argent, sans parler du fait qu'il a plaidé non coupable en faisant preuve d'un bel optimisme. Ce qui s'est passé saute aux yeux. Après le hold-up, décidé à ne prendre aucun risque et pressentant qu'il ferait un candidat de choix pour le petit jeu des questions, McCluskey s'est dit qu'il devait cacher l'argent quelque part et attendre que les choses se calment.

— Hé, pas si vite ! intervint Pamela. Vous voulez dire que, après avoir dévalisé la banque, il s'est promené dans la ville à la recherche d'une maison inoccupée qui lui conviendrait ? Comment *a-t-il su* que cette maison-là était inoccupée ? Il n'y avait même pas d'écriteau « À Vendre » sur la façade lorsque nous l'avons achetée, et il y avait des rideaux ou des stores à toutes les fenêtres. Seuls les voisins devaient savoir qu'elle était inoccupée.

J'opinai du chef judicieusement.

— Exactement. C'est pourquoi j'en déduis à coup sûr qu'il n'a pas eu à parcourir la ville pour trouver une maison inoccupée appropriée. Il *savait* où il pouvait en trouver une, parce qu'elle était située à proximité de son domicile, appartement, studio, que sais-je ?

Ralph réfléchit un moment puis se dirigea vers le téléphone.

Lorsqu'il revint, il me prit à part pour que Pamela n'entende pas notre conversation.

— Henry, lorsque McCluskey a été appréhendé, il se trouvait dans un immeuble juste au bas de la rue. (Il me fournit une autre information.) La plupart des billets étaient neufs, donc la banque a les numéros de série.

Je revins vers Pamela.

— Si vous êtes disposée à passer des aveux, je suis tout ouïe.

— Ha ! fit-elle catégoriquement. Où est votre preuve ?

— Henry n'a jamais de preuves, déclara Ralph. Il laisse cela aux techniciens.

— Nous allons fouiller cette maison de fond en comble, annonçai-je.

— Bien entendu, vous avez un mandat ?

— Euh, non, pas pour le moment. Mais nous en obtiendrons un.

— Et quel juge vous en délivrera un, au vu de vos seules déductions ?

Je me frottai la joue. À vrai dire, *j'avais eu* quelques problèmes ces derniers temps pour obtenir des mandats de perquisition du juge Williams. Et de Richfield. Et de Wisniewski.

Pamela croisa les bras.

— Pas de mandat, pas de perquisition. Pas de preuves, pas d'aveux.

Je posai sur elle un regard sévère.

— Très bien, mais nous aurons l'œil sur vous. Nous poursuivrons notre enquête sans répit. Et si vous tentez de dépenser une partie de cet argent, nous vous tomberons dessus immédiatement.

Ralph et moi partîmes peu après, avec l'intention de revenir plus tard pour interroger le frère de Pamela.

Je me mis au volant et pris un raccourci par le parc avoisinant. Nous dépassâmes une femme d'un certain âge mais en bonne forme qui faisait du jogging avec enthousiasme sur une allée asphaltée. Un peu plus loin, après un tournant, nous aperçûmes un homme d'un certain âge, en moins bonne forme mais également en tenue de jogging, assis nonchalamment sur un banc du parc. Il souriait.

Mon esprit était en proie au mécontentement. Avais-je une fois de plus, dans cette affaire, heurté mon orteil intellectuel contre ces deux pour cent haïssables ? Et pourtant, qui d'autre sinon un, deux, ou tous les quatre, des Wentworth, aurait pu prendre cet argent et incendier la maison ?

Et puis j'eus une inspiration subite. Mais bien sûr !

Je freinai, fis un demi-tour, et repartis vers la demeure des Wentworth.

Ralph me considéra avec sa prudence coutumière.

— Qu'y a-t-il ?

— Je crois savoir maintenant qui a chipé cet argent caché.

— Qui ?

— Je ne connais pas encore son nom, mais je compte bien l'apprendre.

Lorsque nous arrivâmes chez les Wentworth, Pamela nous fit entrer.

— S'agit-il d'un bis ?

— Miss Wentworth, dis-je, je vous ai distinctement entendue dire que votre frère et vous faisiez *tous* les travaux de restauration dans les maisons que vous achetiez, à l'exception de l'installation électrique et de la plomberie.

Elle acquiesça de la tête.

— Nous n'en étions pas encore arrivés à l'installation électrique, mais nous avions fait faire quelques travaux de plomberie.

— Aha, fis-je d'un air de triomphe. Et quel est le nom de ce plombier aux doigts agiles ?

— Lance Pfeiffer.

J'eus un petit rire.

— C'est notre homme. Il a découvert cet argent en installant la nouvelle plomberie. Lisant les journaux, lorsqu'il a vu les bandes de papier autour des billets, il a tout de suite compris que ces billets provenaient d'une banque qui avait été récemment dévalisée. Il a également compris que l'auteur du hold-up allait peut-être révéler l'endroit où il avait caché les billets dans l'espoir d'obtenir une réduction de peine. Et alors, d'autant plus qu'il n'avait pas d'actions dans cette bâtisse ou de l'argent investi dans des outils ou des matériaux de construction, il a décidé de prendre l'argent et de mettre le feu à la maison afin de dissimuler son forfait.

Pamela cligna des yeux.

— À la réflexion, Pfeiffer était là-bas le jour de l'incendie et je me rappelle lui avoir dit au cours de la conversation que nous irions tous les quatre voir *Tootsie* ce soir-là.

Malheureusement, en m'appuyant uniquement sur mes déductions impeccables, je n'étais pas en mesure d'obtenir un mandat de perquisition du juge Williams. Ou de Richfield. Ou de Wisniewski. Ou de quiconque.

Cependant, heureusement, à peine quelques heures plus tard, Lance Pfeiffer se fit pincer alors qu'il tentait d'acheter une Toyota en payant comptant. Le vendeur de voitures se méfia, se demandant si les billets neufs n'étaient pas des faux, et appela la police. Et une chose en entraîna une autre.

Une fois que les journaux eurent relaté l'arrestation de Pfeiffer, je téléphonai à Pamela.

— Il m'est venu à l'esprit que je m'étais peut-être montré un brin désagréable et partial lorsque je vous ai accusée d'avoir pris l'argent et d'avoir mis le feu à votre propre maison.

— Je n'accepte pas les excuses par téléphone. Cela doit se passer entre quatre yeux. Nous retournons tous au cinéma ce soir. Pour voir *Gandhi*. Vous voulez venir ?

Ce n'était pas tout à fait ce que j'avais prévu. Néanmoins, c'était toujours un début.

Cet ouvrage a été composé
par Infoprint.
Reproduit et achevé d'imprimer sur Roto-Page
par l'Imprimerie Floch à Mayenne
le 8 novembre 1993.
Dépôt légal : novembre 1993.
Numéro d'imprimeur : 34933.

ISBN 2-07-049338-5 / Imprimé en France.

63559